나를 위해
행복하세요

나서영 장편소설

가나북스

나를 위해
행복하세요

나를 위해 행복하세요

초판발행 · 2015년 11월 5일

지 은 이 · 나서영
펴 낸 이 · 배수현
디 자 인 · 김화현
제　　작 · 송재호

펴 낸 곳 · 가나북스 www.gnbooks.co.kr
출판등록 · 제393-2009-000012호
전　　화 · 031-408-8811(代)
팩　　스 · 031-501-8811

ISBN 979-11-86562-06-2(03800)

익명의 당신에게

이곳은 예술의 거리, 이름만 예술의 거리일 뿐 온통 고시학원
으로 가득한 거리. 고시학원에 다니는 원생들로 북적이는 거리에
들어서자마자 왼쪽으로 꺾어 들어가면 나오는 삼층 건물의 이층.
천구백팔십일 년에 완공됐다는 낡은 건물의 계단을 올라 잠긴 문
을 열고 들어간다.

　열 평 남짓한 공간, 소설을 쓰기 위해 마련한 곳. 이곳에 들어가
는 공력이 적지 않다. 인테리어 사업을 하는 친구의 업무가 파하
기를 기다려 억지로 저녁을 사 먹이고 작업복장 그대로 예술의 거
리에 끌고 온다. 피곤을 호소하며 투덜대는 친구를 어르고 달래며
진행되는 작업, 붉은색 석고로 온통 난잡하게 칠해진 벽과 바닥을
뜯어내고 다락방으로 이어지는 계단을 새롭게 만든다. 조심조심,
벽으로 세워질 석고보드를 옮기며 친구는 푸념한다.

　"인마, 이 돈이면 좋은 오피스텔을 일 년은 쓰겠다. 무슨 바람이
들어서 낡은 건물을 골랐냐. 생고생이다."

나는 대답은 하지 않고 그저 웃는다. 이곳을 선택한 이유가 없다. 열흘쯤 뒤, 인테리어 공사가 마무리되고 주문한 가구들이 들어온다. 정리할 엄두도 내지 못한 채 어지럽게 놓인 가구들 틈에서 멀거니 소설을 써야지 생각한다. 소설을 써야지.

소설을 쓰기 위해 마련한 공간이 마음에 든다. 스치기만 해도 검은 때가 묻어버리는 하얀 벽, 모퉁이에 기역자로 놓인 책상과 의자, 중간쯤 놓은 소파와 팔십팔 건반 전자피아노, 그리고 지금 앉아서 글을 쓰고 있는 육인용 탁자. 육인용 탁자 위에 놓인 두 개의 상자에는 원고지와 연필이 가득 담겨있다.

소설을 쓰자고 마련한 작업실에서 먹고 자며 하루의 대부분을 할애하지만 아직 소설을 쓰자는 다짐은 없다. 겨울이 이천십이 년에서 이천십삼 년으로 경계를 넘었지만 하릴없이 무료하게 책을 읽는 것으로 소일할 뿐, 벌써 그런 그날그날들이 조금씩 익숙해진다.

그런 어느 날, 원고지를 앞에 놓고 연필을 쥔다. 소설을 쓰려고 한다. 어린 아이가 등장하는 순수한 소설을 쓰려는 결심이다. 읽는 모두가 흐뭇하게 미소 지을 수 있는 그런 소설을 쓰고 싶다. 그럴 수 있을 것 같은 기분, 지금 바라보이는 귀여운 아이를 원고지에 써내려가기 시작한다.

아이의 나이는 다섯 살, 얼굴이 희고 작은 입술이 붉다. 동그란 눈으로 손에 들린 가시를 바라본다. 장미덩굴의 가시는 고작 일 센티미터, 작은 혀를 내밀어 가시의 밑동에 침을 발라 코끝에 붙인다. 가시 하나를 코끝에 붙였다고 의기양양, 작은 가슴을 부풀린다. 마치 갑옷이 두꺼운 코뿔소가 된 것처럼 마음이 든든하다.

시골, 작은 집. 햇볕이 잘 드는 아이의 보금자리, 아이는 은행나무 그늘이 드리운 장독대에 앉아 말을 타는 것처럼 엉덩이를 들썩여 본다. 그럴 때마다 봄볕을 맞고 뜨끈하게 달궈진 장독대에서 짭조름한 염鹽내가 맡아진다. 그 달달한 냄새가 좋다.

아이는 멀리 산과 구름과 들판을 바라본다. 장독대에 얌전하게 앉아 평면처럼 느껴지는 광경을 시간을 잊고 바라본다. 하늘과 구름, 산과 나무, 그리고 아직 모판도 띄우지 않은 베고 남은 벼의 둥치들만 가득한 들판이 투명하게 머물고 있다. 어떤 기운이 마음을 보드랍게 위무한다.

아이는 마루 위에 벌러덩 드러눕는다. 따스한 봄볕에 낮잠이 몰렸는지 하품과 기지개를 늘어지게 한다. 조금 무겁게 느껴지는 눈을 감자 곧 잠에 든다. 작은 가슴을 새근거리며 곤한 잠에 든다. 바람은 살며시 불어와 아이의 보드라운 살결을 쓰다듬는다. 이마에 붙은 머리카락 몇 가닥이 바람결에 휘날리며 드러난 둥그런 이

마가 귀엽다.

태양이 기우는 만큼 처마의 그림자가 슬금슬금 잠들어 있는 아이에게로 다가간다. 토방 위에서 햇볕과 그림자의 경계가 점점 짧아지고 있다. 그런 토방에는 누런 얼룩들이 가득하다. 밤, 무서움이 많은 아이는 마당 건너에 있는 화장실에 가지 못한다. 커다란 항아리를 파묻고 주둥이에 발판을 놓은 재래식 화장실에는 전기가 없다. 유난히 농도 짙은 화장실의 어둠, 그 속에 삼켜질까 아이는 오늘 밤도 마루 위에서 고추를 꺼낸 뒤 토방에다 오줌을 눈다.

아이는 살갗을 따갑게 달구는 봄볕을 느끼고 잠에서 깨어난다. 낮잠에 들었던 시간이 짧지 않아 개운한 기분이다. 샌들을 발에 꿰어 신고는 천천한 걸음으로 마당을 한 바퀴 돌아본다. 마땅한 놀이를 찾아내지 못했는지 다시 장독대에 앉아 먼 산을 바라본다. 무슨 생각을 하는지 짐작할 수 없는 얼굴, 멀리를 바라보며 다시 시간을 잊는다.

아이는 대문 옆에서 커다랗게 자라있는 은행나무를 바라본다. 아이가 태어난 날을 기념해 심어진 은행나무라고 했다. 그런 은행나무가 마치 동갑내기 친구처럼 생각된다. 막 돋기 시작한 작고 푸른 이파리들이 바람에 흔들린다. 아이는 벌떡 일어나 은행나무에게 다가간다. 그리고는 작은 손바닥으로 크고 단단한 은행나무의 몸통을 착착 두드려준다. 배시시 미소가 떠오른다. 그런 흐뭇한 얼굴로 돌아서던 아이는 깜짝 놀라 움찔한다.

"어마! 깜짝이야."

아이는 장독대에서 수돗가로 이어지는 작은 담 밑에 서있는 깐난이를 발견한다. 앞머리를 눈썹 위에 맞춰 일자로 자른 깐난이가 작고 하얀 치아를 드러낸 채 웃고 있다. 얼굴이 희고 동그란 눈동자가 흑연처럼 새까맣던 깐난이, 그런 깐난이에게 겁을 먹었다는 사실이 아이를 화나게 한다.

"뭘 봐! 이 깐난아."

아이는 저보다 훨씬 큰 깐난이에게 으름장을 놓는다. 그런데도 깐난이는 웃는다. 저보다 훨씬 작은 고추가 깐난이라고 부르는데도 웃는다. 아이는 그런 깐난이에게 겁을 먹었다는 사실을 인정할 수 없어 까불고 있어, 라고 들리지 않을 정도로 되뇌며 자리를 박찬다. 그러다 힐끔 돌아보는 묘한 호기심을 이기지 못해 다시 한번 깐난이와 눈이 마주친다.

"그만 봐!"

아이는 심통이 났는지 샌들을 토방 위에 획획 던지듯 벗어버리고 방으로 들어간다. 썰렁한 방 안, 텔레비전을 켜지만 오후 세 시에는 지지직거리는 소음과 회색 화면만 나온다. 텔레비전을 끄고 방의 모서리에 누워 깐난이를 떠올려본다.

깐난이는 결코 흔하게 등장하는 법이 없다. 언제나 생뚱맞고 예측 불가능할 때만 모습을 드러낸다. 그런 깐난이가 나타나면 동네 아이들은 아무리 재밌는 놀이를 하던 중이라도 멈추고 우르르 몰려가 깐난아 깐난아 부르며 놀린다. 별다른 놀림도 없이 그저 깐난아 깐난아 부를 뿐이지만 뭣이 그리 즐거운지 다들 웃는 얼굴이다. 다섯 살, 아이도 빠지지 않고 무리에 껴 깐난아 깐난아 외치지만 얼떨떨한 얼굴, 마음이 편하지 않다.

그런 깐난이가 대나무숲 속에 살았다.

저보다 훨씬 작은 아이들이 깐난아 깐난아, 놀려도 방긋 웃던 깐난이. 어떤 마음으로 웃을 수 있었는지, 얼마나 마음이 넓었으면 깐난아 깐난아, 라는 놀림에도 웃을 수 있는지 아이의 작은 가슴으로는 가늠되지 않는다.

아이는 얼떨떨한 얼굴로 주변을 살핀다. 자신을 붙든 낯선 손에 이끌려 어딘지도 모르고 따라온 학교, 팔걸이도 없는 딱딱한 나무 의자에 앉아 자꾸만 뒤를 돌아본다. 아이가 몸을 움직일 때마다 나무의자가 삐꺽대지만 주변의 왁자지껄 소란스러움에 묻혀 태나지 않는다. 일곱 살, 진짜 생일은 음력 사월이나 호적에 신고한 이월에 맞춰 일곱 살에 국민학생이 됐다. 또래에 비해 체구가 작은 아이, 홀로 외딴섬처럼 작은 입술을 꾹 다문 채 말이 없다. 아이를 학교에 데리고 온 낯선 손의 주인은 벌써 가버리고 없다. 그 사실을 모르지 않지만 낯설음에 자꾸만 뒤를 돌아본다.

늙은 여자가 손에 든 회초리로 교탁을 내리친다. 탁탁, 신경질적인 후려침에 아이는 깜짝 놀라 앞을 바라보고 일순간 교실의 소란스러움이 감춰진다. 그 틈을 놓치지 않고 늙은 여자는 자신을 담임선생님이라고 소개한다. 칠판에 이름을 적고 이런저런 말을 하지만 그것에 관심이 없는 아이는 다시금 창밖을 바라본다. 넓은 운동장, 키가 큰 플라타너스, 그리고 높은 하늘이 바라보인다. 이제 국민학생이 된 일곱 살, 아이는 장독대에 앉은 것처럼 멍하니 창밖을 바라본다. 우울한 얼굴로 책상 옆에 걸어놓은 가방을 꽉 끌어안는다.

늙은 여자는 커다란 모형 시계를 교탁 위에 놓고 시계 보는 법을 가르친다. 시침과 분침과 초침을 구분하는 게 첫 번째 할 일이라고 말한다. 허나 아이는 교탁 위에 놓인 모형 시계가 아닌 창밖만 바라본다. 그래서 해찰을 한다고 지적받아 혼이 나고 매를 맞는다. 회초리를 들고 손바닥을 대라고 핏대를 세우는 늙은 여자의 앞에서도 덤덤한 얼굴, 매가 무섭지 않다.

날 때릴 거야? 그럼 때려.

아이는 학교에서의 시간이 따분하고 지루하다. 견디기가 좀이 쑤시지만 그보다 내일도 모레도 학교에 나와야 한다는 사실에 기운이 빠진다. 아이는 자신의 몸집보다 커다란 가방을 짊어지고 시장으로 향한다. 왕래하는 사람들이 많은 만큼 시끄럽고 복잡했던 시장, 거기에서 채소를 파는 아버지에게로 터벅터벅 걸어간다.

"학교 다녀왔습니다."

아버지는 왔냐고 인사도 받지 않고 꼭 짬뽕 한 그릇을 불러준다. 아이는 채소를 보관하는 컨테이너 한편에서 별다른 말없이 살뜰하게 짬뽕 속 조개까지 발라먹는다. 식탐이 많아 배가 불러 아픈데도 고집스럽게 국물까지 호로록 마신다.

짬뽕 한 그릇을 깨끗하게 비운 아이는 밝은 얼굴로 컨테이너를 나선다. 좌판에 진열된 무와 배추, 감자와 양파를 구경하다가 아버지의 화물자동차가 보이지 않는다는 사실을 뒤늦게 알아차린다. 아이의 여린 어깨가 힘없이 축 처진다. 아버지가 없으면 시장구경을 나갈 수가 없다.

아이는 쭈그려 앉아 작은 손으로 감자를 뒤적인다. 감자는 두 종류로 나뉜다. 흙이 묻은 감자와 흙이 묻지 않은 매끈한 감자. 흙이 묻지 않은 매끈한 감자가 더 비싸다는 사실을 알고 있다. 그때 장바구니를 손에 든 아주머니가 다정하게 묻는다.

"감자는 얼마씩이니?"

아이의 허연 얼굴에 홍조가 돈다. 쑥스러운지 아주머니는 쳐다
보지도 못하고 고개를 푹 숙인 채 대답한다.

"이건 삼천 원, 더 맛있는 감자는 사천 원."

그런 아이가 귀여웠는지 아주머니는 얼굴에 웃음을 띤다.

"이 감자가 더 맛있는지는 어떻게 아니?"

"먹어봤으니까요."

아이는 그제야 아주머니를 올려다본다. 매끈한 감자가 더 맛있
다는 자신의 말이 사실이라는 것처럼 떳떳한 얼굴이다. 아주머니
는 뭐가 그리 우스운지 더는 묻지 않고 돈을 꺼내 내밀며 감자를
달라고 한다. 아이는 다시 쑥스러움을 느끼는지 고개를 푹 숙이고
는 조그만 손을 뻗어 돈을 받아 주머니에 넣는다. 검정 비닐봉지
에 입김을 불어넣고 손이 큰 아버지를 대신해 감자를 많이 담는다.
언젠가 아버지는 자신이 없을 때 아이가 채소들의 주인이라고 말
했다. 뜻밖에도 그 말은 두고두고 잊히지 않고 아이의 노동에 즐
거움을 부여한다.

아이는 감자가 담긴 비닐봉지를 낑낑대며 건넨다. 비닐봉지를
가볍게 건네받은 아주머니는 귀엽다며 장바구니 속에서 아직 뜨
끈함이 남은 붕어빵을 꺼내 내민다. 아이는 방금 짬뽕 한 그릇을
깨끗하게 비운 터라 배가 부르지만 그것을 내색도 못하고 감사하

다며 먹는 시늉을 한다. 맛있었던 짬뽕 탓인지 붕어빵은 맛이 없다. 붕어빵을 다 먹기도 전에 다른 아주머니가 슬쩍 나타나 감자를 묻는다. 아이는 흙이 묻은 감자를 가리키며 이건 오천 원, 흙이 묻지 않은 감자를 가리키며 이건 육천 원, 대답한다. 감자를 물었던 아주머니가 깜짝 놀란다.

"어머, 나는 왜 돈이 올랐니?"

개시

아이는 개시라는 단어의 뜻도 모른 채 개시라고 말한다. 그새 주변으로 몰려든 아주머니들이 아이의 당돌함에 깔깔대며 웃는다. 너도나도 감자를 달라며 아이를 놀린다. 아직 일곱 살, 또래보다 체구가 작은 아이는 검정 비닐봉지에 감자를 옮겨 담는 일이 벅차다. 그런 속도 모르고 아주머니들이 더 몰려든다. 금세 감자 두 박스가 동이 난다. 맛있는 감자가 먼저 다 팔린 탓에 이제는 덜 맛있는 감자를 팔아야 한다. 그런 아이는 맛있는 감자를 먹어본 적이 없다. 아버지는 언제나 흙이 묻은 감자만 쪘다. 흙 묻은 감자가 더 맛있다고 말하면서.

아이는 곤경에 처한다. 짓궂은 아주머니들이 고추를 달아보자고 놀리며 졸라댄다. 처음에는 감자를 잘 판다며 대견함에 머리를 쓰다듬고 엉덩이를 토닥인다. 그러다 불쑥 고추를 한 번 보자는 목소리가 툭 튀어나온다. 아이는 본능적으로 다리를 배배꼬며 고개를 떨어뜨린다. 창피함과 쑥스러움에 고개를 들 수가 없다.

아주머니들의 짓궂음은 기어이 아이의 고추를 까고야 만다. 작고 표피에 덮인 가냘픈 고추가 맥없이 구경거리로 전락해 허공에 대롱대롱 매달린다. 커다란 고추도 실컷 구경했을 아주머니들은 뭣이 그리 좋은지 작은 고추를 보고는 배를 잡고 웃는다. 아이는 고추를 보라고 바지는 무릎까지 내리고 윗옷은 젖가슴까지 들추고 서있다. 그때 아버지의 우악스러운 고함이 뒤에서 모두를 깜짝 놀래킨다. 아버지는 크고 무서운 사람, 말수가 적어 나오는 말마다 크고 사납다.

"이 여편네들이 남의 아들 고추를 뭐한다고 달아보고 난리요!"

아이는 깜짝 놀라 몸이 굳었는데 아주머니들은 크고 무서운 아버지의 호통에도 까르르 웃는다. 아이는 슬쩍 눈치를 살피다 젖가슴까지 들춘 윗옷과 바지를 추켜 입는다. 아버지는, 크고 무서운 아버지는 고추를 깠던 일곱 살, 아들에게 별다른 말이 없다. 일곱 살, 아들도 의연하다.

아이는 자랑이라도 하려는지 감자를 팔아 벌어놓은 돈을 꺼내 내민다. 아버지는 말없이 돈을 받아 셈도 하지 않고 주머니에 넣는다. 아이는 바라는 것이 있는지 곁에서 가만히 기다린다. 미묘한 기운이 감돌고 아버지는 그제야 천 원짜리 지폐 한 장을 주머니에서 도로 꺼내 아이에게 내민다. 그때까지 아버지와 아들은 말이 없다.

아이는 든든해진 마음을 품고 시장구경에 나선다. 미꾸라지가 가득 담긴 통을 발로 차보기도 하고 죽었지만 여전히 살아있는 것 같은 생선의 입속을 빤히 쳐다보기도 한다. 비린내가 진동하는 닭 잡는 곳은 코를 막고 지나간다. 그러다 목이 마르면 주머니에 든 천 원으로 음료수나 아이스크림을 사먹는다.

아이는 즐거운 얼굴로 양말과 덧신을 널어놓고 파는 골목을 막 달음질을 쳐 지나고 있다. 그때 찌릿, 마음의 동요가 달음질을 멈추게 한다. 우뚝 멈춰 선 순간도 잠시, 발걸음은 뭔가에 홀린 것처럼 낯선 지저귐에 이끌린다. 그 희미한 지저귐의 근원으로 향하는 동안 아이의 가슴은 풍선처럼 부풀어 오른다.

아이는 라디오를 곁에 두고 꾸벅꾸벅 졸고 있는 할아버지의 눈치를 살핀다. 자전거의 뒤에 연결된 작은 수레에 사단짜리 새장이 철사에 묶여있다. 아이는 그 앞에서 지저귐에 빠져든다. 새장에 갇힌 새들은 단정한 모습으로 저마다의 지저귐을 내며 고개를 비스듬히 까닥인다. 아이는 넋을 잃고 멍하니 새장 속의 새들을 바라본다.

지저귐,

문자로는 표현할 수 없는 새의 지저귐이 숲의 상록수를 휘몰아쳐 쏟아지는 바람처럼 시원하게 아이를 훑고 지나간다. 새의 지저귐이 아름답고 듣기 좋아 아이는 넋을 놓고 새를 바라본다. 그런 아이를 새들의 주인인 할아버지는 그냥 내버려둔다. 새가 좋으냐고도 묻지 않는다.

아이는 새를 생각한다. 지저귐이 머릿속을 맴돈다. 이제는 학교에서 창밖을 바라보지 않고 새장 앞에 서있는 상상을 한다. 새의 지저귐은 아이를 미소 짓게 하는 동시에 매를 맞게 한다. 손바닥을 대라는 늙은 여자의 호통에 일곱 살, 아이는 담담히 작은 손바닥을 내민다. 그리고 맞는다.

날 때릴 거야? 그럼 때려.

아이는 학교가 파하면 어김없이 새장 앞에 서있다. 새의 지저귐과 앙증맞은 자태에 매료된다. 매일 새를 만난다. 그리고 감자를 팔아 받는 돈 천 원을 모으기 시작한다. 아무리 목이 말라도 음료수나 아이스크림을 사먹지 않는다. 구천삼백 원을 주머니에 담고 새들의 주인인 할아버지에게 묻는다.

"할아버지, 저 새 얼마예요?"

아이는 간절하게 새의 값이 구천삼백 원을 넘지 않기를 바란다. 허나 야속한 대답은 그날부로 돈 모으기를 포기하게 만든다. 새가 갖고 싶다. 아니, 같이 있고 싶다. 허나 그럴 수 있는 방법이 없어 실망한다.

그때 스치듯 좋은 생각이 떠오른다. 음력 사 월에 생일이 있다. 거짓으로 호적에 올린 이 월이 아닌 사 월에 진짜 생일이 있다. 생일에는 선물을 받을 수 있다고 어디선가 들은 기억이 난다. 아버지는 여태껏 단 한 번도 생일에 선물을 사준 적이 없지만 아이는 생일에 새가 생길 수 있다는 희망을 가슴에 품는다.

늦은 밤, 아버지의 화물자동차는 시골, 작은 집으로 향한다. 그때까지 조마조마한 마음을 견디던 아이는 겨우 용기를 낸다.

"아빠."

새를 바라는 간절한 마음이 담긴 부름에도 아버지는 묵묵부답, 정면을 주시한 채 운전만 한다. 아이는 다시 한번 용기를 내본다.

"아빠."

"왜야!"

왜 두 번이나 부르냐는 타박, 대번에 큰소리가 나온다. 아이는 쉽게도 용기를 잃고 주눅이 든다. 허나 새는 놀라운 힘을 발휘해 죽어버린 용기를 되살려낸다.

"생일에 갖고 싶은 게 있어요."

다시금 묵묵부답, 까맣고 굵은 수염이 돋아있는 아버지의 얼굴이 야속하고 밉다. 아버지는 대답할 시간이 한참 지나서야 뜬금없이 묻는다.

"뭐야?"

일곱 살, 아이의 작은 가슴에 희망과 실망이 동시에 차오른다.

"새요."

아버지는 잠깐 아들을 바라보지만 매정하게, 그리고 묵묵히 정면을 주시한다. 야속한 침묵이 대답을 대신한다. 아이는 입술을 삐죽 내민 얼굴을 감추기 위해 창밖을 바라본다. 까만 어둠 속에서 점점이 가로등만 밝다. 서운함에 눈물이 핑 돌지만 그런 속내를 들키고 싶지 않다. 속상하고 야속한 마음은 이제 다시는 감자를 팔지 않겠다고 다짐한다. 그런 아들의 속도 모르고 아버지는 여전히 정면만 바라보고 있다.

아이는 이제 정말로 학교가 파하면 시장에 가지 않는다. 아버지가 불러다주는 짬뽕도 좋고 흙이 묻은 감자 대신 한 번도 먹어본 적 없는 맛있는 감자를 파는 일도 좋고 새도 좋았지만 학교가 파하는 곧장 집으로 돌아온다. 그렇게 얻게 된 무료한 시간을 혼자만의 놀이로 채운다.

새는, 새의 지저귐은 너무도 쉽게 가슴에 묻힌다.

　얼굴이 희고 작은 입술이 붉은 아이, 오늘이 자신의 생일인지도
모른 채 하루를 보낸다. 만약 생일임을 알았다면 오늘 하루는 어제
나 그제보다 조금이라도 특별했을까, 아이는 늦은 오후가 돼서야
오늘이 자신의 생일이라는 사실을 알게 된다. 생일선물로 새를 기
대하며 표시해둔 달력이 우연히 눈에 들어온다. 허나 이 세상에는
오늘이 아이의 생일이라는 사실을 아는 사람이 없다. 그래서 어떤
축하도 받지 못한다. 아이는 우울한 기분으로 텔레비전을 켜놓은
채 멍하니 허공을 바라본다. 지나간 생일을 돌이켜보지만 아무런
기억이 없다. 마음은 그렇게 생일을 놓아준다.
　아이는 깜박 잠들었는지 일어나 졸린 눈을 비빈다. 그때 찌릿,
낯선 듯 익숙한 마음의 동요가 의식을 뒤흔든다. 그 순간 잠은 달
아나고 예민해진다. 새의 지저귐, 지저귐이 멀리에서 들려온다.
입가에 미소가 번진다. 매일 밤, 멀리에서도 알아맞힐 수 있는 아
버지의 발소리가 새의 지저귐과 함께 가까워지고 있다.
　아이는 마루의 끝에서 빠끔히 어둠에 휩싸인 대문을 내다본다.
새의 지저귐이 분명해지는 순간을 맞닥뜨린다. 이제는 확신할 수
있다. 기쁨은 말로 표현할 수 없을 만큼 아버지가 사랑스럽다. 대
문 위로 아버지의 머리꼭지가 드리우고 그 곁에서 새소리가 멈춘

22

다.

"인자오세요."

얼굴이 희고 작은 입술이 붉은 아이, 맨발로 토방과 마당을 가로질러 달려와 대문을 연다. 그때 아버지를 올려다보는 아이의 눈에 어떤 희망이 차올랐는지 가로등이 멀어 보이지 않는다. 머리를 숙이며 대문을 지난 아버지는 아들의 품에 차가운 고철을 안긴다.

"그걸로 자전거 타는 연습을 해라. 생일선물이다."

아이는 자신의 품에 안긴 고철을 빤히 바라본다. 마루에 앉아 신발을 벗고 있는 아버지가 내민 것은 새도, 새가 담긴 새장도 아닌 낡은, 키가 작은 아이가 탈만한 어린이용 자전거. 낡은 자전거를 붙들고 아이는 세상과 분리된 기분이다.

소외,

아이는 자신의 생일날 낡은 자전거와 단둘이 세상과 단절된다. 서글픈 단절 속에서 비참함을 느낀다. 눈물이 주르륵 흘러내린다. 낡은 자전거를 붙들고 몇 발자국 걷자 뒤에서 새의 지저귐이 들려온다. 화들짝 놀라 뒤를 돌아보지만 새는 어디에도 없다. 아이의 눈이 낡은 자전거를 바라본다. 낡은 자전거의 쇳소리가 새소리로 들렸다는 사실을 알게 된다.

얼굴이 희고 작은 입술이 붉은 아이, 쇳소리를 새소리로 들은 것이 서러워 그만 울어버린다. 아버지도 밉고 새도 밉고 자전거도 밉다. 모두 밉다. 자전거를 팩하니 팽개치고 방으로 들어가는 일곱 살, 아이의 슬픈 생일이 그렇게 지나간다.

아이는 거짓말처럼 하룻밤 만에 생일도 새도 자전거도 잊는다.

아이는 학교가 파하면 곧장 집으로 돌아와 텔레비전에서 방영하는 만화를 챙겨본 뒤 책꽂이가 아닌 장롱 속에 감춰진 두산동아백과사전을 꺼내 읽는다. 하루하루, 제자리에 멈춘 것 같은 시간이 흘러간다.

날은 점점 따사로워진다. 따사로움이 가득한 휴일, 정오. 아이는 곳간에서 낫을 찾아내 손에 들고 있다. 텔레비전에서 봤던 전설의 닌자, 슈퍼 케이가 된 것처럼 몰입해 입으로 중얼중얼 주문을 외기도 하고 어쭙잖으나 진지하게 흉내를 낸다. 자두나무와 대추나무의 사이에서 훌쩍 자란 머윗대를 낫으로 쳐내며 놀이에 더욱 몰두한다.

아이는 머윗대가 싫다. 뻣뻣하고 쓰고 풀냄새가 진동하는 그것을 삶아 된장에 무친다한들 되레 밥맛이 떨어진다. 맛도 없지만 꼭 먹을 게 없어 먹지 못하는 머윗대를 먹는 기분이 들어 싫다. 그런 머윗대는 나쁜 역할을 맡기에 딱 알맞다.

한참 놀이에 몰두했던 아이가 멈칫 동작을 멈춘다. 손에 든 낫이 딱딱한 물체에 부딪혀 튕겨진다. 키가 큰 머윗대를 조심히 쳐내자 그 속에서 낡은 자전거가 튀어나온다. 낡은 자전거가 머윗대 속에 처박혀있다. 쇳소리를 새소리라 속였던 자전거를 마주하자 심통이 인다. 아이는 손에 든 낫을 저만치 던져버리고는 풀 비린내가 진동하는 자전거를 일으켜 세운다. 자전거는 더없이 처량한 모습이다. 허나 쇳소리를 새소리라 속았던 아이는 놀림당한 기분을 봐줄 생각이 없다. 무얼 할 요량인지 자전거를 끌고 대문을 나선다. 그러면서 자꾸 뒤를 돌아본다. 걸음까지 멈춰 선다. 낡은 자전거의 뒷바퀴에서 나는 쇳소리가 영 꺼림칙하다. 자꾸만 새의 지저귐으로 들린다.

아이는 대문을 나선지 한참이 지나도록 낡은 자전거를 그저 끌고만 다닐 뿐 다른 기색이 없다. 결국 우뚝 멈춰서더니 자전거를 빤히 내려다본다. 슬그머니 안장에 엉덩이를 얹는다. 발걸이에 발을 얹고 무게를 싣지만 자전거는 기우뚱 자빠지며 아이를 내팽개친다. 허나 울지 않고 씩씩하게 자전거를 일으킨 뒤 다시 안장에 엉덩이를 얹는다. 이번에는 발걸이에 발을 얹는 대신 발바닥으로 땅을 밀어 자전거를 탄다. 그런 아이의 얼굴이 밝다. 낡은 자전거에서 계속 쇳소리가 난다.

자전거를 처음 타보는 아이는 벌써 동네를 다섯 바퀴나 돌고 있다. 점점 발걸이에 발을 얹어놓는 시간이 길어진다.

아이는 새의 지저귐을 상상한다. 바람에 휘날리는 머리카락 뒤로 새들이 지저귀며 날아온다. 기분이 좋다. 뒷바퀴에서만 들리던 쇳소리는 이제 앞바퀴에서도, 고사리에서도, 페달과 운전대에서도 들려온다. 내리막길, 새들과 함께 자전거타기를 배워버린 일곱 살, 아이는 살며시 눈을 감는다. 그러자 새들이, 새들이 주위로 가득하다. 아이가 좋아하는 새들이 가득하다. 얼마나 행복한지 눈을 감고 있다는 사실마저 잊어버린다. 눈을 떴을 때 아이는 날고 있다. 뒤를 쫓던 새들과 함께 하늘을 날고 있다. 자전거도 함께 날고 있다.

논바닥을 나뒹군 아이는 허망한 눈으로 허공에서 사라진 새들을 찾는다.

새야. 새야. 이리와. 가지마.

얼굴이 희고 작은 입술이 붉은 아이, 멍하니 허공을 바라본다. 자전거와 함께 새처럼 날았지만 다친 곳은 없다. 아이는 꿈인지 생시인지 모를 시간과 공간 속에서 크고 무서운 아버지에게 자랑처럼 말한다. 잠깐이지만 새처럼 하늘을 날았다고. 크고 무서운 아버지는 자상하게 웃으며 아이의 머리를 쓰다듬어준다. 꿈인 게 분명해지는 순간, 잠에서 깬 아이는 자전거에 이름을 지어준다. 새, 자전거의 이름을 새라고 짓는다. 아이는 새와의 이야기를 마음속에 비밀로 담는다.

새는 오래지 않아 아이의 곁을 떠난다. 아이가 능숙하게 자전거를 탈 수 있다는 사실을 알게 된 아버지는 새를 고물상에 줘버리고 새 자전거를 사온다. 그 사실이 슬프기보다 미안하다. 일곱 살, 아이는 자신보다 연약하고 가엾던 새를 지켜주지 못했다는 생각에 미안함을 느낀다.

버스는 정류장마다 멈춰서며 서행하고 있다. 그 속에서 멍하니 차창 밖을 바라본다. 뿌연 김이 서리면 닦아내고 또 닦아내지만 도리어 더러워진다. 문화강좌에서 노인들에게 한글을 가르치고 돌아오는 길, 시급 만오천 원이라 정해진 두 시간을 위해 버스로 한 시간 남짓을 달려 시와 군의 경계를 넘는다. 일당 삼만 원과 교통비 만 원, 주 이 회 출강. 친구의 소개로, 미술관에서 일하는 친구의 소개로 얻은 벌이마저 금세 질려버린다.

버스가 멈춰서고 몇 개의 발판을 내려서자 마치 기다렸다는 것처럼 추위가 코끝을 바늘처럼 콕 찌른다. 길 건너로 이어지는 지하도를 거쳐 다시 지상으로 나오자 마찬가지로 기다렸다는 것처럼 추위가 코끝을 바늘처럼 콕 찌른다. 주머니에 손을 찔러 넣고 잔뜩 움츠린 채 작업실로 향한다. 일층에 들어서자 우편함 앞에서 우두커니 서있는 키가 큰 여자가 앞을 가로막는다. 나는 저 여자를 알아본다. 키가 백칠십팔 센티미터인 내 친구, 정채경. 대학에서 동양화를 전공하고 미술관에서 근무하는 가슴이 작은 대신에 엉덩이가 큰 모델처럼 마른 여자. 옆구리에 통통하게 살찐 곰인형을 껴안고 있다.

"거기서 뭐해?"

친구는 웃음을 터뜨린다. 나를 못 본 체 했던 장난이 우습다는 것처럼. 웃을 때 드러나는 치아가 네모났다. 친구를 뒤에 달고 이층으로 향하는 계단을 오른다. 썰렁한 냉기로 가득한 작업실, 난방기는 금방 더운 공기를 내뿜지만 체온은 쉽게 오르지 않는다. 돌아보니 친구는 이제야 신발을 벗고 실내화로 갈아 신고 있다. 소처럼 커다란 눈을 천천히 끔뻑이는 친구, 그만큼 행동이 느리다.

"얼른 이쪽으로 와. 거기는 추워."

내 걱정에도 아랑곳없이 책장 앞을 얼쩡거리는 친구를 내버려둔 채 물을 끓여 차를 내온다. 친구는 그제야 육인용 탁자에 앉는

다. 허연 김이 모락모락 오르는 찻잔을 건네자 친구는 스윽, 아주
천천한 손길로 편지봉투를 내민다.

　허연 봉투가 마음에 낯설다.

　잠깐 편지봉투로 향했던 눈이 의식적으로 친구를 바라본다. 그
바라봄이 물음을 던졌는지 친구는 순순히 대답한다.
　"우편함에서 발견했어. 그냥 넣어두려다가 네가 모르는 것 같아
서 말이야. 소인을 보니까 이주일도 더 됐던데. 네게 온 편지야."
　나는 미심쩍은 마음으로 편지를 집어 들고 입구를 뜯는다. 헌데
그 순간 내키지 않은 마음이 손을 멈추게 한다. 친구는 호기심 가
득한 눈으로 나를 바라보고 있다. 누가 어떤 편지를 보냈는지 궁
금한 눈치, 나는 편지를 육인용 탁자 위에 내려놓는다. 그리고는
주의를 돌리기 위해 의자 하나를 떡하니 차지하고 앉아있는 곰인
형을 가리키며 묻는다.
　"그런데 웬 인형이야?"
　친구는 네모난 치아를 내보이며 배시시 웃는다. 기다란 팔을 뻗
어 곰인형의 머리를 정성스럽게 쓰다듬는다.
　"인사해. 네 친구야."
　친구의 말은 실소를 터뜨리게 한다. 둥근 머리에 둥근 귀가 달린

곰인형이 검은색 점 같은 눈으로 나를 멀뚱히 바라보고 있다. 그 모습이 어쩐지 귀엽고 우스워 은근히 기분이 좋아진다.

"서영아, 네가 마음에 들어 하는 것 같아 다행이다. 앞으로 잘 지냈으면 좋겠어. 네가 요즘 잠을 못 잔다니까 걱정이야. 리락쿠마가 널 지켜줄 거야."

리락쿠마, 곰인형의 이름은 리락쿠마였다. 섬나라 일본이 고향인 곰인형은 나만 모르지 아는 사람은 다 아는 유명한 곰돌이였다. 친구의 선물이 마음에 든다. 그날 밤, 곰인형을 꼭 끌어안고 잠에 들자 나쁜 꿈을 꾸지 않는다. 곰인형이 크기 별로 하나씩 작업실에 늘어난다. 각자 이름도 갖는다.

나는 친구의 선물이 고마워 마치 그에 대한 보답인 양 얼마 전에 완성한 소설을 슬그머니 내놓는다. 친구는 소처럼 커다란 눈을 끔뻑이며 바보처럼 웃는다. 우와, 하는 감탄사는 정말인지 아닌지 분간하기 어려울 만큼 간이 싱겁다.

친구는 가시의 밑동에 침을 발라 코에 붙이는 아이를 바라본다. 장독대에 앉아 먼 산을 바라보는 시선을 함께하고 깐난이를 마주친다. 학교가 파하고 시장으로 향하는 아이와 동행하고 검정 비닐봉지에 감자를 담는 손을 바라본다. 새의 이야기를 마음속에 비밀로 담는다.

친구는 짧은 몇 장의 소설을 읽고는 슬그머니 고개를 들어 나를 바라본다. 배시시 웃더니 슬쩍 묻는다.

"이거 네 이야기야?"

나는 대답은 하지 않고 시선을 곰인형에게로 옮긴다. 얼굴이 희고 작은 입술이 붉은 아이의 이야기는 내 이야기일까, 고민할수록 대답이 망설여진다.

"소설이잖아."

나는 친구를 바라보며 설핏 웃어 보인다. 나를 향하는 그 눈에 서린 호기심과 기대감이 무언지 알 것도 같으면서 좀처럼 모르는 것도 같다. 나 역시 누군가의 소설을 읽은 뒤 같은 물음을 던졌을 것이다.

혹시 당신의 이야기입니까?

나는 어떤 대답을 기대했을까. 그 이야기는 내 이야기입니다, 또는 내 이야기가 아닙니다, 라는 대답? 아니, 아니다. 대답이 둘 중 하나에 허용돼도 듣고 싶지 않다. 그저 내 마음에 담긴 그대로 온전히 소설로만 남기를 바란다. 지금 나를 바라보는 친구의 눈도 그렇게 말하고 있다.

눈은 거짓말을 하지 않는다.

친구는 예술의 거리 너머 동명동에 살고 있다. 늦은 밤, 함께 걸으며 싱거운 수다를 떤다. 서로에게 손을 흔드는 것으로 작별을 나누고 돌아선다. 작업실로 향하는 발걸음, 그런데 마음이 깨질 것처럼 차갑다. 옷깃을 여며도 추위는 가슴 깊숙이 스며든다.

작업실, 시린 손을 맞대어 문지르며 난방기 앞에 선다. 곰인형은 육인용 탁자 그 자리 그대로 앉아있다. 이제는 낯을 가리는지 검은색 점 같은 눈은 슬그머니 시선을 외면한다. 그런 비현실적인 상상에 피식 실없는 웃음이 새어나온다.

그때 육인용 탁자 위에 놓인 편지가 눈에 들어온다. 그 이질적인 낯섦, 가슴에 스민 건 추위가 아닌 낯섦이었다. 편지를 손에 들자 미묘한 동요가 느껴진다.

불길한 예감, 누가 왜 편지를 보냈을까.

편지의 겉봉투에 적힌 보낸 곳의 주소를 읽는다. 또박또박, 곧고 바른 여성의 글씨체라고 생각되는 여기에서 삼백 킬로미터가 떨어진 어느 도시의 구일팔 다시 일 번지. 보낸 사람의 이름에는 누구, 누구라는 두 글자가 적혀있다. 나도 모르게 누구라는 두 글자를 낮게 읊조린다. 누구, 라는 익명의 뒤에 스스로를 감춘 누군가의 편지는 마음을 무겁게 짓누르기 시작한다. 편지를 읽는 마음은 서서히 졸아든다.

작가님께. 형식적인 인사는 하지 않겠습니다. 작가님의 소설을 읽었습니다. 아주 우연찮게 읽게 됐습니다. 또 작가님이 쓰신 모든 소설을 찾아 읽었습니다. 어떤 소설은 몇 번이고 다시 읽으며 곱씹고 또 곱씹었습니다. 하루 종일 붙들고 읽었습니다. 소설을 읽은 뒤 처음에는 무척 당혹스러웠습니다. 그런 당혹감이 시간에 묽어지자 곧 슬퍼졌습니다. 화가 나기도 했지만 화는 번쩍이는 번개처럼 금방 사라져 붙들 수 없었습니다. 허나 슬픔은 좀처럼 가시지 않고 점점 보태지며 커졌습니다. 결국 저는 비참해졌습니다. 작가님의 소설이 그렇게 만들었습니다.

작가님. 저는 사회에서 인정받는 사람도 아니고 그렇다고 행복하다고 말할 수 있는 사람도 아닙니다. 허나 저라서 그렇다고는 생각하지 않습니다. 누구에게나 그런 시간, 순간들이 있다고 믿습니다. 작가님은 그런 저의 삶에서 희망을 앗아갔습니다. 작가님의 소설은 커다란 상처를 안긴 흉기였습니다. 자신의 소설로 가엾은 아이들을 돕는 젊은 소설가인 당신은 이런 저를 이해하지 못할 줄 압니다. 작가님, 제가 누군지 짐작 하시는지요? 제가 누군지 아셨는지요? 저는 작가님을 아주 잘 알고 있습니다. 하찮을 뿐인 내 원망을 담은 편지가 과연 작가님의 손에 들릴 수나 있을까요. 편지가 작가님에게 도착했다면 그때 저는 죽은 사람일 겁니다. 슬픔과 비참을 견디지 못하고 죽었을 겁니다. 맞습니다. 저는 죽을 겁니다. 이것 역시 소설에 쓰실 겁니까? 그래도 상관없습니다.

편지를 든 손이 벌벌 떨린다. 떨림은 전체로 번지며 나를 거세게 뒤흔든다. 편지를 다시 읽어볼 엄두가 나지 않는다. 가시처럼 뻗친 불길함과 두려움을 추스를 수가 없다. 자신의 죽음을 미리 알리는 편지는 그저 소름끼친다. 편지의 한 구절, 나를 아주 잘 알고 있다는 말이 왜인지 정말인 것 같다는 믿음을 느낀다. 의심에 대한 작은 용기조차 허락되지 않는다. 눈에 익은 필체, 어느 순간 필체가 눈에 익다고 믿고 있다.

나는 고개를 가로젓는다. 허옇게 질린 얼굴로 고개를 가로젓는다. 내가 쓴 소설이 어떻게 사람을 죽일 수 있는지 믿을 수 없다. 내가 쓴 소설에는 누군가를 죽일 만한 힘이 없다. 그렇게 스스로를 합당하게 여기자 어쭙잖은 평온이 찾아온다. 그런 기분으로 지금 할 수 있는 일이 무언지를 고민한다. 소설을 쓰듯 뭐든지 가능하다면 좋겠지만 현실에서의 나는 그저 무능력할 뿐이다.

편지를 보낸 사람이 누굴까, 고민한다. 미간을 구긴 채 이를 악물고 집중한다. 누굴까, 누굴까, 누굴까. 허나 누구도 떠오르지 않는다. 편지에는 어떤 힌트도 담기지 않았다. 그저 내가 쓴 소설을 읽고 슬픔과 비참을 느꼈다고 말하며 진득한 불쾌감을 툭 던지고 있다.

그때 얹힌 속이 내려가는 것처럼 마음이 차분해진다.

편지가 거짓이니까.

편지가 거짓투성이라는 사실을 깨닫는다. 내가 쓴 소설은 결코 누군가를 슬프고 비참하게 만들 수 없다는 것이 거짓에 대한 증거, 결코 편지가 말하는 밑바닥의 슬픔과 비참을 야기할 수 없다. 또한 나를 그렇게 잘 아는 사람이라면 당당하게 나서지 못하는 이유가 의심스럽다. 편지를 보낸 이름 누구, 그 두 글자 익명 뒤에 숨은 누군가는 분명히 나를 잘 알지 못하는 사람이 분명하다. 목을 졸린 것처럼 위태롭던 호흡이 거칠어지더니 순간 정돈된다. 편지가 거짓이라고 편하게 생각한다.

친구는 먼저 도착해 창가 자리에 앉아있다. 왔냐는 인사도 없이 소처럼 커다란 눈을 끔벅이며 자신의 맞은편에 앉는 나를 물끄러미 쳐다본다. 우리가 단골로 자주 찾는 음식점. 커피와 맥주, 스파게티와 볶음밥을 파는 조용한 분위기가 마음에 드는 곳. 삼십 대 중반의 남자가 쭈뼛쭈뼛 다가와 주문을 받는다. 숫기가 없어 단골인 우리에게 아직까지 제대로 말도 못하는 그, 그에게 플러스마이너스라는 간판의 이름을 직접 지었냐고 이번에도 묻지 못한다.

친구는 말없이 창밖을 바라본다. 나도 그 시선을 따라 창밖을 바라본다. 대화가 없어도 불편하지 않다. 창밖 너머 모텔 입구로 드나드는 사람들을 구경하는 재미가 쏠쏠하다. 친구는 네모난 치아를 드러내며 배시시 웃는다. 웃는 이유를 묻자 아는 사람을 봤다며 얼굴을 붉힌다.

친구는 자신의 앞에 내밀어진 편지를 바라본다. 그리고는 고개를 들어 나를 바라본다. 어떤 저의로 자신에게 편지를 내밀었는지를 묻는 눈이다.

"편지야. 너도 읽어보라고 가져왔어. 얼마나 황당한 내용인지 웃기지도 않더라니."

친구는 입술을 꾹 다물며 편지를 집어 든다. 봉투 안에서 구깃구깃한 편지를 꺼내며 잠깐 망설이지만 이내 읽기 시작한다. 편지를 읽는 친구의 눈을 바라본다. 글자를 좇는 눈동자가 조심스럽다. 드디어 편지를 내려놓는다. 그와 동시에 어떤 해방감이 느껴진다.

"네가 생각해도 황당하지? 무슨 사람이 이렇게 무식한 장난을 쳐댄다니, 우습지도 않아."

나는 가볍게 웃고 있다. 편지가 거짓이라고 믿기 때문에 조금도 진지할 수 없다. 그러나 친구의 눈은 내게 동조하지 않는다.

"그렇게 쳐다보는 이유가 뭐야?"

친구는 시선을 내리깔며 시무룩하게 대답한다.

"무서워. 왜 죽겠다고 그럴까? 죽으면 슬플 텐데."

나는 대수롭지 않은 것처럼 대답하지만 감정의 억센 면이 뻗쳐 있다.

"죽기는 누가 죽어! 저렇게 자기 죽겠다고 광고하는 사람 중에 정말 죽은 사람 봤어? 단지 할 일 없는 짓궂은 사람의 몹쓸 장난일 뿐이야. 세상에는 별별 사람들이 많잖아."

"왜 내게 화를 내고 그래? 내가 무슨 말을 했다고."

친구는 소처럼 커다란 눈을 끔뻑이며 볼멘소리를 한다. 아차, 싶은 마음 뒤로 감정의 억센 면이 가라앉는다. 그리고 침묵이 이어진다. 이 침묵은 친구가 의도한 것이다. 내게는 어떤 선택권도 없는 그저 견뎌야 하는 침묵, 친구는 천천히 말을 시작한다.

"서영아, 내 생각은 조금 달라. 어쩌면 편지를 보낸 사람이 용기를 냈을지도 모르잖아. 정말로 내보일 수 없는 아픔을 편지를 통해 슬쩍 드러낸 건지도 모르잖아. 방금 네 말대로 세상에는 별별 사람들이 많은데, 그 중 한 명이 네가 쓴 소설을 읽고 정말로 슬프고 괴로웠는지도 모르잖아."

나는 미간을 찌푸리는 것으로 언짢은 감정을 내색한다. 그러나 친구는 단호한 얼굴로 말을 계속한다.

"서영아, 나는 네가 쓴 소설을 읽어봤잖아. 책으로 나온 소설만이 아니라 네가 쓴 소설을 전부 읽어봤잖아. 그래서 그런지는 모르지만 누군가는, 정말로 세상에 한 명쯤은 상처를 받았을지도 모른다고 생각해. 네 소설은 그래. 내게 정확히 설명하라고 따진다면 한마디도 할 수 없겠지만 무척 날카로워. 감춰졌지만 분명히 날카로운 것을 품고 있어."

순간 내 감정의 억센 면이 가시처럼 뻗친다.

"상식적으로 터무니없는 주장이잖아! 소설이 어떻게 사람을 죽일 수가 있냐는 말이야. 또 소설을 읽고 죽겠다고 말하는 게 정상이야? 아니, 있을 수 없는 일이야. 설사 사실이라고 해도 이해할 수 없어. 세상에 존재하는 어떤 소설도 사람을 죽일 만큼 슬프지도 괴롭지도 않아."

친구는 소처럼 커다란 눈을 끔뻑이며 나를 바라본다. 천천히 무거운 입술이 움직인다.

"서영아, 그런 말이 아니야. 그리고 젊은 베르테르의 슬픔이라는 소설 때문에 사람들이 많이 죽었다고 네가 말했어. 베르테르 효과를 설명하면서. 지금 네 말에 딴죽을 거는 게 아니야. 나는 단지 누군가는 의도와는 다르게 상처를 입고 아팠구나, 라는 생각이 이상하지만은 않다는 걸 말하려는 거야. 너는 작가잖아. 소설을 쓰는 사람이잖아. 그렇다면 공감할 줄 알아야 하잖아. 이렇게 말하면 너는 화내겠지. 이런 식의 말들을 싫어하니까."

나는 냉소적으로 되묻는다.

"그러니까 뭐, 네가 하고픈 말이 뭔데?"

친구는 소처럼 커다란 눈을 더욱 동그랗게 뜨며 황당한 얼굴이다.

"내가 하고픈 말이라니? 방금 했잖아! 안 듣고 뭐했어?"

나는 입술을 굳게 다문 채 창밖으로 시선을 던진다. 벌써 저녁, 우습게도 시선은 자꾸만 모텔의 입구로 향한다. 흐트러진 생각을 겨우 갈무리한다.

"소설은 상투적으로 생각되는 그런 게 아니야. 쓰는 사람에게는 자신의 이야기지만 읽는 사람에게는 누군가의 이야기일 뿐이야. 도대체 내 이야기를 듣고 왜 다른 사람이 죽겠다고 난리냐는 말이야."

감정은 막다른 골목에 내몰리는 것처럼 가파르게 흥분한다. 그래서 뱉지 말아야할 말조차 무심결에 튀어나온다.

네가 소설을 알아?

후회는 찰나의 순간조차 넘기지 못한다. 쏟은 물처럼 뱉은 말도 주워 담을 수 없다는 속담의 교훈이 머리를 쥐어박는다. 물은 늘 이렇게 쏟아졌겠지. 친구는 표정을 잃는다.

"서영아, 잘 들어봐. 우리 할아버지는 엄청 큰 부자야. 일곡동 일대에 땅과 건물이 오백억 원 어치나 있어. 그리고 우리 아빠는 부잣집 장손이야. 어릴 적부터 한량처럼 놀기를 좋아하고 여자가 많았데. 그런 아빠가 젊은 시절 만난 여자가 있었는데, 할아버지 할머니는 결혼을 반대했어. 그래서 하는 수 없이 중매를 봐서 결혼한 사람이 바로 우리 엄마야. 내 언니는 엄마가 낳은 딸이 아니야. 엄마와 결혼을 한 아빠가 할아버지 할머니가 반대한 여자와 살면서 낳은 딸이야. 엄마와 나는 그런 사실을 모른 척 하고 살았어. 지금도 모른 척 하며 살고 있고. 아빠는 젊은 시절에 유산을 미리 상속받았는데, 서서히 날려 먹었어. 목동으로 이사한 얼마 뒤에는 강북으로, 그리고 천안으로. 형편이 어려워졌지만 할아버지는 더 이상 아빠에게 돈을 주지 않아. 이유가 궁금하지? 언젠가 할아버지의 형제들이 돈을 내놓으라고 소송을 거는 일이 있었어. 할아버지의 재산 역시 상속받았나봐. 그때 우리 아빠는 재산을 얼마라도 나눠주자는 입장이었고 둘째 큰아빠는 십 원도 줘서는 안 된다는 강경한 입장이었어. 할아버지는 그 뒤로 장남을 신뢰하지 않아. 오로지 차남만을 신뢰해. 어때? 자세하게 듣지 않아도 개판이지? 네가 생각해도 우리 가족의 이야기가 그렇지?"

나는 꿀 먹은 벙어리가 돼 물끄러미 친구를 바라본다. 친구의 기세는 쉽게 꺾이지 않는다.

"서영아, 나 궁금한 게 있어. 이것도 소설이 될 수 있는 거지? 내 이야기, 내 가족의 이야기지만 소설이 될 수 있잖아. 있는 그대로 쓰지 않더라도 소설이 될 수 있잖아. 아빠는 아직도 언니의 엄마를 만나는지, 우리 엄마는 도대체 무슨 속으로 그런 남자와 사는지, 집으로 전화를 걸어 당당하게 아빠를 찾는 여자는 도대체 누구인지, 그럼에도 화목하게 잘 살고 있다고 믿는 딸은 도대체 뭔지를 쓰면 되잖아. 아니더라도 소설이라고 우기면 되잖아. 너도 네가 쓴 소설을 읽고 늘 놀라잖아. 결국 네 이야기였다고."

친구는 언제부터 이렇게 말을 잘 했을까.

늦은 저녁, 작업실에 돌아온다. 어떤 감정에 옥여 바싹 죄이는 가슴, 겨울의 추위조차 비집고 들어올 틈이 없다. 난방기를 켜는 것도 잊은 채 소파에 털썩 주저앉아 고개를 쳐들고 눈을 감는다.

편지를 읽고 싶지 않다고 마음은 거부한다. 허나 눈은 한 번 들여 다본 편지에서 벗어나지 못한다. 곧고 바른 글씨들을 계속해서 읽고 또 읽는다.

누가 이런 편지를 보냈을까, 고민한다. 나를 잘 알고 있다는 말이 사실이라면 나 역시 잘 알고 있는 사람일 것이다. 허나 아무리 머리를 쥐어짜내도 그럴만한 인물은 떠오르지 않는다. 마음을 헤집고 또 헤집는다. 어딘가에 숨어있을 누군가를 찾기 위해 잠시도 쉬지 않고 구석구석을 훑는다.

마음은 겨울과 같은지 눈이 내린다. 온통 같은 색으로 뒤덮여 있다. 그 속에서 익명의 누군가를 찾기 위한 몸부림은 긴 시간 잊히고 감춰졌던 다른 누군가를 수면 위로 불쑥 떠오르게 만든다. 그들을 외면한다. 갑작스러운 재회, 허나 나란히 놓인 선로를 지나는 각각의 열차처럼 서로를 지나친다. 그들을 돌아보지 않는다. 마치 보지 못한 것처럼 황망하게 나를 바라보며 멀어지는 그들을 외면한다. 어쩌면 잊을 수 있었는지, 그랬다는 사실이 놀랍다. 바닥까지 가라앉은 기분, 슬퍼진다. 마음속에서 불쑥 떠오른 그들의 존재가 신경이 드러난 치아처럼 괴롭다.

할 수 있는 일을 찾는다. 지금의 무기력한 상황에서 유일하게 할 수 있는 일을 찾아낸다. 육인용 탁자에 앉아 편지지를 앞에 놓고 볼펜을 손에 쥔다. 편지를 쓰는 마음이 처연하다.

　이 편지가 도착할 때까지 당신이 살아 있다면, 그래서 이 편지를 당신이 읽을 수 있다면 나에게 죽으려는 이유를 올바르게 알려 주십시오. 내가 쓴 소설이 어떻게 당신을 슬프고 비참하게 했는지 도무지 알 수가 없습니다. 그러니 당신이 죽으려는 이유를 답장에 보내시고 내가 수긍하는 답장을 보낼 때까지 죽겠다는 결심을 미뤄주십시오. 부디 이 편지가 당신에게 전달되기를 바랍니다.

　편지가 보내진 곳의 주소를 받는 곳에 적고 받는 곳의 주소를 보낸 곳에 적는다. 주소의 위치가 뒤바뀌는 것에는 아무런 의미가 없다. 허나 누구, 라는 익명의 이름 앞에서 마주한 망설임은 마음에 부담으로 느껴진다. 한참을 고민한 끝에 받는 이의 이름에는 당신에게, 라고 적는다.

　우체국을 향해 걸어가는 동안 죽음을 생각해본다. 동기와 까닭은 차치하고 죽음에 대한 순수한 심상을 떠올려본다. 그러자 익명의 누군가가 죽겠다는 이유가 정말로 궁금하냐는 물음이 스스로에게 던져진다. 아니라는 분명한 대답을 듣는다. 죽음의 결심이 설사 내게 원인이 있더라도 영향 받지 않을 자신이 있다. 지금 내 감정은 그저 누군가가 죽지 않았으면 하는 인지상정일 뿐, 그렇기에 구구절절 죽지 말라고 입바른 말을 편지에 쓸 수도 있었지만 그러지 않았다. 그저 편지가 도착하는 시간만큼만 죽음을 견뎌주기를 바란다. 만약 그렇다면 죽음으로 결정된 결말이 다른 무언가로 뒤바뀔지도 모른다는 어설픈 희망을 느낀다. 편지를 부치는 마음은 다급하지 않고 담담하다.

익명으로 편지를 보낸 누군가의 생사와는 상관없이 나는 소설을 쓸 생각이다. 소설을 써야만 한다.

육인용 탁자에 앉아 소설을 생각한다. 소설을 써야겠다는, 소설을 써야한다는 졸렬한 사명감에 휩싸인 채 원고지를 앞에 놓는다. 연필을 손에 쥐고 소설을 쓰려고 한다. 허나 한글자도 쓸 수가 없다. 마음에 매달린 무거운 추는 기분을 저 아래로 끌어내린다. 그리고 닿게 된 밑바닥 어디쯤에서 마주한 물음, 지금 이 글을 소설이라고 말할 수 있을는지……. 소설이라고 말할 수 없다면 잡담쯤이라고는 말할 수 있을는지……. 나는 연필을 쥔 채 거대한 아가리를 생각한다. 완전히 삼켜지기 위해 스스로 미끼가 됐던 생生과 살殺의 두려움, 기어이 미끼를 깨문 이빨 없는 욕망, 이빨이 없어 미끼가 된 나를 쉽게 뱉어낼 수 있던 생의 수단과 놓아주고 달아난 본능. 그러나 곁을 맴도는 탐욕. 그 탐욕이 소설을 쓰게 만든다.

아이의 나이는 열 살, 초등학교 사학년. 또래에 비해 키가 작아 학교에서 줄을 서면 맨 앞에 선다. 힐끔 옆에 서 있는 여자 중에서도 가장 작은 친구의 정수리를 올려다본다. 내심 저 친구보다는 자신이 크겠지, 생각하지만 여자 중에서도 가장 작은 친구보다 더 작다는 현실에 못내 기분이 꿀꿀해진다. 그런 서운함이 까치발을 들게 했는지 뒤에서 안보여, 소리가 나온다. 아이보다 조금 더 키가 크다고 뒤에 서있는, 그러나 너 역시도 작은 친구가 매정하게 안보여, 한다. 그 말이 얼마나 상처인줄도 모르고. 아이는 까치발에서 내려선다.

전교생이 강당에 모여 교장선생님의 훈화를 듣는다. 모두가 좀이 쑤신지 몸을 뒤틀며 지루함을 견딘다. 길었던 훈화가 끝이 나고 일학년부터 차례대로 강당을 빠져나간다. 선생님들이 인상을 구긴 채 차례대로 나가라고 다그치지만 통제는 되지 않는다.

강당을 나서는 순간 줄은 해산되고 모두가 왁자지껄 떠들며 자신의 교실로 향한다. 그런 무리의 속에서 아이의 어깨를 어떤 손아귀가 낚아챈다. 아이는 걸음을 멈추고 자신의 어깨를 낚아챈 그들을 빤히 올려다본다. 작은 아이의 앞이라 몸집이 더욱 커다랗게 보이는 육학년, 오학년 형들이 서있다. 불량스러운 세 명의 무리.

"현구 형이 학교가 끝나면 운동장에서 기다리래."

육학년 김성우가 강압적으로 읊조리지만 아이는 당돌하게 고개를 휙 돌린다.

"싫어!"

그대로 걸음을 옮기려는 아이의 어깨를 오학년 최명헌이 다시 한번 낚아챈다.

"너 죽고 싶어?"

오학년 최명헌은 주먹을 쥐어 보이며 때리는 시늉을 한다. 허나 아이는 꿈쩍도 않는다.

"형들이랑 어울린다고 아빠한테 자꾸 혼난단 말이야. 놔!"

아이는 주눅 들지 않고 당돌하게 할 말을 한다. 그런 아이의 멱살을 오학년 최명헌이 힘껏 잡아 비튼다. 아이는 여린 두 손으로 저항하지만 역부족이다.

"좋은 말로 할 때 남아라. 그냥 가버렸다가는 내일 죽는다."

숨이 막혀 얼굴이 붉어진 아이가 그러마고 대답을 하지 않았는데 오학년 최명헌은 멱살을 비튼 손을 놓는다. 아이가 제법 반항적으로 흘겨보는데도 그냥 가버린다. 아이는 자신의 멱살을 비튼 불량한 형들을 원망하며 그제야 교실로 향하는 발걸음을 옮긴다.

학교가 파하고 아이는 혼자 시소에 앉아 있다. 맞은편에 앉은 상대가 없어 하늘로 치켜 올라간 빈 의자를 몸을 뒤로 기울인 채 멍하니 바라본다.

"야, 따라와."

아이는 천천히 고개를 돌려 목소리의 주인을 찾는다. 중학생 김현구가 불량한 무리의 앞에서 손짓한다. 그의 변성기 온 목소리가 아이의 목에 줄을 매단다. 얼굴이 희고 작은 입술이 붉은 아이, 불량한 형들의 뒤를 졸졸 쫓아간다.

인적 드문 공터, 버려진 벽돌과 철근이 여기저기 흩뿌려져 있다. 중학생 김현구는 불량스럽게 쭈그려 앉아 아이를 바라본다. 그 곁으로 육학년 김성우와 박석진이 나란히 선다. 아이의 멱살을 잡아 비틀었던 오학년 최명헌은 보이지 않는다.

"너 요즘 우리를 피하더라? 왜 그러는지 이유를 말해봐."

중학생 김현구의 변성기 온 목소리가 아이를 긴장시킨다. 아이는 중학생 김현구가 무섭고 두렵다. 소문에는 더 큰 형들도 함부로 못하는 독종이랬다. 그러나 아이는 말없이 입을 딱 다물고 버틴다. 아이의 고집도 세다.

"좋게 말하는데 왜 대답을 안 해? 우리 사이에 또 옛날처럼 때리고 맞고 해야겠어?"

중학생 김현구의 목소리는 분명하게 말한다. 때리겠다고 말한다. 아이는 그제야 꾸물대며 대답한다.

"아빠한테 많이 혼났단 말이야. 두들겨 맞고 욕 듣고 벌서고, 한

번만 더 걸리면 정말 봐주지 않는다고 했어. 정말이야."

아이는 뭐가 두려운지 몸을 떤다. 화가 난 아버지, 떠올리는 것만으로도 몸이 떨린다. 커다란 손으로 내리치는 매는 너무 아프고 몇 시간씩 무릎을 꿇은 채 듣는 설교도 고난스럽다. 그런 사실을 모르는지 중학생 김현구는 피식 웃으며 몸을 일으킨다.

"그게 나랑 무슨 상관이야? 꼭 나 때문이라고 말하는 것 같잖아. 서운하게."

중학생 김현구는 웃는 얼굴로 아이의 다리를 걸어찬다. 아이는 맥없이 주저앉아 아픈 다리를 부여잡고 소리친다.

"때리지 마! 내가 약하다고 때리는 거지? 그러지 마."

아이는 당돌하게 소리친다. 그러자 육학년 김성우와 박석진이 욕을 하며 주먹을 보탠다.

"이 새끼가 어딜 개개어? 죽고 싶어!"

아이는 눈을 흘긴다. 맞으면서 소리친다.

"그러지 마!"

아이는 힘이 없어 맞는 매가 분해 작은 어깨를 들썩이며 씩씩댄다. 저들보다 힘이 강했다면 마음껏 패줄 수 있을 텐데, 생각하며 분함을 삼킨다. 중학생 김현구가 앞으로 나서자 육학년 김성우와 박석진이 뒤로 물러난다. 중학생 김현구는 여전히 들썩거리는 아이의 어깨에 팔을 두른 뒤 어디론가 데려간다. 강제로 끌고 간다.

아이는 다리에 힘을 줘 버텨보지만 중학생 김현구는 그런 반항을 느끼지 못할 만큼 힘이 강하다.

빈 땅.

얼굴이 희고 작은 입술이 붉은 아이, 곳곳에 쓰레기가 버려지고 잡풀과 잡목이 우거진 빈 땅을 마주한다. 중학생 김현구는 힘으로 아이를 끓어앉힌다. 변성기 온 목소리가 풀밭에 몸을 숨긴 뱀처럼 은밀하게 기어온다.

"잘 들어. 빈 땅을 쭉 올라가면 담벼락이 나올 거야. 담벼락은 아주 낮아서 너도 쉽게 넘을 수 있어. 또 내가 미리 상자를 갖다놨으니까 그걸 딛고 올라서면 담을 넘는 일이 아주 수월할거야."

"싫어! 아빠한테 혼난단 말이야."

아이는 대뜸 소리친다. 곁에서 몸을 잔뜩 웅크리고 있던 육학년 김성우와 박석진이 화들짝 놀라며 아이의 입을 틀어막는다.

"조용히 해! 들키면 너 죽을 줄 알아."

아이는 입을 틀어막은 손들을 떼어내려고 버둥거린다. 그러나 끝내 거부하지 못하고 살금살금 빈 땅을 가로질러 걷고 있다. 목적지는 구멍가게의 물건창고, 낮은 담을 넘으면 먹을 것이 가득하다. 허나 자꾸만 화가 난 아버지가 눈앞에 아른거려 마음이 불안하다.

아이는 폴짝 뛰어 매달린 뒤 몸을 당겨 담을 넘는다. 콩콩콩, 가슴 뛰는 긴장감 속에서 눈에 보이는 상자 두 개를 담 밖으로 힘겹게 집어던진 뒤 다시 폴짝 뛰어 담을 넘는다. 상자 두 개를 포개들고 빈 땅을 가로질러 걸어가던 아이는 아픈 팔을 더는 견디지 못하고 상자를 내동댕이친다. 빈 땅 너머를 바라보니 자신에게 담을 넘을 것을 강요한 중학생과 육학년은 머리만 삐쭉 내밀고 있다. 그 모습이 비겁하고 얌체 같아 아이는 괘씸함을 느낀다.

"좀 도와줘! 너무 무겁단 말이야!"

아이는 보란 듯이 목청껏 소리를 지른다. 그러자 멀리서 머리만 삐쭉 내밀고 숨어있던 중학생과 육학년은 다급하게 손을 흔들며 분주해진다. 아이의 눈에 그 모습은 우스꽝스러워 작은 두 손으로 입을 가리고 키득키득 웃는다.

아이는 축구를 하듯 상자 두 개를 번갈아 발로 차며 빈 땅을 한참만에야 지난다. 그때까지 머리만 삐쭉 내밀고 숨어있던 육학년 김성우와 박석진이 재빨리 튀어나와 상자 하나씩을 주워들고 냅다 달음질을 친다. 아이는 멀어지는 뒷모습을 멍하니 바라보다 뒤늦게 상황을 파악하고 헐레벌떡 뒤를 쫓아 달린다.

"같이 가! 같이 가!"

아이의 간절한 외침에도 중학생 김현구와 육학년 김성우 박석진은 인적 드문 공터에 도착할 때까지 달음질을 멈추지 않는다. 뒤늦게 헐떡이며 도착한 아이는 졸지에 욕지거리를 듣는다. 빈 땅에서 소리를 질렀다는 이유로. 아이는 자신의 공로를 몰라줌에 서러워 핑 도는 눈물을 간신히 참아낸다. 작고 붉은 입술을 꽉 다문 채 지지 않고 흘겨본다. 중학생 김현구는 힘들이지 않고 육학년 김성우와 박석진을 말린다.

"그만하고 얼른 상자나 열어봐. 뭐가 들어있는지 보자."

얼굴이 희고 작은 입술이 붉은 아이, 재빨리 상자에 달라붙어 마치 제 것이라고 시위를 하는 것처럼 작은 손가락을 꼼지락거려 박스를 뜯는다. 상자를 밀어 넘어뜨리자 새우깡과 초코파이가 우수수 쏟아진다. 그 순간 누가 먼저랄 것도 없이 모두가 달라붙어 새우깡과 초코파이를 입안에 쑤셔 넣는다. 아이도 질 수 없어 마구 쑤셔 넣는다.

이 단것이 뭐라고 그 빈 땅을 지나 담을 넘었을까. 또 뭐라고 이리도 달까.

육학년 박석진은 목이 멘다는 불만을 새우깡과 초코파이가 가득 담긴 입으로 터뜨린다.

"음료수도 하나 가져올 것이지 목메 죽겠네."

아이는 그 말이 서운하지만 대꾸하지 않고 일어나 바지를 턴다.

"왜, 가려고?"

중학생 김현구가 묻는다.

"응, 갈 거야. 아빠한테 혼나."

중학생 김현구는 초코파이와 새우깡 두 봉지를 무심한 얼굴로 내민다.

"받아. 집에 가서 먹든 친구들이랑 먹든 알아서 해. 오늘 수고했다."

아이는 자신에게 내밀어진 초코파이와 새우깡을 바라보며 왠지 쑥스럽다. 수고한 공로를 인정받은 것 같아 내심 뿌듯하다. 초코파이와 새우깡을 가슴에 안고 학교에 가본다. 운동장 미끄럼틀 밑에서 친구들이 모여 놀고 있다.

"애들아, 이거 먹어."

"우와, 서영이 최고다!"

아이는 자신은 먹지 않고 친구들의 먹는 모습만 흐뭇하게 바라본다. 누구도 목이 멘다고 투덜대지 않는다. 그런 모습이 좋아 내일도 모레도 또 그 내일도 모레도 얼굴이 희고 작은 입술이 붉은 아이는 빈 땅을 지나 담을 넘는다.

이제는 담을 넘어서도 여유롭다. 긴장감도 두려움도 느껴지지 않는다. 아이가 박스를 가지고 빈 땅을 되돌아오면 육학년 김성우와 박석진이 하나씩 맡아 들고 인적 드문 공터를 향해 내달린다. 아이는 이제 뒤처지지 않고 제법 잘 쫓아간다. 인적 드문 공터에서 질리도록 단것을 입에 쑤셔 넣은 뒤 자신의 몫을 챙겨 학교로 향한다. 운동장 미끄럼틀 밑에서 친구들이 기다리고 있다.

"우와, 서영이 최고다!"

얼굴이 희고 작은 입술이 붉은 아이, 미끄럼틀을 타고 내려오며 친구들의 먹는 모습을 흐뭇하게 바라본다. 기분이 좋다.

나는 육인용 탁자에 앉아 원고지를 앞에 놓고 고심한다. 미간을 찌푸린 채 끈질기게 고민하지만 무슨 말을 어떻게 더 써야할지가 도무지 떠오르지 않는다. 더 이상 글이 써지지 않는다. 연필을 쥐고 연거푸 마른세수를 한 탓에 검정이 묻은 얼굴이 거뭇하다.

아이는 친구들의 먹는 모습을 흐뭇하게 바라만 볼 뿐 더 이상 아무 것도 하지 않는다. 원고지 속 새까만 문단의 경계는 딱 거기에서 멈춘 채 미동이 없다. 답답함이 들어찬 가슴은 작은 여유도 없이 금방이라도 터져버릴 것처럼 위태롭다. 머리끝까지 차오른 인내의 한계는 발광하고픈 충동을 가까스로 억누른다.

작업실을 나서는 발걸음이 무겁다. 캄캄한 어둠으로 뒤덮인 골목을 걸으며 점점 무거워지는 마음을 느낀다. 그저 마음에 들어찬 답답함을 조금이라도 덜어내고 싶었지만 찬바람에 옷깃을 여미며 더욱 움츠러든다. 상기된 얼굴에 찬바람이 닿자 후끈한 열이 오르며 마른땀이 흐른다. 아무런 소용이 없다.

늦은 밤의 아주 당연한 면면들을 천천히 지나친다. 허나 소설에 대한 상념에 사로잡힌 탓에 어떤 것도 눈에 들어오지 않는다. 왜 갑자기 막혀버렸는지 도무지 알 수가 없다. 어린 아이의 시점으로 그리는 소소하고 담담한 이야기가 이토록 어려운지 막막한 기분이다.

"오빠! 놀다가. 서비스 잘해줄게."

나는 깜짝 놀라 몸을 떤다. 가뜩이나 마음이 어수선할 때 튀어나온 놀람은 불쾌할 뿐이다. 진정을 되찾고 흘기듯이 나를 붙든 손의 주인을 쳐다본다. 젊은 여자가 화장을 한 얼굴로 웃고 있다. 인상을 구긴 나를 앞에 두고도 웃는 얼굴이 이질적으로 느껴진다. 뭘까, 하는 의구심은 주변을 둘러본 뒤에야 해소된다.

그녀는 창녀, 매춘을 직업으로 삼은 여자였다. 롯데백화점 건물을 삥 둘러 골목이 그녀들의 일터, 집창촌. 그녀와 같은 일을 하는 여자들이 일정한 간격을 벌린 채 줄줄이 서있다. 추위에 떨면서도 웃는 얼굴로 지나가는 남자를 붙든다. 거대한 세상 안에 속한 지금의 작은 세계가 너무도 낯설게 느껴진다. 웃음을 공짜로 파는 행위에 담긴 의미 역시 알아차릴 수가 없다.

"오빠, 십오 분에 칠만 원이고요, 삼십 분은 십만 원. 한 시간은 십오만 원이야."

반말과 높임말을 섞어 쓰는 목소리가 애교스럽다. 허나 내게는 너무도 상관없는 말이라서 그저 벗어나고만 싶다.

"죄, 죄송합니다."

나는 머리를 꾸벅 숙이며 사과를 한다. 애써서 나를 붙든 손을 떼어내고 발걸음을 옮기지만 또다시 붙들리고 만다. 식은땀을 흘리며 거절에 거절을 거듭한 끝에 겨우 집창촌 골목을 벗어난다. 그제야 어떤 여유가 깃들며 사유가 허락된다. 물끄러미, 커다란 세상 속에 감춰진 작은 세계를 바라본다.

저 멀리에서 남자 하나가 단신으로 그녀들을 향해 걸어온다. 그녀들에게 조금의 관심도 없다는 것처럼 모자를 푹 눌러쓴 채 땅만 보고 걸음을 옮긴다. 그런 남자를 어김없이 붙드는 몸을 파는 그녀들, 남자는 자신을 붙든 그녀를 잠깐 쳐다보고는 후미진 골목으로 뒤따라 들어간다. 십오 분에 칠만 원, 삼십 분에 십만 원, 한 시간에 십오만 원이라던 그녀의 목소리가 머릿속에서 생생하게 맴돈다. 남자에게 허락된 시간은 얼마쯤일지를 짐작해본다. 겨우 십오 분, 남자는 벌겋게 달아오른 얼굴로 모습을 드러낸다. 모자를 푹 눌러쓴 채 종종걸음으로 바삐 멀어진다.

나는 작업실을 향해 걸음을 옮긴다. 그녀들의 노동과 그에 따른 정신을 사유하며 어떤 특별함을 예상한다. 발그레 떠오르는 미소는 뭣 때문인지 알 수가 없다. 새벽이 늦었지만 잠은 오지 않는다. 외투를 벗어 아무렇게나 던져둔 채 육인용 탁자에 앉아 숨을 고른다. 흐뭇한 기분에 젖어든다. 어쩌면 새로운 소설에 대한 영감을 얻었는지도 모른다는 생각이다. 집창촌에서 몸을 파는 그녀들을 바라보며 어떤 소설을 쓸 수 있을지, 고민하다 잠에 든다. 다음날 고민은 결실을 맺는다. 돈과 정신에 대한 소설을 쓰자고 결심한다. 그 결심은 나를 뻔뻔스러운 사람으로 만든다.

나는 소설을 쓰기 위해, 소설을 쓴다는 이유로 가끔 이곳에서 그녀들과 함께 철야한다. 몸 파는 그녀들, 이른 저녁부터 이른 아침까지 고된 노동을 견뎌낸다. 감정과 육체 모두를 팔아야 하는 그녀들의 웃음은 공짜, 오늘도 어김없이 나를 붙잡는다. 웃음을 공짜로 팔면서.

"오빠! 놀다가. 서비스 잘해줄게."

"저예요, 소설가."

나를 알아 본 그녀의 얼굴이 새침해진다.

"에이, 작가님이시네."

그녀는 못내 아쉬움을 떨치지 못한 채 나를 놓아준다. 이곳에서도 나는 작가로 불린다. 내가 쓴 소설을 그 누구도 읽어보지 않았으면서 작가 대접을 해준다. 한쪽에 자리를 잡고 앉아 썰렁한 거리를 바라본다. 대로변에서 사복을 입고 직접 호객행위를 해 남성을 데리고 방으로 들어가는 것이 사보, 이곳에서 사보라는 단어를 처음 배운다.

밤이 깊어가지만 거리는 조용하다. 대로변에서 오지 않는 손님을 기다리며 추위에 발을 동동 구르는 그녀들이 그저 가엾다. 살그머니 눈을 뜨자 한쪽 귀에 블루투스를 꽂은 삼춘이 앞에 서있다. 깜박 졸았던 모양이다. 서른 후반쯤으로 보이는 삼춘은 머쓱한 얼굴로 허연 입김을 내뿜으며 묻는다.

"실례지만 무슨 작품을 쓰시는데 이런 누추한 곳에 오십니까? 주제 넘는 물음인지도 모르지만 제가 호기심이 많아서요."

나는 점잖게 쓰려고 결심한 소설을 들려준다.

"돈과 정신에 대해 쓰려고 합니다. 소설을 통해 돈과 정신에 대해 말하고 싶어요. 소설의 배경이 되는 세계에는 오로지 여성만이 존재합니다. 여성 중에 예쁘고 날씬하고 똑똑한 엘리트만이 혹독한 훈련을 받은 뒤 세상과의 경계에서 매춘을 할 수 있어요. 반대로 매춘을 할 수 없는 여성들은 더 큰 세상의 존재를 모른 채 농사를 짓고 옷을 만드는 등의 노동력을 매춘부들에게 팔아 돈을 벌어요. 그 세상에서 돈은 오로지 매춘부의 노동과 소비를 통해서만

분배가 되거든요. 그런 세계를 통해 돈과 정신에 대해 써볼까 합니다."

아직 쓰지 않은 이 소설이 마음에 든다. 좋은 소설이 될 것만 같은 기분이다. 삼촌에게 인사를 하고 안쪽으로 걸음을 옮기자 어깨의 문신이 목까지 올라와 있는, 부모로부터 포주 자리를 물려받았다는 남자를 마주친다. 그는 내게 성매매특별법의 부당함을 성토하며 목에 핏대를 세운다.

"강금실, 그 년이 좆같은 법을 만드는 통에 포주들 다 망해가고 있잖습니까. 좆같은 게 뭐냐면 아가씨가 와가지고 선금을 삼천만 원이든 오천만 원이든 받는단 말입니다. 그리고는 그냥 경찰서에 가서 나 성매매 했는데 포주한테 빚이 있다고 고발하면 애꿎은 포주만 잡혀가고 빌려준 돈도 못 받게 됩니다. 그런 악법이 세상에 어디 있습니까? 간사한 것들이 두 번만 설치면 다 망한다 이말입니다. 성매매, 이게 지들한테 피해준 게 뭐있다고. 내가 세금을 얼마나 많이 내는데요. 작가님, 이것 좀 꼭 소설에 써주십쇼. 꼭 좀요."

"네."

그때의 약속을 지금 지킨다. 집창촌이 배경인 아직 제목을 짓지 못한 소설을 쓰기 시작한다.

배가 나온 중년의 남자. 그가 걸친 코트는 작은 자동차의 값과 비슷하다. 명품이라 불리는 시계와 혁대와 구두가 그에게 어떤 인격을 부여한다. 그의 옆구리로 늘씬한 아가씨가 팔짱을 끼며 안긴다. 그녀가 걸친 것 중 값이 나가는 물건은 모두 그가 선물한 것이다. 그는 그녀에게 어떤 인격을 부여한다. 까만색, 번쩍이는 외제 자동차. 겹쳐진 동그라미 네 개. 그는 운전석에, 그녀는 조수석에 몸을 싣는다. 시동을 건다. 부드러운 출발, 비싼 자동차는 뭐가 달라도 다르다. 그녀는 방금 마신 칵테일 두 잔에 기분이 좋다.

"오빠. 이렇게 만져주면 좋아?"

그녀는 배시시 웃으며 그의 고추를 주무른다. 스물두 살, 능숙해지기에는 아직 이른 나이. 그는 여자의 노력 없이는 고추가 단단해지지 않는다. 늦은 저녁, 그와 그녀는 섹스를 위해 자주 찾는 모텔로 자동차를 몰아간다. 그때 사보라고 불리는 몸을 파는 그녀들이 줄줄이 선 채 도로를 향해 손을 흔든다.

"오빠! 놀다가. 놀다가."

몸을 파는 그녀들의 목소리가 벙긋거리는 입모양으로 들려온다. 그의 고추를 주무르던 그녀는 몸을 파는 그녀들을 흘겨보며 선을, 그녀들과 자신의 사이에 칼같이 긋는다.

"걸레 같은 년들, 돈에 몸을 파니?"

그녀는 그의 커지지 않는 고추를 손에 쥔 채 왠지 모를 승리감을 느낀다. 그도 그녀의 머리를 쓰다듬어준다. 쓰다듬는 손에 힘이 담겨 그녀의 입이 말랑한 고추를 삼킨다.

그는 알몸으로 침대 위에 누워있다. 아주 편안한 자세로 누워 그녀의 입속을 즐긴다. 아직 그의 고추는 작고 흐물흐물 힘이 없다. 스물두 살의 그녀가 열심히 비비고 문질러도 신호가 없다. 그녀는 고된 노동이 결실을 맺어 고추가 단단해지자 얼른 그 위에 올라타 춤을 춘다. 그의 땀 찬 겨드랑이에 파묻힌 그녀가 사랑을 속삭인다. 다음 달에 자신의 생일이 있다고, 생일에 샤넬 가방을 사달라고 조른다. 그녀의 생일이 다음 달인지 확인할 방법은 없다. 그녀는 샤넬을 위해 몸과 정신을 팔았다.

나는 원고지를 앞에 놓고 고심에 잠겨있다. 돈과 정신에 대해 쓰려는 소설을 어떻게 이어가야 할지가 도통 고민이다. 어떤 문장을 썼다가 지우기를 반복한다. 그럼에도 답을 얻지 못한다.

다음 날에도 육인용 탁자에 앉아 소설을 생각한다. 이미 모든 이야기를 계획한 것처럼 느꼈지만 실체는 없다. 다음 날, 그 다음 날도 계속해서 소설쓰기에 매달린다. 허나 지우개의 잔해만 바닥을 더럽힐 뿐 여전히 실체는 없다.

이제 더 이상 집창촌에 가지 않는다. 소설을 쓰기 위해, 소설을 쓴다는 이유로 종종 함께 철야했던 그곳을 더 이상 찾지 않는다.

그들의 세상은 단조롭고 평화로울 뿐 소설에 쓸 이야기가 없다. 그곳에서 사십 년간 작은 가게를 운영했다는 아주머니에게도 별다른 이야기가 없다. 컵라면과 담배가 많이 팔린다는 말밖에는 가진 이야기가 없다. 단지 어떤 특별함, 특별하지 않더라도 조금은 특이한 무언가를 바랐지만 헛된 집착, 작은 세계는 커다란 세상과 조금도 다르지 않다.

매일 육인용 탁자에 앉아 어떤 문장을 썼다 지우기를 반복한다. 좀처럼 이야기가 진행되지 않는다. 뼈대와 살 모두가 없는 부실한 이야기, 억지로 완성하더라도 수준 낮을 소설일 게 빤하다.

육인용 탁자 한편에 밀쳐놓은 원고 뭉치를 찾아 손에 든다. 얼마 전까지 매달려 썼던 얼굴이 희고 작은 입술이 붉은 아이의 이야기, 여전히 문단의 경계는 미끄럼틀을 타고 내려오며 친구들의 먹는 모습을 흐뭇하게 바라보는 거기에 머물러 있다. 역시나 막혀버린 소설, 허나 그 이유를 알고 있다. 의도와는 다르게 크고 작은 상처를 입어가는 소설을 그대로 내버려둘 수가 없다. 상처를 입히는 가시가 도처에 즐비하다. 그 가시에게서 아이를 지켜내고 싶다.

그래서,

단 하나의 생채기도 없는 소설이기를 바란다.

소설을 처음부터 다시 읽어본다. 그러면서 어떤 부분을 지워보기도 하고 어떤 부분에는 살을 붙여보기도 한다. 그러다 이내 본래대로 되돌리기를 반복한다. 조금의 진전도 거두지 못하는 현실이 조금씩 우울해진다. 머릿속이 조금 어지러운 것도 같은 불쾌감을 좀처럼 털어낼 수 없다.

그때 누군가가 작업실의 문을 두드린다. 종종 연락 없이 찾아오는 친구들이 있어 별다른 의심 없이 문을 연다. 문밖에는 한 번도 만난 적이 없는 전혀 알지 못하는 사람이 우두커니 서있다. 걸친 옷으로는 감춰지지 않는 풍만한 몸매, 불룩 솟은 가슴을 앞으로 내민 여자가 날이 추운데 따뜻하게 입지 않고 눈으로 보기에도 추운 차림이다.

나는 당혹감에 휩싸인 채 어떤 말도 떠올리지 못한다. 그런 나를 빤히 바라보는 여자의 눈에는 미묘한 감정이 담겨있다. 어쩌면 내가 자신을 알아보는지를 시험하는 것도 같고 어쩌면 내가 어떻게 반응하는지를 살피는 것도 같다.

"편한 곳에 앉으세요."

나는 어색한 얼굴을 감추지 못하고 육인용 탁자 주위를 서성인다. 여자는 소파에 앉더니 시선을 내려뜨린 채 뜸을 들인다. 숨 막히는 정적과 침묵이 영원히 끝나지 않을 것처럼 이어진다. 아직 이곳에, 나를 찾아온 이유를 듣지 못했다. 여자는 좀처럼 말을 꺼내지 않는다.

"작가님께 들려드리고 싶은 이야기가 있어서요. 또 여쭙고 싶은 것도 있고요."

나를 부르는 작가님이라는 호칭을 듣자 놀랍게도 마음에 여유가 깃든다. 본능적으로 작가랍시고 행세를 하려고 마음먹는다. 무슨 말이든 하라고, 어떤 대답이든 해주겠다고 약속한다. 정말로 그럴 결심이다.

"다름이 아니라요, 과거는 미래에 영향을 끼치지 못한다는 작가님의 말씀이 정말인지 다시 한번 여쭙고 싶었어요."

나는 미간을 찌푸린 채 지나간 시간의 어디쯤을 짐작한다. 여자는 이미 내게 같은 물음을 건넸었다.

벌써 늦은 밤, 대학에서 강연을 마치고 자동차에 오르려는 나를 부르는 작가님이라는 호칭에 익숙한 척 딱딱하게 굳은 얼굴로 애써 미소 짓는다. 돌아보니 걸친 옷으로는 감춰지지 않는 풍만한 몸매의 여자가 불룩 솟은 가슴을 앞으로 내민 채 물끄러미 나를 바라보고 있다. 내가 고개를 갸웃거리며 용건을 재촉하자 여자는 한 걸음씩 천천히 다가온다. 그러면서 드러나는 앳된 얼굴, 여자의 손에 들린 소설책이 품안에서 볼펜을 꺼내게 만든다. 이름을 묻자 여자는 담담히 대답한다. 서명을 마치고 책을 내밀자 머뭇거리며 받지 않는다. 얇은 입술의 떨림이 가로등 불빛에 비친다. 무슨 할 말이 있어서 그럴까, 나는 차분히 기다리며 기색을 살핀다. 여자는 뒤늦게 책을 받아들고는 조용한 목소리로 말한다.

"작가님, 여쭙고 싶은 말이 있어요."

나는 고개를 끄덕이며 작가랍시고 어쭙잖은 행세를 한다. 나를 바라보는 여자의 눈이 깊다. 어떤 기대를 담고 있는지, 아무런 기대도 담기지 않았다는 사실을 알아차리지 못한다.

"과거는 미래에 어떤 영향도 끼치지 못한다는 말씀은 정말인가요?"

물음이 이해되지 않아 고개를 갸웃하자 여자는 좀 더 성실하게 보충한다.

"작가님께서 그러셨잖아요. 과거는 미래에 어떤 영향도 끼치지 못한다고요. 가난하고 장애가 있는 아이들의 처지는 가엾지만 미래까지 동정하지는 않는다고요. 그러면서 말씀하셨어요. 어떤 과거든 지나가는 순간 내 것이 아닌지도 모른다고. 그래서 미래는 수많은 기적을 담고 있다고요. 결코 빤한 미래가 아니기를 바라며 노력하는 게 중요하다고요."

나는 천천히 고개를 끄덕인다. 그런 말을 한 기억이 없지만 곧 그런 말을 한 것도 같다고 수긍한다.

"그렇습니다. 어떤 과거라도 미래에 영향을 끼칠 수 없습니다."

여자는 감정이 드러나지 않는 얼굴로 고개를 끄덕인다.

여자의 이름을 기억해낸다. 여자의 이름은 보라였다.

나는 여자의 이름을 기억해냈지만 어쩐지 거북하고 불편한 기분이다. 보라는 그런 낌새를 알아챘는지 말을 시작한다. 여전히 감정이 드러나지 않는 얼굴이다.

"작가님이 하신 그 말씀이 아프기도 하고 위로가 되기도 했어요. 사실 저는 문란한 여자였거든요. 사랑하지 않는 남자와도 잠자리를 가졌어요. 그런데 그런 과거가 정말로 앞으로의 미래에 상관이 없을지……. 오래 고민했지만 아직까지 확신을 얻지 못했어요. 작가님의 말씀대로 분명히 존재하는 과거를 아예 없는 것처럼 자신을 속이고 살아도 괜찮을까요? 정말로 과거는 미래에 영향을 끼칠 수 없는지 다시 한번 묻고 싶었어요."

나는 천천히 고개를 끄덕인다. 마치 이해한다는 것처럼, 그럴 수도 있다는 것처럼 고개를 끄덕이고 있다. 허나 남자와의 관계가 문란하다는, 사랑하지 않는 남자와도 잠자리를 가졌다는 말에는 공감하지 못한다. 그저 작가랍시고 위선이나 떨 줄 안다.

"제가 지금 쓰고 있는 소설 이야기를 들려드릴까 합니다. 저는 요즘 밤이면 집창촌으로 취재를 나갑니다. 아직 많은 이야기가 전개되지는 않았지만 새로운 세계를 배경으로 돈과 정신에 대해 말하는 괜찮은 소설이 될 것 같은 기대입니다. 소설에서는 강렬한 인물이 등장해 주인공에게 영향을 끼칩니다. 사회적 지위가 높은 남자인데, 주인공에게 자유를 부르짖습니다. 소설의 제목을 의식의 흐름이라고 지었습니다. 기법과 함께 주인공의 의식이 자유를 부르짖는 인물에 의해 흘러가기 때문입니다. 아직 완성하지는 못했지만 이런 메시지를 던집니다. 기준, 우리 개인이 갖고 있는 기준은 정확한 판단과 가치에 의한 게 아닙니다. 무조건적인 교육과 세뇌에 의해 주입된 것들에 기초하며 많은 영향을 받습니다. 사랑하지 않는 남성과 잠자리를 가진 과거를 고민하는 것도 같은 이치입니다. 어떤 일에 대한 견해와 생각을 관념이라고 합니다. 현실에 의하지 않는 추상적이고 공상적인 생각 역시 관념입니다. 다수를 지배하는 인식은 사랑하지 않는 이성과의 잠자리를 환영하지 않습니다. 흔한 것인데도 은밀하게 감춰집니다. 즉 전체적인 관념에 의해 사랑하지 않는 이성과의 잠자리가 나쁘다는 기준을 갖게 됩니다. 허나 개인은 분명한 의식을 지녀야 한다고 생각합니다. 생각과 의심이 결여된 상태에서 사회적 관념을 받아들이는 판단은 써낸 답이 정답일지라도 오답이나 다름이 없습니다. 스스로 판단했을 때 어떤 행위라도 나쁘지 않다면 괜찮은 문제들이 있습니다. 설명이 어렵지만 개인은 스스로가 처한 현실과 고민을 조금만 더 처지와 환경을 고려해 헤아려야 합니다. 스스로 떳떳하다면 어떤 과거라도 미래에 영향을 끼칠 수 없을 겁니다. 설사 떳떳하지 않더라도 변화한다면, 그래서 떳떳하지 못함을 떨쳐낸다면 과거는 역시 미래에 어떤 영향도 끼칠 수 없을 겁니다. 저는 그렇게 생각합니다. 진지하게 고민해 얻은 대답입니다."

나는 어쩐지 만족스러운 기분이다. 작가랍시고 뭐랄까, 비범한 말들로 체면을 살린 것 같아 기쁘다. 허나 보라는 조금의 동요도 보이지 않는다. 안색하나 변하지 않고 말을 시작한다.

"작가님, 지금부터 제가 하는 말을 꼭 비밀로 지켜주겠다고 약속해주세요. 작가님을 신뢰하기에 할 수 있는 약속이에요. 그리고 감사합니다. 불쑥 찾아온 제게 어떻게 찾아왔냐고 따져 묻지 않아주셔서요. 그래서 더욱 신뢰합니다."

나는 당연히 비밀을 지키겠다고 약속한다. 어렵지도 않은 약속이라고 생각한다. 보라는 담담하게 말을 잇는다.

"보시다시피 제게는 병이 있습니다. 성조숙증이에요. 초등학교 삼학년 때의 몸뚱이가 지금과 별로 다르지 않았어요. 털도 빨리 자랐고 생리도 일찍 시작했습니다. 아, 엄마를 먼저 이야기해야겠네요. 엄마는 아직 삼십 대의 나이로 젊습니다. 제가 아주 어릴 때 이혼을 했고 그 뒤로 애인이 자주 바뀌었어요. 주로 동거를 했고, 아빠라고 부르라는 남자가 많아 혼란스러웠습니다. 그런 엄마는 조심성이 부족한지, 아니면 저를 어리게만 생각했는지 아빠라고 부르라던 남자와 살을 부비는 모습을 자주 보였습니다. 말하기는 그렇지만 남자를 많이 밝혔나 봐요. 거의 매일 살을 섞었거든요. 그리고 엄마의 남자는 술에 취해 저를 겁탈했어요. 그때 저는 열한 살이었는데요, 그렇게 처녀를 잃은 뒤 방황을 했습니다. 섹스를 했어요. 제게 달려드는 음욕들이 도처에 즐비했습니다. 가슴이 크고 털도 난 제 몸이 보기에 무척 신기했던 모양이에요. 일대에 걸레라고 소문이 났습니다. 친구들이 모두 떠나가고 남겨진 외로움을 달랠 상대는 우습게도 남자가 전부였어요. 그냥 눈이 마주치는 것처럼 쉽게 섹스를 했어요. 하지 말아야 하는 이유를 몰랐고요, 거부감도 없었습니다. 그래도 저는 한 번도 임신을 한 적이 없어요."

나는 얼굴을 붉힌 채 고개를 끄덕인다. 억지로 미소 짓는 입꼬리가 파르르 떨리지만 태연한 척 애쓴다. 예상을 훌쩍 뛰어넘는 고백이 불러일으킨 충격에 식은땀이 흐른다. 보라는 여전히 감정이 드러나지 않는 얼굴로 말을 잇는다.

"두 명, 세 명, 네 명. 남자들은 저를 가운데에 놓고 발가벗기를 즐겼어요. 그럼에도 부끄럽지 않았어요. 다리와 입을 벌린 채 몸을 맡기면 언젠가는 끝이 났거든요. 힘들기도 했지만 딱히 하지 말아야겠다는 생각은 들지 않았어요. 중학생이 된 뒤에는 학교를 다닐 수가 없었어요. 주변에서 쏟아지는 모멸과 멸시는 떠나라고 강요하는 것 같았거든요. 가출을 한 뒤에는 원조교제를 했어요. 쉽게 돈을 번다고 생각할지도 모르지만 생각처럼 만만하지는 않았어요. 모든 남자가 돈을 주고 곱게 섹스만 했다면 좋았겠지만 폭력적인 부류가 많았거든요. 그러다 각목이라고 하죠, 각목을 하게 됐어요."

나는 보라의 말을 끊는다. 각목이라는 단어가 머리에 낯설다.

"각목이라니요? 나무 각목을 말씀하시는 건가요?"

보라는 처음으로 피식 웃는다.

"아니요. 각목은 원조교제를 미끼로 남자를 유인해 폭력과 협박을 가해 돈을 갈취하는 수법을 말하는 은어입니다. 저는 각목의 미끼 역할을 맡았어요. 경력이라면 경력이겠지만 저는 별의별 남자를 모두 상대해봤습니다. 환갑이 넘은 남자도 있었어요. 원조교제를 통해 만나게 된 어떤 아저씨가 사십만 원을 주겠다고 소개를 해줬는데요, 저는 좋았어요. 발기가 잘 안되긴 했지만 매너가 좋았거든요. 다만 자신을 아빠라고 부르라는 강요는 내키지 않았지만, 그래서 좋다면 해주는 게 옳다고 생각했습니다. 그 남자와는 총 세 번을 만났어요. 마지막으로 만난 날이 작가님을 처음 만났던 그날이에요."

보라는 입술을 꾹 다문 채 뜸을 들인다.

"정말 진실을 말하는데요, 저는 그날부로 사랑하지 않는 남자와는 다시는 섹스를 하지 않겠다고 결심했어요. 그 결심은 아직까지 지켜지고 있습니다."

나는 식은땀을 훔치며 당혹감을 감추기 위해 애를 쓴다. 마실 것을 내오겠다며 일어나 부엌, 조그마한 창문을 열고 냉수를 들이킨다. 물이 끓는 시간 동안 마음이 차분해진다.

소설에 써야지, 소설로 써야지.

간사한 마음이 잔뜩 교활함을 띤 채 고개를 쳐든다. 지금 듣게 된 이야기를 소설에, 소설로 쓰고 싶다. 그래서 보라는 내 고객이 된다. 고객은 뜨거운 차를 천천히 마신다. 그 모습을 가만히 지켜보는 마음은 꼭 부자가 된 것도 같고 감춰진 금맥이 더 있지는 않을까, 의심을 느끼기도 한다. 나는 무심코 물음을 던진다.

"지금까지 몇 명과 섹스를 했나요? 백 명?"

보라는 고개를 가로젓는다. 나는 놀란 마음으로 숫자를 올린다.

"그럼 이백 명?"

보라는 이번에도 고개를 가로젓는다.

"그럼 삼백 명?"

보라는 대수롭지 않다는 것처럼 대답한다.

"사백 명은 될 거예요. 사백 번을 했다는 게 아니라 사백 명과 관계를 가졌다는 말이에요."

나는 감당할 수 없는 숫자를 헤아리느라 정신이 아득해짐을 느낀다. 사백 명을 어떻게 채웠을까. 그럼에도 태연할 수 있는 여유의 근원을 짐작할 수가 없다.

"혹시 자기 자신을 속된말로 걸레라고 생각하시나요?"

보라의 눈이 나를 바라본다. 그 눈은 이런 질문들이 저속하고 천박한 내 본성의 반증이라는 사실을 깨닫게 한다. 허나 어떤 수치심도 느끼지 못한다.

"제가 걸레가 아니라면 세상에 누가 걸레라는 말인가요?"

보라는 당연한 것을 묻는다고 핀잔을 준다.

"혹시 개와도 해봤습니까?"

개, 내 입에서 튀어나온 개라는 말에 드디어 수치심을 느낀다.

"아니요. 경험이 없습니다."

보라의 대답은 남성과 개를 구분하는 경계가 없다. 어떻게 개와 성교를 할 수 있냐는 반박이 아닌 단지 기회가 없었다는 평범한 대답. 나는 붉게 달아오른 얼굴로 보라를 바라본다. 거칠어진 호흡조차 인지하지 못할 만큼 묘한 흥분에 휩싸여있다.

보라는 담담한 목소리로 말을 잇는다.

"작가님, 제가 비록 비천한 삶을 살았지만요, 깨닫게 된 진실이 하나 있어요. 그 진실은 유일하게 모든 것을 올바르게 설명해줬는데요, 그 진실이 뭐였냐면 세상에 옳은 건 하나도 없다는 거예요. 대수롭지 않게 들릴지도 모르지만 제게는 지옥 같은 삶과 생을 견뎌 얻은 유일한 진실이에요. 그래서 그 누구와도 섹스를 할 수 있었어요. 세상은 결코 옳고 그름으로만 판단할 수 없거든요. 그렇기에 그런 섹스들도 옳고 그름으로 판단할 수 없어요. 옳은 것도 아니지만 그렇다고 그른 것도 아니에요. 애초에 옳은 건 없으니까요. 작가님도 언젠가는 이해할 수 있을 거예요. 자유가 뭔지."

보라는 소설을 완성시킨다. 의식의 흐름, 이라고 제목을 붙인 소설이 불청객에 의해 완성된다.

나는 노골적으로 보라의 커다란 가슴을 쳐다본다. 저것을 핥았을 더러운 입과 그 속에서 날름거렸을 혀가 눈앞에서 아른거리는 것 같다. 역겨움에 메스꺼워진 속이 뒤틀린다. 견디기 힘든 그 순간 죽은 듯 매달려있던 성기가 꿈틀거린다. 보라의 커다란 가슴이 내게도 쾌락이 될 수 있겠구나, 될 수 있는 게 아니라 이미 쾌락이구나, 깨닫는다. 보라는 세상에 옳은 건 하나도 없다는 진실을 얻었지만 나는 세상에 알 수 있는 건 하나도 없다는 진실을 얻은 것 같다. 알 수 있는 게 없었다.

친구는 의식의 흐름을 읽고 있다. 고개도 한번 들지 않고 천천히 집중해서 읽는다. 겨울의 끝, 아니 이제는 봄. 창밖에서 쏟아지는 햇볕의 포근함에 자꾸만 스르륵 눈이 감긴다. 플러스마이너스, 허나 매상은 항상 마이너스인 한가한 단골 음식점의 창가에 앉아 졸린 눈을 견딘다. 친구가 의식의 흐름을 다 읽으려면 몇 시간은 걸릴 것이다. 읽는 속도가 보통 사람들보다 느린 탓에 어쩌면 더 걸릴 지도 모른다. 나는 속절없이 그 시간을 기다리다 견디지 못하고 잠에 든다. 둥근 탁자 위에 팔을 개고 그 위에 머리를 얹는다. 그런데 그런 순간 잠들지 않기 위해 몸을 뒤척였는지 친구의 목소리가 아주 조용하게 들려온다.

"서영아, 편하게 자. 다 읽으면 깨울게."

친구의 조용한 목소리는 따스한 햇볕과 함께 나를 재운다. 얼마 뒤 슬며시 눈을 뜬다. 얼마나 잠속에 있었는지 감이 오지 않는다. 기지개를 켜며 바라본 창밖으로 여전히 따스한 햇볕이 쏟아지고 있다.

친구는 소처럼 커다란 눈을 아래로 내리뜬 채 원고를 손에 모아 들고 툭툭, 탁자를 두드린다. 네모반듯하게 모서리를 맞춘 원고를 탁자 한편에 내려놓은 뒤 나를 바라본다. 의식의 흐름을 쓴 당사자로서 첫 독자의 반응이 어떨지 궁금하다. 설마 재미없다고는 하지 않겠지, 친구는 내 소설을 좋아하니까, 이번에도 좋아할 거야. 나는 기대감과 함께 자신감을 느낀다.

친구는 소처럼 커다란 눈을 천천히 끔뻑인다. 그럴 때 묘한 긴장감이 흐르고 친구는 슬며시 웃는다. 까닭모를 웃음, 나는 인내심을 잃고 먼저 말을 꺼낸다.

"어때? 재밌지? 처음에는 소설의 제목을 이십오 세 미만 구독 불가라고 지었어. 십구 세가 읽을 소설이 아니야. 이십오 세는 돼야 이해할 수 있을 거야."

친구는 여전히 까닭모를 웃음을 띤 채 고개를 두어 번 끄덕인다.

"나는 조금 충격이야. 뭐라고 설명할 수는 없지만 충격적이야."

나는 친구의 소감이 마음에 든다. 의식의 흐름은 그런 충격을 위해 쓰여진 소설이다. 기분이 좋아졌는지 부연설명을 곁들인다.

"의식의 흐름에 나오는 그는 조커라는 인물에게서 영감을 받았어. 수련 언니의 이야기에서도 도움을 많이 받았고. 그리고 말이야, 그의 비서의 이름은 박홍수야. 박홍수가 누군지 알고 있지? 두 번째 그녀의 선생님 이름이 바로 박홍수잖아. 비서의 이름은 초반에 한 번 언급했는데, 아마도 예민한 독자들은 감춰진 함정을 알아차릴 거야."

친구의 얼굴에는 걱정이 드리운다. 목소리도 조심스럽다.

"서영아, 나는 재밌게 읽었어. 그런데 수련 언니가 걱정이야. 네가 그 사람에 대해서 너무 자세하게 쓰는 바람에 혹시라도 누군가가 알아챌까 염려스러워. 나도 이만큼 걱정하는데 수련 언니는 오죽하겠어? 현실과 조금 다르게 쓴다고 소설이 크게 달라지는 것도 아니잖아. 네 생각은 어때? 내가 이래라저래라 할 입장이 아니니까 조심스럽게 권하는 거야."

친구의 말은 들뜬 기분을 단번에 잡치게 한다. 나는 고개를 가로젓는다. 웃는 얼굴이지만 그 속에 깃든 단호함은 확고하다.

"그건 나중에 생각해 볼 문제야. 나중에 생각해보자. 일단은 완성해서 기분이 좋으니까."

친구는 어두운 얼굴로 나를 부른다.

"서영아."

나는 친구를 빤히 바라보며 속내를 모르는 척 한다. 알면서도 모르는 척 한다.

"나는 네가 수련 언니를 조금 배려해줬으면 해. 조커에게서 영감을 받았다고? 아니잖아. 설사 조커의 내면을 가져왔더라도 그의 외형이나 배경은 수련 언니가 만난 남자에게서 가져온 거잖아. 수련 언니의 이야기잖아. 수련 언니가 알면 어떻게 생각하겠어. 자신의 은밀한 이야기가 아무리 친한 너라도 드러났는데 말이야. 게다가 소설에 썼다니, 이런 경험이 흔하지는 않잖아. 수련 언니가 소설에 썼다고 나무라지는 않을 거야. 그렇지만 나는 네가 배려를 해줬으면 좋겠어. 상처받으면 어떡해."

친구의 거듭되는 걱정이 귀찮고 짜증스럽다. 무엇보다 현실과 소설을 구분하지 못하는 아둔함이 신경을 긁는다. 그래서 입 밖으로 나오는 말들이 날카롭다.

"소설일 뿐이잖아! 왜 예민하게 굴어? 나중에 책으로 나올 때 이름을 바꾸면 되잖아. 괜한 걱정하지 마. 세상 누구도 소설과 현실을 착각하지 않으니까."

친구는 한숨을 내쉬고는 말을 삼킨다. 나도 심경을 누그러뜨린다. 친구의 걱정이 괜한 것이 아님을 알고 있다. 허나 어떤 참견도 받고 싶지 않다. 친구는 못내 걱정을 떨칠 수 없는지 이번에는 한 번도 만나본 적 없는 보라를 걱정한다.

"수련 언니는 아는 사이니까 괜찮다고 해도 보라의 이야기를 소설에 썼잖아. 그 사람은 네게 비밀이라고 자신의 이야기를 털어놨다며. 그런데 너는 내게도 보라의 이야기를 했고 수련 언니에게도 했잖아. 또 내가 모르는 누군가에게도 했을지 모르고. 아무리 듣는 사람이 당사자를 모른다고 소설에 써버리면 어떡해. 나라면 상처 받을 거야. 어쩌면 믿음에 대한 배신이라고 생각할지도 몰라."

나는 더 이상 감정을 숨기지 못한다. 웃는 얼굴조차 뻔뻔스러운 민낯을 감추지 못한다. 감정이 날이 세운다.

"보라의 이야기는 소설과 완전히 별개야. 어느 하나도 같다고 할 수가 없어. 소설에는 보라라는 이름이 등장하지 않을 뿐더러 두 번째 그녀 역시 보라와는 상관없는 인물이야. 보라는 가출을 한 뒤 수많은 남자들과 관계를 갖고 원조교제를 했지만 두 번째 그녀는 박홍수라는 남자를 사랑한다는 착각에 의해 문란한 삶을 살게 된 거야. 이게 어떻게 같아? 단지 두 번째 그녀가 그런 삶을 통해 유일하게 깨달은 게 있다고 고백하는 장면 하나가 비슷해. 의식의 흐름을 읽은 그 누구도 보라를 떠올리지 못할 거야. 설사 보라를 알고 있는 사람일지라도."

친구는 싸늘하게 굳은 얼굴로 나를 바라본다. 이내 대답하기를 포기했는지 반쯤 남은 커피를 천천히 마신다. 커피마저 싸늘하게 식어있다. 그때 나의 감정은 격앙되지 않고 차분하다. 담담하게 친구와의 대화를 마무리한다.

봄, 허나 겨울처럼 차가운 밤. 추위는 코끝을 찌른다. 온통 고시학원으로 가득한 예술의 거리, 고시학원에 다니는 원생들의 공통된 석식 때가 도래했는지 좁다란 거리가 북적북적 들끓는다. 그 속에서 작업실로 향하는 발걸음이 가볍다. 어쩌면 뜬금없는 영감에서 시작한 소설을 완성한 기분이 좋다. 마치 힘들이지 않고 값진 것을 얻은 것만 같다.

이제는 작업실로 향하는 걸음이 자동적이다. 몸이 기억하는 한 걸음 한 걸음이 나를 작업실로 들여보낸다. 거리에 들어서자마자 왼쪽으로 꺾어 들어가면 나오는 삼층 건물의 이층이라는 설명도 새삼스럽게 작업실은 이제 내가 존재하는 공간이 됐다. 계단을 올라 잠긴 문을 열고 들어간다. 신발을 벗고 실내화로 갈아 신는 동작 역시 평범하다. 허나 어색한 침묵에 휩싸인다.

침묵, 훤하게 드러난 작업실이 거대한 아가리처럼 느껴진다.

나는 우두커니 지금 휩싸인 감정이 무언지를 생각한다. 축 가라앉은 기분, 어떤 일이든 감당할 수 없을 것 같은 정신적인 무기력. 애써 극복하려는 의지조차 생기지 않는 불측지연의 상태. 두려움이었다.

지금 휩싸인 감정이 두려움이라는 사실을 깨닫는다. 그 깨달음은 조심히, 아주 조심히 왜냐고 이유를 묻는다. 어째서 두려움에 휩싸였는지 이유를 묻지만 대답은 들리지 않고 조마조마한 마음에 조금씩 불안을 쌓는다.

일층 복도, 밋밋한 벽에 매달린 우편함 앞에서 두려움은 순간 치솟다가 이내 가라앉는다. 마음이 차분해진다. 이런 감정의 변화를 우두커니 견디며 생각한다. 편지는 오지 않았을 거라고. 내가 쓴 소설을 읽고 죽겠다는 불쾌한 편지를 다시 마주하고 싶지 않다. 그런 불쾌함은 도무지 무익하다.

나는 외면한다. 편지는 오지 않았을 거라고 믿으며 우편함을 외면한다. 더 이상 허무맹랑한 주장에 휘둘리고 싶지 않다. 불길한 편지를 보낸 익명의 누군가는 내 삶이 얼마나 절박하고 비루한지 모른다. 가진 전부를 털어 작업실을 만들고 남은 전부를 걸어 소설을 쓰는 암담함을 모른다. 내게는 죽겠다는 편지 따위에 휘둘릴 시간도 여유도 없다. 죽겠다면 잘 죽으세요, 한마디가 할 수 있는 전부. 나는 소설을 쓸 것이고 써야만 한다. 내게는 소설밖에 남지 않았다. 소설밖에.

그러나,

편지는 손에 쥐어진다. 나는 우편함을 외면하지 못한다. 작업실로 향하는 계단을 몇 번이고 오르내리며 애썼던 필사적인 노력도 소용없이 결국 우편함을 확인한다. 우편함 속에서 손에 쥐어지는 편지를 꺼내는 순간까지도 아니길 바란다. 더 이상 편지가 오지 않는다면 내가 쓴 소설을 읽고 죽겠다는 익명의 누군가가 정말 죽더라도 무신경할 수 있으리라, 살더라도 무신경할 수 있으리라, 아주 괘씸한 장난이었더라도 무신경할 수 있으리라. 무엇보다 편지를 완전히 잊었었다.

편지가 보내진 주소를 확인한다. 여기에서 삼백 킬로미터가 떨어진 어느 도시, 보낸 사람의 이름은 누구. 가슴에 무거운 돌덩이를 얹은 것처럼 호흡이 답답해진다. 육인용 탁자에 앉아 편지를 앞에 놓고 마음을 가다듬어본다.

나는 왜 불안한가, 나는 왜 두려운가, 나는 왜 근심하는가.

머릿속에 드는 생각은 이름만 대면 알만한 작가들이 수두룩한데 왜 하필 변변찮은 내게 이런 편지를 보내는가에 대한 억울함, 혹은 낙담이다. 본디 변변찮은 주제에 작가랍시고 행세하기를 즐겼지만 이번에는 도무지 내키지 않는다. 죽음을 알리는 불길하고 꺼림칙한 편지를 어떻게 처신해야 하는지, 어떤 대처라야 이런 불길함과 꺼림칙함에서 벗어날 수 있는지 고민하지만 마땅한 방법이 없다.

나는 편지를 뜯는다. 겨우 내용물을 꺼내 육인용 탁자 위에 올려놓는다. 그리고는 첫 번째 편지와 필체를 대조해본다. 다름없는 곧고 바른 글씨체, 내게 보내진 편지는 모두 동일한 인물이 보낸 것이다. 나를 잘 알고 있다면서 내 이름이 아닌 작가님, 이라는 호칭을 사용하는 익명의 누군가가 너무도 꺼림칙하다.

편지를 읽는다.

작가님, 친히 보내주신 답장은 염려에도 불구하고 제게 잘 도착했습니다. 편지를 보낼 때 답장이 오리라는 기대는 조금도 하지 않았기에 조금 놀란 마음이었습니다. 답장이 온다는 상상조차 하지 않았습니다. 이름을 감춘 채 보낸 편지는 그런 마음이었습니다. 이런 마음이 무언지 짐작할 수 있을는지, 작가님은 그저 죽으려는 이유를 올바르게 알려달라고 물었습니다. 죽음을 미뤄서라도 죽음의 이유를 알려달라고 했습니다. 그래서 이유를 생각해봤습니다. 죽음에는 이유가 필요하지 않다고 믿었기에 고민은 밤을 지새웠습니다. 어떤 말을 다시금 작가님께 보내야하는지 날이 밝은 뒤에도 명쾌하게 떠오르지 않았습니다. 다만 죽음은 의외로 간단하다는 말을 전하고 싶었습니다.

작가님은 자신의 소설이 어떻게 누군가를 슬프게 하고 비참하게 했는지 도무지 납득할 수 없는 모양입니다. 작가님에게 죽음은 그저 멀게만 느껴지는 비현실쯤인지도 모릅니다. 어쩌면 저를 불신하는지도 모릅니다. 그래서 안식을 얻는다면 족하겠지만 반드시 깨뜨려질 안식이 과연 얼마나 편안할는지요. 외면은 도박과도 같습니다. 원하는 것을 얻을 수도 있지만 마찬가지로 원하는 것을 잃을 수도 있습니다.

작가님, 소설에서의 죽음은 얼마나 쉽습니까. 끝은 결국 죽음이 아닙니까? 기쁨도 슬픔도 절대 끝이 될 수 없습니다. 오로지 죽음만이 끝이 될 수 있습니다. 무척 사랑스럽고 소중한 인물이 있습니다. 그런 인물의 죽음이라야 비로소 소설에 중요한 의미가 부여될 수 있다면 작가님은 작은 망설임없이 소설을 위해 죽으라고 목을 조르거나 도끼로 내리칠 게 분명합니다. 그 모습은 사형집행관일 수도 있고 살인마일수도 있습니다. 죽음은 이토록 간단합니다. 다만 소설에서의 죽음은 쉽게 감출 수 있지만 현실에서의 죽음은 감추기가 어렵습니다. 죽음은 마침표와 역할이 같습니다. 그 자체로 끝인 겁니다. 결말이라고도 합니다. 작가님께서 이쯤에서 소설을 끝내자고 마침표를 찍는 그 순간과 제가 이쯤에서 삶을 끝내자고 죽어버리는 그 순간은 조금도 다르지 않습니다. 죽으려는 이유를 수긍하셨는지 모르겠습니다. 허나 설명이 됐으리라고 믿겠습니다.

손에 들린 편지를 내려놓자 피로감이 무겁게 몰려든다. 실내가 건조한지 눈이 따갑다. 질끈 눈을 감은 채 거칠게 문질러도 좀처럼 효용이 없다. 등받이에 몸의 무게를 싣고 고개를 젖히자 현기증이 인다. 천장에 매달린 전등이 눈에 들어온다. 작은 미동도 없이 그저 매달려있다.

지금 어떤 기분에 휩싸였는지 좀처럼 알 수가 없다.

필체를 대조하기 위해 꺼내뒀던 첫 번째 편지를 다시 읽어본다. 작가님께, 라는 부름으로 시작해 이것 역시 소설로 쓰실 겁니까, 라고 묻고는 그래도 상관없다고 스스로 대답하며 끝을 맺는다. 편지가 너무도 비현실처럼 느껴진다.

그 날 밤이 멍하니 지나간다. 별다른 고민도 근심도 없이 밤을 지새운다. 어쩌면 홀가분한 기분, 철야의 몽롱함에 짓눌린 채 겨우 몸을 일으킨다. 몸의 형편이 좋지 않다. 심한 갈증마저 나를 괴롭힌다. 두어 모금 삼킨 냉수에 배가 꽉 차버린다.

내가 쓴 소설을 읽고 죽겠다고 말하는 첫 번째 편지와 죽음은 의

외로 간단하다고 말하는 두 번째 편지는 육인용 탁자 위에 나란히 놓여있다. 우두커니 바라보는 시선이 골똘하다. 첫 번째 편지를 받은 뒤 휩싸였던 뿌리 없는 두려움이 문제를 키운 것 같다. 그때 조금만 더 냉철하고 담담했으면 어땠을까, 가벼운 후회를 느낀다.

지금 기분은 그때보다 담담하다. 백번 양보해서 편지의 모든 내용이 진실이라고 해도 그 근본은 허무일 뿐, 어딘가에 기대지 않고는 홀로 설 수 없다. 누구, 라는 익명의 뒤에 숨은 것에도 나름의 사유가 있을 것이다. 허나 그 뿐, 깊이는 없다.

편지는 심각한 분위기를 먹구름처럼 머금고 있지만, 그래서 별안간 천둥과 벼락을 들이치기도 하지만 그것은 허위나 다름없는 공갈, 실체가 없다. 내가 속아 휩싸였던 두려움은 죽음이라는 극단적인 요소가 발산하는 필연적인 성질, 편지가 언급하는 죽음은 실행되더라도 비겁할 뿐이다. 도리어 죽음이라는, 사멸 불귀 절명! 단어만 가지고도 느낄 수 있는 불경함을 가볍게 언급하는 것에서 익명의 누군가가 삶을 가벼이 여긴다는 사실이 드러난다. 스스로 증명하고 있다.

헝클어져 암담했던 문제의 첫머리를 손에 쥔 기분이다. 이 문제를 해결하지 않고는 도무지 잠에 들지 못할 것 같다. 몽롱한 기분이지만 의지는 단호함을 되찾고 편지지를 앞에 놓는다. 익명의 누군가는 첫 번째 편지에서 죽겠다고 말했다. 내가 쓴 소설을 읽고 죽겠다는 무서운 말을 아주 가볍게 뱉었다. 나는 답장을 보내며 죽지 말라고 부탁했다. 익명의 누군가는 바람대로 죽지 않고 두 번째 편지를 보냈다. 그래서 죽지 않았다는 사실에 다행을 느끼지만 어쩐지 죽겠다는 그 결심의 비장함이 연출인 것만 같아 속았다는 기분이다.

  나는 편지를 쓰기 시작한다.

  삶을 죽음과 연관하려는 시도를 멈추길 바랍니다. 삶과 죽음은 하나로 연결된 것 같지만 결코 어느 하나도 같지 않습니다. 또한 삶은 세상 어떤 것과도 비교할 수 없는 귀하고 아름다운 보석입니다. 소설 속 인물을 빗대 죽음이 간단하다고 말했지만 그건 옳지 않은 설명입니다. 어떤 소설이 삶과 비교가 될 수 있을까요. 어떤 이야기와 인물이 우리들의 삶을 대신할 수 있을까요. 설사 흉내를 냈더라도 그 무게와 가치는 비교가 불가능합니다.

  죽음은 의외로 간단하는 말이 마음을 아프게 했습니다. 죽음은 누구에게나 당연하지만 결코 간단할 수 없습니다. 짧은 삶이라도 수많은 사람들에게 기억될 것이고 그렇게 남겨진 삶에도 책임이 따릅니다. 그래서 죽음은 때로는 잔인하기도 합니다. 진짜 죽음은 그렇습니다. 허나 소설 속 죽음은 아주 간단합니다. 진짜가 아니기 때문입니다. 소설을 읽으며 눈물을 흘리더라도 그 눈물은 진짜가 아닙니다. 그렇다고 가짜라는 말도 아닙니다. 소설은 그저 작가가 떠오른 이야기나 마음에 담긴 이야기를 엉뚱하게 글로 풀어낸 것에 불과합니다. 작가에게나 의미가 있는 것이지 소설을 읽고 너무 빠져들어서는 곤란합니다.

세상에서 가장 위대한 소설이라고 삶을 얼마나 담을 수 있을까요. 아주 긴 소설이라도 삶의 아주 짧은 순간만을, 그것도 띄엄띄엄 담을 수 있습니다. 소설은 삶의 찰나마저도 온전히 담을 수가 없습니다. 아주 작은 조각조차 붙들 수 없습니다. 소설은 많은 이야기를 곁에 드러내고 질문을 던지지만 정작 중요하고 필요한 이야기는 수수께끼처럼 감춰버립니다. 아니, 담아낼 수가 없습니다.

삶은 죽음으로 끝이 나는 간단한 게 아닙니다. 누구나 운명처럼 죽음을 맞닥뜨리기에 그것이 끝인 줄 알지만 삶은 여전히 그대로 존재하고 있습니다. 삶은 소설처럼 극히 일부만을 필요에 의해 드러내지 않습니다. 찰나의 순간조차 감할 수 없이 온전히 견뎌야 합니다. 모든 찰나의 순간을 감당하며 역사하는 게 바로 삶입니다. 죽음은 감히 마침표의 역할을 할 수 없습니다. 설령 죽음이 정말로 간단할지라도 삶은 아닙니다. 삶은 죽음 따위로 끝이 나는 허무한 것이 결코 아닙니다.

당신이 죽으려는 이유가 올바르게 설명되지 않았습니다. 다음에 올 편지를 기다리겠습니다.

손에 쥔 볼펜을 내려놓자 견디기 괴로운 피로감이 목덜미를 짓누른다. 편지를 다시 한번 읽어보는 눈이 따갑고 자꾸만 감긴다. 켜켜이 쌓인 피로는 도무지 이겨낼 방도가 없다. 헌데 잠이 싹 달아나는 기분이다. 내가 썼지만 편지가 참 괜찮다고 느낀다. 가소로운 만족감, 같잖아서 우습지도 않은 만족감에 사로잡혀 잠깐이나마 잠을 잊는다. 편지를 들고 작업실을 나선다.

나는 여전히 알량하게 작가랍시고 행세를 하고 있다.

뚜벅뚜벅, 발걸음을 옮기는 몸이 괴롭다. 같잖은 만족감은 금세 사라지고 그저 눕고만 싶다. 지금 길 위에 드러누워도 편하게 잠들 것 같은 기분이다. 허나 기분은 피로감만큼이나 무겁게 가라앉는다.

편지에 적어 넣은 말들이 과연 어디에서 나왔는지를 생각한다. 의문에 대한 어떤 답도 얻을 수 없지만 모두 진심이라고 믿어진다. 비록 작가랍시고 같잖게 행세를 하지만 삶은 무엇과도 비교할 수 없는 소중한 것이라고 믿는다. 세상에서 가장 위대한 소설조차 빗댈 수 없을 만큼 보배로운 것이라고 거짓 없이 믿는다. 허나 못내 씁쓸함을 느낀다. 그렇게 믿는 삶을 소설에 온전히, 완전히 바친 내가 거울을 마주한 것처럼 바라보인다. 분자와 분모의 위치가 뒤바뀐 그런 모순에서 자유로울 수 없다.

잠을 푹 잤는지 몸이 가뿐하다. 잠에서 깨자마자 이불을 밀쳐내고 상체를 일으킨다. 별다른 의식 없이 눈을 끔벅이며 정신이 돌아오기를 기다린다. 슬쩍 고개를 돌리자 창문을 가린 휘장이 은근하게 빛을 머금고 있다. 아직 해가 저물지 않은 모양이었다.

이부자리를 허물처럼 남겨둔 채 슬쩍 몸만 빠져나온다. 가파른 계단을 내려오자 작업실의 익숙한 풍경이 눈에 들어온다. 육인용 탁자, 소파, 전자피아노……. 주방에서 허기를 채우고 나오지만 달리 할 일이 없어 심심함을 느낀다. 소파에 앉아 책을 집어 들지만 집중은 금방 흐트러지고 피아노의 건반을 눌러봐도 영 감흥이 없다. 결국 육인용 탁자에 앉아 넋을 잃는다. 시간을 흘려보낸다.

창문으로 비쳐드는 햇살이 슬금슬금 줄어드는 기색이다. 몸을 일으켜 창가로 향해보지만 어떤 창문을 열어도 저무는 태양은 보이지 않는다. 창문 너머의 풍경은 건물의 뒷면 뿐, 그나마 꾸며진 앞면과는 달리 버려지고 방치돼 음울하기만 하다. 허나 창밖을 내다보는 심정은 그와 별로 다르지 않다. 꼭 비슷한 색인 것만 같아 도리어 차분해진다.

육인용 탁자에 앉아 소설을 생각한다. 소설을 쓰는 일 외에는 정말로 달리 할 일이 없어 심심하고 무료하다. 얼마 전에 완성한 의식의 흐름을 읽어볼까, 싶지만 그러지 않고 한쪽으로 미뤄둔다. 분명히 기분이 좋았던 것 같은데, 그랬다는 사실은 기억으로만 남아있다. 편지 때문이다. 편지를 받은 뒤로 기분은 울적하고 우울하다. 그런 사실이 깨달아지자 감정은 더욱 날카롭게 날을 세운다. 분노를 느끼는 만큼 우울해진다.

서랍에서 원고를 꺼내본다. 의식의 흐름을 쓰느라 까맣게 잊었던 소설을 오랜만에 읽어본다. 그때와는 다른 기분, 얼굴이 희고 작은 입술이 붉은 아이는 여전히 미끄럼틀을 타고 내려오며 친구들의 먹는 모습을 흐뭇하게 바라본다. 바라만 볼 뿐 아무 것도 하지 않는다. 문단의 경계는 거기에서 끝이 나고 여전히 꽉 막혀있다.

단 하나의 생채기도 없는 소설이기를 바라는 마음.

아이에게 좋은 일만 가득하기를 바란다. 그런 소설을 쓰고 싶다. 그러나 더는 고집을 부릴 수 없다. 막다른 길에서는 다른 길을 찾아야 한다. 마음은 이전보다 진지해진다. 허나 자각되지 않을 만큼 미미한 크기, 아니 긴 시간 조금씩 이뤄진 변화다.

연필을 손에 쥐고 그 끝을 문단의 경계에 겨누지만 단 한 글자도 이어지지 않는다. 단 하나의 생채기도 없는 소설이기를 바라는 마음, 허나 그 위로 눈이 내린다. 눈송이가 후드득 후드득 쏟아진다. 단 하나의 생채기도 없는 소설이기를 바라는 마음마저 같은 색으로 덮여진다.

소설이라고 상처가 없을 수 있을까?

놀랍게도 소설이 이어진다. 꽉 막혀있던 입구가 조금 느슨해진 것처럼 문단의 경계가 공백을 지워간다. 날카로운 우울감 속에서 소설을 쓰는 기쁨이 싹튼다.

얼굴이 희고 작은 입술이 붉은 아이, 빈 땅을 지난다. 어떤 불길한 증조도 없이 작은 담을 넘어 라면이 담긴 상자를 담 밖으로 던진다. 이제는 다람쥐처럼 재빠르게 담을 넘을 수 있다. 두 손으로 담을 붙든 뒤 발로 벽을 밀어 반동으로 쉽게 넘는다. 착지도 부드럽게 해낸다. 홀가분한 기분으로 박스를 주워들고 빈 땅을 되돌아가려고 한다. 허나 우악스러운 손아귀가 아이의 귀를 낚아챈다. 귀가 떨어져 나갈 것 같은 통증이 불같이 끼친다.

"이 쥐새끼 같은 놈, 드디어 잡았다. 이 도둑놈의 새끼야."

아이는 잔뜩 독이 올라있는 가게 주인을 올려다본다. 가게 주인의 얼굴에는 심술이 가득해 고난의 시간이 예감된다. 아이는 빈 땅에서 가게의 앞까지 끌려간다. 속절없이 귀를 붙들린 채 질질 끌려간다. 얼얼한 귀조차 감쌀 여유도 없이 라면 상자를 품에 안은 채 고개를 떨어뜨린다.

가게 주인은 망설임 없이 단단한 손으로 아이의 **뺨**을 후려갈기고 머리통을 쥐어박는다. 아주 힘껏 가하는 매질에 아이의 작은 몸은 이리 비틀, 저리 비틀 안쓰럽게 휘청거린다. 그러나 아이의 얼굴은 덤덤하다. 그저 작고 붉은 입술을 꽉 깨물고 있다.

날 때릴 거야? 그럼 때려.

가게 주인은 아이의 뺨을 후려갈기고 머리통을 쥐어박는 손을 멈추지 않는다. 그럼에도 화가 풀리지 않는지 잔뜩 독이 오른 목소리로 욕지거리를 뱉는다.

"요새 자꾸 물건이 빈다고 했더니, 이 도둑놈의 새끼야. 간이 부어도 단단히 부었어. 너처럼 질이 나쁜 녀석은 좀 맞아야 돼."

아이의 눈에 비친 가게 주인은 비루한 중년의 사내일 뿐, 그런 주제밖에 되지 않는 탓에 얼굴을 실룩거리며 보란 듯이 소매를 걷는다. 너를 더 때리겠다고 행동으로 겁을 주고 있다. 그러나 아이의 마음은 고요하다. 바깥에서는 태풍이 몰아치고 있지만 마음은 단단한 껍질 속에 숨은 채 태연하다. 그런 탓에 가게 주인의 화는 좀처럼 줄어들지 않는다. 뺨을 때리는 손에 깃든 힘도 꾸준하다.

아이의 얼굴은 점점 엉망이 된다. 머리에는 울퉁불퉁 혹이 나고 얼굴은 붉게 물들어 퉁퉁 붓는다. 거뭇한 멍도 내려앉는다. 그런 아이를 위해 나서는 사람이 없다. 그 광경이 구경거리라도 되는지 지켜보는 어른들은 저들끼리 수군거리기만 한다. 그 수군거림이 아이의 마음에는 천둥소리처럼 커다랗게 들린다.

"저거 독종이네. 잘못했다고 빌지도 않고. 그렇다고 우는 것도 아니고. 어디 해볼 테면 해보라고 딱 버티고 있는 것 좀 봐."

얼굴이 희고 작은 입술이 붉은 아이, 비는 법도 우는 법도 모른다.

날 때릴 거야? 그럼 때려.

아이는 여전히 라면 상자를 품에 안고 있다. 모진 고난을 견디면서도 마치 제 것이라고 시위를 하는 것처럼 꼭 끌어안고 있다. 아이는 어떤 고난에도 끝이 있음을 알고 있다. 그러나 그 끝에서 화가 난 얼굴로 서있는 커다란 아버지가 너무도 두렵다. 너무도,

무섭다. 그런 아버지가 떠오르자 그제야 눈물이 글썽여진다. 허나 울고 싶지 않다. 아버지가 무서워 흘리는 눈물이지만 가게 주인과 구경꾼들에게는 그렇게 보이지 않을 것을 알고 있다. 그런 순간에도 혹이 난 머리는 계속 쥐어 박힌다. 그럴 때 아이의 어깨를 낚아채는 보드라운 손, 그 손은 아이를 등 뒤로 감춘다.

"아저씨! 왜 애를 때려요? 왜 애를 때려요!"

아이는 놀라 어깨를 움츠린다. 앞을 가로막은 그녀는 몹시 화가 난 것처럼 목소리가 커다랗다. 그런 외침이 아이를 지켜준다. 머리에 혹이 나고 얼굴이 퉁퉁 부은 아이를 지켜준다.

아이는 얼떨떨한 얼굴로 그녀의 뒷모습을 바라본다. 하얀색 블라우스에 청바지를 입은 그녀, 허리가 잘록하다. 허리를 짚고 있는 팔뚝의 살결은 희고 뼈마디는 가늘어 가게 주인이 마음만 먹으면 쉽게 부러뜨릴 수도 있을 것 같다. 그때 코끝이 간지럽다. 향긋함, 그녀에게서 향기가 피어오른다. 매를 맞은 아픔도 서러움도 모두 잊게 할 만큼 향기롭다. 허나 현실에서는 가게 주인의 성난 목소리가 그녀를 공격하고 있다.

"학생이 말이야, 경우가 없이 이게 무슨 짓이야? 저리 비키지 못해!"

가게 주인은 노발대발이지만 그녀는 조금도 주눅 들지 않고 도리어 호통을 친다. 허나 평소에 큰소리를 내본 적이 없는지 목소리가 시원찮다.

"못 비켜요! 애를 이렇게 때리는데 어떻게 비켜요? 저 건너에
서 신호도 기다리지 못하고 무작정 달려온 거예요. 그런데 어떻
게 비켜요!"

그녀의 강직한 태도에 가게 주인은 주춤하지만 명분을 앞세워
목소리를 높인다.

"학생이 뭘 안다고 참견이야? 이 쥐새끼 같은 놈이 그동안 도둑
질로 끼친 손해가 얼마인지나 알고 끼어드는 거야? 손해가 막심하
단 말이야! 그러니까 좋은 말로 할 때 상관 말고 비켜."

가게 주인으로서는 회심의 일격이었겠지만 그녀는 꿈쩍도 하지
않고 눈에 힘을 준다.

"아저씨! 경고하겠는데요, 말조심하세요. 쥐새끼라뇨? 지금 누
굴 보고 쥐새끼라고 하는 거예요!"

가게 주인은 황당하고 기가 막힌다는 얼굴로 먼 산을 바라본다.
두 팔을 옆구리에 얹었지만 할 말이 없는지 허, 탄식할 뿐이다. 그
틈에 그녀는 얼른 뒤를 돌아 무릎을 꿇어 아이와 눈높이 맞춘다.
멍이 들고 퉁퉁 부은 얼굴을 바라보며 눈시울을 붉히더니 아이의
팔뚝을 그러쥔다.

"너 여기에서 허락 없이 뭔가를 가져왔니?"

얼굴이 희고 작은 입술이 붉은 아이, 차마 그렇다고 대답할 수

없어 여전히 라면 상자를 품에 안은 채로 고개만 떨어뜨린다. 그녀는 손아귀에 힘을 줘 아이의 움츠러든 어깨를 펴고 고개를 들게 만든다. 아이는 지금 바라보는 그녀가 참 예쁘다고 생각한다. 그런 그녀는 대답은 듣지 않고 일어나 가게 주인을 대적한다. 매섭게 쏘아붙인다. 뜻밖의 매서움에 아이도 놀랐는지 눈이 동그랗게 커진다.

"아저씨는 지금 훈육을 한 게 아니에요. 체벌을 한 것도 아니고요. 아무런 힘도 없는 아이를 붙잡은 뒤 무참히 폭행하고 학대를 가한 거예요. 스스로를 보호할 능력조차 없는 연약한 아이를 많은 사람들이 보는 앞에서 무자비하게 짓밟았다고요! 설령 이 아이가 가게의 전부를 가져갔다고 해도 아저씨에게는 욕하고 때릴 권한이 없어요. 아저씨는 비겁하고 추악한 아동학대범에 지나지 않다는 말이에요! 마땅히 감옥에 가야하는 범죄자일 뿐이에요."

그녀의 단호한 목소리, 마디마다 딱딱 끊어지며 가게 주인을 맹렬히 공격한다. 가게 주인은 벌써 식은땀을 흘리며 변명할 말조차 찾지 못한다. 겨우 뱉는 말조차 더듬고 있다.

"학생이 말이야, 경우 없이 이게 무슨 참견이야! 썩 비키지 못해?"

가게 주인은 기세를 올려보려고 애를 쓰지만 연료가 떨어진 풍로처럼 힘없이 제풀에 꺼지고 만다. 그녀는 아이에게도 잘못에 대한 책임을 묻는다. 가게 주인을 꾸중했던 그 엄함으로 아이의 팔뚝을 그러쥔다.

"사람이라면 누구나 실수를 하고 잘못을 하는 거야. 하지만 그 실수와 잘못이 다른 사람에게 피해를 끼쳤다면 반드시 책임을 져야 돼. 책임을 피할 생각은 해서는 안 돼! 그건 비겁할 뿐더러 결국에는 지금 너처럼 여리고 연약한 아이에게 아무런 거리낌 없이 폭력을 행사하는 어른으로 자랄 뿐이야. 잘못에 대해서는 마땅히 책임을 지고 꾸중을 듣고 반성을 해야 돼. 그게 남자다운 거야. 그게 옳은 거야."

그녀는 눈물을 글썽이며 멍들고 퉁퉁 부은 아이의 얼굴을 조심스럽게 어루만진다. 아이는 입을 벌린 채 물끄러미 그녀를 바라볼 뿐 대답이 없다. 아팠던 마음은 위로를 느낀다. 그녀의 눈이 아이를 걱정하고 있다. 눈은 거짓말을 하지 않는다.

"명심해! 결코 부당한 것을 받아들이지 마. 설령 그렇게 해서 이득을 취할 수 있다고 해도, 손해를 면할 수 있다고 해도 부당한 것은 받아들이지 마. 결국 이롭지 않을 테니까. 왜 바보처럼 괜한 매를 맞고 있어! 마음 아프잖아. 내 말 알아들었니?"

말을 알아들었냐는 그녀의 물음에 아이의 머릿속은 더욱 멍해진다. 입을 헤벌쭉 벌리고 있다는 사실조차 알지 못한다. 정신도 마음도 물렁물렁 여물지 못해 그녀의 말이 생경하고 신성하게만 느껴진다. 그녀는 이번에도 대답은 듣지 않고 일어나 가게 주인의 팔을 붙들고 잡아당긴다.

"아저씨는 아동학대범으로 법의 심판을 받아야 해요. 제가 첫 번째 증인이고 잔인한 학대를 목격한 다른 증인이 여기에 많아요. 경찰서에 가서 잘못에 대한 책임을 지세요. 아이 역시 잘못을 책임지겠다니까요."

그녀는 아이의 팔도 붙들고는 잡아당긴다. 그러나 아이는, 얼굴이 희고 작은 입술이 붉은 아이는 경찰서에 가고 싶지 않다. 만약 경찰서에 간다면 분명히 아버지가 사실을 알게 될 테고, 그렇다면 잘못에 비해 너무 과대한 벌을 받게 될 것이 분명하기에 부당하다고 생각한다. 그러나 다리에 힘을 줘 버티지는 못한다. 그런 아이를 대신해서 가게 주인이 다리에 힘을 줘 버틴다. 그녀에게는 그 힘을 이겨낼 만한 기운이 없다.

"허참! 정말 경우가 없이 이게 무슨 참견이야! 보아하니 학생 같은데 말이야. 학교에서 그러라고 가르쳤어?"

그녀는 결코 지지 않는다. 부당한 것을 받아들이지 말라는 그 말은 신념에서 우러나온 진심이었는지, 또 부당한 것을 받아들이지 않으려는 마음은 결국 부당한 것에 승리하게 되는지 이미 가게 주인에게 이긴 것 같다고 아이는 생각한다.

"뭐가 잘못됐나요? 아저씨와 아이가 잘못을 책임지는 게 잘못인가요? 저기, 어르신! 일일이에 신고 좀 해주세요. 경찰을 좀 불러주세요!"

그녀가 주변에 도움을 청하자 더는 견딜 수 없었는지 가게 주인은 힘겹게, 그러나 간단하게 자신을 붙든 손을 뿌리친다. 카악, 침을 모아 퉤, 바닥에 뱉는 동작은 무척 과장됐다. 자신의 패배를 인정하는 마지막 객기를 카악, 침을 모아 퉤, 뱉음으로 천명한다.

"거참 재수가 없으려니까."

그녀는 험한 말이 아이에게 들리지 않기를 바라는지 날카롭게 말을 자른다.

"아저씨, 어린아이가 잘못을 저질렀다면 먼저 그 잘못이 뭔지 알려주고 깨닫게 해주세요. 그게 우선이고요, 보호자에게 연락을 하면 얼마든지 보상을 받을 수 있잖아요. 아저씨의 방법대로라면 아이들은 자신이 뭘 잘못했는지도 모른 채 그저 매를 맞고 원망만 하게 될 거예요."

가게 주인은 구시렁댈 뿐 대꾸하지 못한다. 아이의 눈에 비친 가게 주인은 꼭 늙은 염소처럼 볼품이 없다. 쭈뼛쭈뼛, 도망치는 뒷모습이 우습기 그지없다. 그런 우스운 꼴을 끝까지 구경하고 싶지만 눈물을 흘리는 그녀 때문에 그럴 수가 없다. 무릎을 꿇고 앉아 멍이 들고 퉁퉁 부은 아이의 얼굴을 어루만진다.

"많이 아프지. 우리 병원에 갈까?"

아이는 일말의 고민도 없이 세차게 고개를 가로젓는다. 병원이 됐든 경찰서가 됐든 오늘 일을 아버지가 알아서는 안 된다고 걱정한다. 오직 그것만이 염려스럽다. 그런 마음을 아는지 모르는지 그녀는 무릎을 털고 일어나 아이의 작은 손을 살며시 쥔다. 아이는 자신의 손을 붙든 따스하고 부드러운 손을 바라보며 배시시 웃는다.

"가자. 이건 네가 억울하게 맞은 삶이니까 이젠 네 거야. 이걸로는 많이 부족하지만 그동안 가져간 게 있으니까 이번에는 그냥 넘어가자."

아이는 커다란 위기를 넘긴 것에 안도를 느끼며 그만큼 기분이 좋아진다. 자신의 손을 붙든 그녀가 꼭 천사처럼 바라보인다. 언뜻 등에 날개가 돋아있는 것도 같아 믿기지 않는 눈을 의심해본다. 물론 날개는 없지만 그녀의 따스한 마음은 천사에게만 어울리는 온기가 분명하다.

그녀는 상냥하고 부드러운 목소리로 다시 한번 부당한 것을 받아들이지 말라고 말한다. 아이는 그 옳은 말들을 집중해 듣다가 갑자기 울음을 터뜨린다. 그때까지 꼭 끌어안고 있던 라면 상자가 바닥으로 툭 떨어진다.

"나는 훔치고 싶지 않았어요! 형들이 시켰단 말이에요!"

아이는 그녀에게 잘 보이고픈 마음이다. 그래서 빈 땅을 지나 담을 넘은 일이 불량한 형들에게 강제된 것이었다고 속인다. 그녀는 울음을 터뜨린 아이를 달래느라 애를 먹는다. 마음이 아픈지 눈물을 글썽이며 와락 껴안아준다. 등을 토닥여준다. 괜찮다고, 다 안다고 귓가에 속삭여준다. 환하게 미소를 지어준다. 어딘가 익숙한 그 미소를 아이는 알아보지 못한다.

아이는 이따금씩 그녀를 마주친다. 그녀는 그때마다 환하게 웃는 얼굴로 음료수며 과자를 쥐어준다. 손에 쥐어지는 과자와 음료수보다 그런 그녀의 마음이 훨씬 달콤하고 반갑다. 늘 그립다.

어느 날 그녀는 햇볕에 잘 달궈진 바위에 앉아 들판에 푸지게 피어난 개망초 꽃을 바라본다. 그 속에서 아이는 개망초 꽃을 귀에 꽂고 손에 든 채 웃고 있다. 그녀는 혼잣말처럼 담담한 목소리로 고백한다.

"나도 어릴 적에 이 동네에서 살았었어. 그리고 지금은 네가 보고 싶은 마음에 자주 들르는 거야."

그녀를 좋아하는 아이, 얼굴을 붉힌다. 그리고는 기어들어가는 목소리로 다음에는 약속을 한 뒤에 만나자고 제안한다. 그녀는 제안을 받아들이지 않는다. 우연히 마주치는 그런 순간이 좋다고 말한다. 말하며 웃는다. 그 맑은 미소가 아이의 작은 가슴에 틈 없이 들어찬다. 얼굴이 희고 작은 입술이 붉은 아이도 우연히 마주치는 그 순간의 가슴 벅참이 좋다고 생각한다. 그녀는 다른 사실을 고백한다. 그녀는…….

　나는 연필을 쥔 채 그대로 굳어버린다. 더 이상 소설을 쓸 수가 없다. 허나 꽉 막혀버린 기분은 아니다. 그녀의 고백이 커다란 충격으로 느껴져 감당할 수가 없다. 그녀는……, 그녀는……, 거듭 고백을 기록하려 하지만 손에 쥔 연필은 굳은 채 미동이 없다. 소설을 쓰는 내내 나를 짓눌렀던 묘하고 무거웠던 긴장감, 결국 그녀의 고백에서 상관을 찾아낸다.

　그녀는…….

　소설이 멈춘다. 문단의 경계는 더 이상 나아가지 못한다. 그녀의 입을, 고백을 틀어막을 수단이 이것 밖에 없다. 단 하나의 생채기도 없는 소설이기를 바라던 마음마저도 저버렸지만 그녀의 고백은 비극을 예견한다. 그녀의 고백을 드러내야 하는지를 고민한다. 혹시 드러내지 않을 수단이 있는지도 고민한다. 감추고 왜곡하고 뒤바꾸는 방법들이 줄을 서지만 어느 하나도 아귀가 맞지 않다.
　쓰기를 잠깐만 멈추고 지친 몸과 마음을 다독이자고 생각한다.

허나 생각과는 달리 지금 내가 지쳤는지를 가늠할 기준이 없다. 몸에는 활기가 없고 마음은 여유가 없다. 이런 상태의 원인이 글쓰기일까, 생각하지만 아니라고 고개를 젓는다. 끼니와 수면을 제때 챙기지 않은 탓이다. 글쓰기는 그다지 고된 노동이 아니다.

작업실에서 무료하게 시간을 흘려보낸다. 달리 할 일이 없는 상태에서 시간을 흘려보내는 일을 휴식이라고 말할 수 있을는지, 달리 목적 없이 거리를 걸어본다. 활기라는 채취가 나를 휩싸지만 물속에서 부유하는 기름방울처럼 분명한 경계로 나뉘어있다.

찻집, 창가에 앉아 쌉싸래한 커피를 마셔본다. 자리를 차지하고 앉아있는 사람들, 무슨 할 말이 많은지 수다스럽다. 왁자지껄한 소란 속에서 창밖을 바라본다. 거리를 지나는 사람들, 모두 어디를 가는지 바삐 걷는다. 엉덩이가 가벼워 금방 자리에서 일어난다. 거리를 걷지만 달리 갈 곳이 없다. 해가 저물기 전에 작업실로 돌아온다.

이곳은 다락방.

작업실 한편에 감춰진 가파른 계단을 오르면 천장이 낮은 다락방이 은밀하게 드러난다. 사람의 머리를 고려하지 않은 낮은 천장은 너무 단단해 자칫 부딪혔다간 예외 없이 혹이 돋는다.

아침에 빠져나온 그대로 허물처럼 흐트러져 있는 이부자리, 다시 그 속으로 몸을 파묻는다. 눈을 감고 잠을 청하지만 그럴수록 정신은 더욱 또렷해진다. 몸을 뒤척이며 간절히 바라지만 결국 불편함을 이기지 못하고 몸을 일으킨다. 아직 창밖이 밝다. 그저 낮잠에라도 얼마간 들고팠던 마음을 접는다.

물끄러미 벽을 바라보던 시선은 텔레비전을 발견한다. 벽처럼 우두커니 놓인 텔레비전이 마음에 낯설다. 혹시나 무료한 시간을 달랠 수 있을까, 싶어 놓아뒀지만 아마 한두 번도 보지 않은 것 같다. 옆으로 누운 채 텔레비전의 꺼진 화면을 멍하니 바라보다가 슬쩍 몸을 일으킨다. 무얼 할 요량인지 모를 멍멍한 정신으로 화장지를 손에 들고 텔레비전에 쌓인 먼지를 훔치기 시작한다. 허나 잘 닦이지 않는다. 먼지는 저들끼리 뭉치며 쓸린 흔적을 남긴다. 입속이 건조하지만 최대한 침을 모아 화장지를 적신다. 다시 텔레비전에 쌓인 먼지를 닦아본다. 이전보다 깨끗해진 건지 더러워진 건지 모를 경계에서 오래 고민하지 않고 다시 이부자리 속으로 몸을 파묻는다.

그 속에서 어떤 편안함을 느낀다.

나는 텔레비전을 켠다. 무심한 마음으로 화면을 빠르게 돌린다.

찻집에 앉아 거리를 구경하는 것처럼 수많은 사람들이 휙휙 지나
간다. 어떤 것도 관심을 끌지 못한다. 그러다 화면이 멈춘다. 배경
은 사막이다. 사방으로 모래가 가득하고 푸른 기운이 없는 진짜 사
막. 허나 그리 덥지 않은지 신체의 대부분을 드러낸 채 자세를 취
하는 그녀들은 땀을 한 방울도 흘리지 않는다. 아름다운 그녀들,
커다란 사진기에 눈을 처박고 연신 셔터를 눌러대는 남자를 뚫어
지게 바라본다. 귀티가 흐르는 잘생긴 남자, 키가 크고 어깨가 넓
다. 여유롭게 웃고 있다.

그런 그가 어쩐지 낯이 익다.

화들짝 놀란 마음은 서둘러 텔레비전을 꺼버린다. 이부자리 속
으로 몸을 파묻고는 놀란 마음을 진정시킨다. 이불을 머리끝까지
덮어쓰고는 한숨을 몰아쉰다. 다시금 잠에라도 들고 싶다는 어려
운 바람이 간절해진다. 시간은 적적하게 흘러간다. 저물녘이 지나
가고 밤이 깊어진다. 그때까지 잠에라도 들고 싶다는 마음은 여전
하다. 허나 예민함은 좀처럼 날을 감추지 않는다.
　늦은 새벽까지 잠에 들지 못하고 뒤척이는 시간이 밤을 갉아 먹
는다. 그러다 겨우 잠에 든다. 그런 잠마저도 마음이 불안한 탓에
설치고야 만다. 슬며시 눈이 떠진다. 새까만 어둠으로 들어찬 허

공을 바라보며 잔뜩 긴장된 상태를 느낀다.

꿈,

아직 여운이 가시지 않은 꿈의 뒤를 좇는다. 점점 희미해지는 그 꿈이 완전히 사라져버리기 전에 끄트머리의 한 조각이라도 붙잡으려 애를 쓴다.

이상한 꿈이었다. 밤이었고 서늘한 수증기가 가득 차오른 방들이 기다란 미로와 같은 구조로 죽 늘어서있다. 창문 없이 밀폐된 방, 그런 방과 방 사이를 가로막는 문이 없다. 걸음은 막힘없이, 그러나 천천히 이어진다. 고요는 무겁게 내려앉으며 가슴을 짓누른다. 점점 숨이 막히는 기분이다.

수증기 속에서 수많은 사람들이 발가벗은 채로 쭈그려 앉아 뭔가를 빨래하고 있다. 그들은 모두 나와는 다른 성性을 가진 여자, 하나같이 난쟁이에 팔이 굽은 신체 어딘가에 기형을 갖고 있다. 그때까지 지금의 체험이 꿈이라는 사실을 모르는 나는 무저항적으로 옷을 벗는다. 까만 털 속에 파묻힌 고추가 드러남도 부끄럽지 않다. 부끄러움, 지금 이곳에는 부끄러움이라는 감정이 존재하지 않는다.

나는 발가벗은 채로 천천히 걸음을 옮기며 난쟁이에 기형을 가진 그녀들을 바라본다. 신체의 기형은 조금도 낯설지 않다. 되레 익숙하며 어떤 자연스러움 속으로 스며들게 만든다. 그녀들에게 가까이 다가간다. 그곳에서 내 존재는 아무런 기척이 없는지 누구도 뒤를 돌아보지 않는다. 돌아보지 않고 무언가를 계속해서 빨래하고 있다. 손에 들린 것은 종이, 뭔가가 빼곡하게 적힌 채 더럽다. 아무리 박박 문질러도 조금도 찢기지 않고 더러움도 지워지지 않는다. 그런 그녀들의 노동이 가엾다고 생각된다.

나는 계속해서 미로와 같은 방들을 지난다. 그러다 문득 지금의 공간이 내 머릿속은 아닐까, 의심에 사로잡힌다. 걸음을 멈춘 방 우측 상단 모서리 밑, 작은 창문이 눈에 들어온다. 새까만 어둠이 창밖을 칠하고 있다. 점점 마음이 아파온다. 꿈속에서 느끼는 그런 감각이 생경해 가슴을 쥐어보지만 어떤 감촉도 느껴지지 않는다.

의미를 알 수 없는 그녀들의 고되고 슬픈 노동과 누군가 그녀들을 가뒀을 구속, 자유에의 박탈과 그 존재조차 몰랐던 나의 무관심, 아니 무능함은 순간 그곳에 벽을 세우고 서글픈 빛으로 물들인다. 달의 끝머리조차 작은 창에 걸치지 않아 서글펐던, 어쩐지 서늘하게 식은 것 같은 수증기가 야속했던 꿈속에서 나는 눈물을 흘렸던가, 그래서 코끝이 시렸던가.

나는 물끄러미 허공에서 옅어지는 어둠을 바라본다. 고요히 상념에 잠겨있다. 희미하게 날이 밝아오는 빛이 창문을 가린 휘장을 물들인다. 그런 순간 꿈속에서 거닐었던 그곳이 내 머릿속이었다고 믿어진다. 서늘한 수증기 속에서 그녀들은 무엇을 위해 무엇을 지우려고 빨래하고 있었는지, 고민하지만 날이 밝는 동시에 꿈은 증발한다. 그저 말이 없던 그녀들에게 물었다면 대답을 들을 수 있었을까, 묻지 못한 것이 후회된다.

기분은 태연한 것처럼 덤덤하다. 이부자리에서 빠져나와 몸을 씻고 끼니를 챙기는 일도 자연스럽다. 소파에 앉아 할 일을 생각하지만 자꾸만 넋을 잃는다. 허공을 멍하니 바라보며 시간을 흘려보낸다. 마음의 공허함이 점점 절실하게 느껴진다. 아직 꿈의 여운에서 벗어나지 못했는지 여전히 그녀들이 잊히지 않는다. 아니, 잊을 수가 없다.

난쟁이,

내게는 난쟁이가 있다. 내게 난쟁이는 그 난쟁이가 유일하다. 난쟁이가 쏘아올린 작은 공도 내게는 난쟁이가 아니다. 난쟁이가 있다. 꿈은 난쟁이를 슬그머니 내 옆에 앉힌다. 문득 돌아본 거기에 난쟁이가 있어 깜짝 놀란다. 가슴속에 아픈 가시가 돋아난다.

놀람도 잠시, 그 순간 다른 감정을 맞닥뜨린다.

나는 여전히 이기적이구나. 그리고 비겁하구나. 소설을 쓴다는 나는 이리도 약아빠진 사람이 되었구나.

멈춰버린 소설을 생각한다. 그녀의 고백을 막기 위해 멈출 수밖에 없었던 소설. 그런 그녀의 고백을 막을 수 있는 수단을 발견한다. 다시 소설을 쓸 수 있다고 기대한다. 난쟁이라면 그녀의 고백을 틀어막을 수 있다. 아귀가 딱 들어맞는다. 벌떡 일어나 육인용 탁자에 앉는다. 언제 다시 쓸 수 있을지 무한정 기약 없던 소설이 하룻밤 만에 되살아난다. 연필을 손에 쥔다.

얼굴이 희고 작은 입술이 붉은 아이, 동네 어귀에서 마주친 난쟁이가 갑작스러워 흠칫 놀란다. 놀라지 않은 척 시치미를 떼느라 애를 쓴다. 아이에게 난쟁이는 그저 무섭다. 슬쩍 마주치기만 해도 날카로운 것을 쏘아대는 그 눈이 따갑고 아프다.
그런 난쟁이는 벌써 멀어졌다. 몹시 급하고 바쁜 모양으로 걸어간다. 아이는 우두커니 그 뒷모습을 바라보며 무척 생경한 마음이다. 어른보다 더 큰 머리에 아이만큼 작은 몸을 가진 난쟁이, 짧고 연한 팔과 다리를 가진 난쟁이가 저리도 빨리 걸을 수 있다는 사실이 놀랍고 믿기지 않는다. 결코 감출 수 없는 외형적인 기형, 난쟁이는 늘 같은 모습이다.

아이는 햇볕 드는 마루에 엎드려 누운 채 두산동아백과사전을 보고 있다. 골똘하게 몰입한 얼굴로 난쟁이를 찾아 읽어본다. 크리티니즘cretinism, 신장이 일 미터 이하이며 피레네산중이나 히말라야산중 등 바다와 접촉하지 않은 산악지방에 많이 발생하는 풍토병으로서 정신지체의 일종이다. 주된 원인은 요오드결핍으로 알려지고 있다. 일명 난쟁이 병으로 일컬어진다.

아이는 읽기를 마치고는 뿌듯한 마음이다. 배시시 새어나오는 웃음을 작은 두 손으로 틀어막지만 키득키득, 소용이 없다. 마루에 드러누운 채 천장의 격자무늬를 바라보며 상상에 빠진다. 난쟁이의 앞에서 난쟁이 병을 설명하는 자신의 모습을 바라본다. 설명을 마친 뒤 작은 가슴을 부풀리며 내가 이렇게 똑똑하다고, 그러니 더 이상 더러운 성깔을 부리지 말라고 말한다. 난쟁이는 웃는 얼굴로 고개를 끄덕이더니 역시 똑똑하다고 칭찬한다.

그러나,

아이는 난쟁이에게 머리를 쥐어뜯긴다. 단지 난쟁이 병을 설명해줄 마음으로 번쩍 손을 들고 인사했을 뿐인데 다짜고짜 머리를 쥐어뜯긴다.

"안녕! 난쟁아."

난쟁이는 우뚝 멈춰서더니 바들바들 몸을 떨며 매섭게 눈을 흘긴다. 그 눈에서 눈물이 한 방울 똑 떨어졌는데, 그건 분노였다. 난쟁이는 짧고 연한 팔을 뻗어 아이의 머리를 쥐어뜯는다. 꽉 그러쥔 채 놓지 않는다. 이를 악물고 힘을 쏟는다. 악에 바쳐 내지르는 목소리가 고래고래 시끄럽다.

"내가 난쟁이라고 이렇게 어린 새끼도 날 무시하네. 이 개새끼야! 나쁜 새끼야! 누굴 보고 난쟁이래?"

아이는 난감함에 직면한다. 난쟁이도 여자라고 눈물을 흘린다. 쥐어뜯기는 머리도 아프다. 아이는 똑같이 소리를 지른다.

"놔! 키도 작은 게. 얼른 놔! 너는 난쟁이잖아. 키가 작잖아!"

난쟁이는 잠깐 충격을 받은 얼굴이다. 허나 곧바로 정신을 되찾고는 손아귀에 더욱 힘을 가한다. 아이는 머리를 더욱 강하게 쥐어뜯긴다.

아프다. 놓았으면 싶다.

허나 난쟁이의 그러쥠은 쉽게 놓을 수 있는 것이 아니다. 난쟁이

110

스스로 놓고자 해도 놓을 수 없는 삶의 의지가 담긴 쥠이다.

"놔! 놓으라니까! 이 못된 난쟁이, 너는 난쟁이잖아! 난쟁이면서 왜 그러는 거야?"

아이는 난쟁이라는 짧은 국어의 뜻을 모른다. 자신도 키가 작기에 스스로를 난쟁이라고 생각한다. 그래서 자신만큼이나 작은 그녀도 난쟁이일 뿐이다.

"이 새끼가 끝까지 난쟁이라고 하네!"

난쟁이의 얼굴이 흐르는 눈물에 젖어든다. 아이의 얼굴도 흐르는 눈물에 젖어든다.

"나쁜 난쟁이! 못된 난쟁이!"

아이는 매섭게 난쟁이를 흘겨보지만 달리 할 수 있는 일이 없다. 어렵사리 암기했던 크리티니즘도 까먹고야 만다. 그때 아이의 기척을 반기며 마중 나온 백구가 주변을 얼쩡거리며 상황을 우습게 만든다. 아이는 뿔이 난 심통에 괜히 백구에게 발길질을 한다.

"저리 안 가? 이 똥개야!"

난쟁이는 매섭게 내쏘는 눈을 거두지 않은 채 그대로 가버린다. 역시나 몹시 급하고 바쁜 모양으로 빠르게 멀어진다. 아이도 지지 않고 난쟁이를 향해 눈을 흘긴다. 허나 울상이 되어 자꾸만 울음이 터져 나오려고 한다. 가까스로 참아내지만 들썩이는 가슴은 감출 수 없다.

아이는 그런 난쟁이보다 열두 살이 되기 전까지 키가 작다.

하굣길, 아이는 곧장 집으로 가지 않고 해찰을 한다. 냇가의 양 갈래 둔덕을 잇는 다리 위에서 혼자 놀고 있다. 아득한 밑이 천 길 낭떠러지처럼 아찔하지만 난간에 올라 양팔을 벌리고 조심조심 발을 뻗는다. 절대로 떨어질리 없다고 용기를 내본다.

그때 난쟁이가 다리 위를 지나간다. 뭔가에 쫓기는 것처럼 몹시 급하고 바쁜 모양이다. 난간에 올라 아슬아슬한 걸음을 옮기는 아이를 그냥 지나치려고 한다. 허나 아이에게 들키고 만다.

아이는 난쟁이를 발견하고는 왜인지 피식 웃으며 콧방귀를 뀐다. 그러더니 보라고, 자신은 이만큼 용감하게 난간 위를 걷는다고 생색을 낸다. 그런 아이가 가소로운지 난쟁이는 혀를 차며 그냥 지나치려 한다. 아이는 보내주지 않는다.

"난쟁아, 너는 이거 못하지? 못하지!"

난쟁이는 대번에 휘말려 성질을 내고야 만다.

"이 개자식이! 또 난쟁이라고 하네. 너 혼나볼래?"

아이는 그 순간 쥐어뜯긴 머리가 욱신거리는 착각을 느끼지만 난간 위에 서있는 탓에 금방 평정을 되찾는다. 도발인지 놀림인지, 그것도 아니라면 그저 친해지고 싶었는지 말을 되받는다.

"웃기시네! 겁쟁이라서 올라오지도 못하잖아."

난쟁이는 자존심이 상했는지 낑낑대며 난간에 오르려고 한다. 허나 팔과 다리가 짧은 탓인지, 아니면 힘이 부족한 탓인지 오르지 못한다. 그 모습이 우스꽝스러워 아이는 배를 부여잡고 웃는다. 배꼽이 빠질 것 같은 폭소가 무척이나 즐겁다. 그런 아이를 향해 내쏘는 난쟁이의 흘김도 그 세 뼘 난간 위가 뭐라고 닿지 않는다.

아이는 웃느라 조심성을 잃었는지 발을 헛딛고야 만다. 작은 몸이 허공에 붕 떠있다. 놀람도 잠시, 물이 말라 모래가 드러난 축축한 바닥으로 추락한다. 아이는 얼떨떨한 얼굴로 자신의 몸을 확인한다. 젖은 모래에 허리까지 푸욱 박혀버린 모양새가 꼭 잘 자란 무 같다고 생각한다. 슬쩍 다리 위를 바라보자 난쟁이의 거무튀튀한 얼굴이 슬그머니 드리운다. 그제야 현실감이 돌아왔는지 울음이 터져 나온다.

"꺼내줘! 도와줘, 난쟁아."

난쟁이는 걱정이 가득한 얼굴이지만 자신을 부르는 난쟁이라는 말을 듣고는 기분이 팩 토라진다. 그래서 그냥 가버린다. 그런 줄도 모르고 아이는 계속해서 도와달라고 소리치고 있다. 난쟁이가 얼굴을 내밀지 않는 장난을 하고 있다고 혼자 믿는다. 한참동안 다리 위를 바라보며 못난 얼굴이 빠끔히 내밀어지기를 기다린다. 그 기다림은 배신감으로 뒤바뀌지만 다행히도 경운기를 몰아

다리 위를 지나던 아저씨가 아이를 발견한다. 아이는 그때까지 무처럼 얌전하게 모래 속에 박혀있다. 홀딱 젖은 채 경운기를 얻어 탄 아이는 그저 난쟁이가 밉고 원망스럽다.

하굣길, 아이는 곧장 집으로 가지 않고 해찰을 한다. 철도 건널목에서 혼자 놀고 있다. 무인차단기, 기차가 지날 때마다 기다란 막대가 내려가고 올라간다. 아이는 기차가 지나갈 때 내려온 차단막대를 붙들고 우두커니 서있다. 차단막대가 제자리로 돌아가지 못하는 게 재밌는지 키득키득 웃는다. 그때 뒤에서 낯익은 목소리가 들려온다.

"거기서 뭐하니? 바보 같아."

아이는 목소리의 주인을 찾는다. 난쟁이가 미간을 찌푸린 채 자신을 쳐다보고 있다. 차단막대의 밑을 고개도 숙이지 않고 스윽 지나간다.

"난쟁아."

아이의 목소리가 다정하다. 그 다정함 때문인지 난쟁이는 처음으로 자신을 부르는 난쟁이라는 말에 화를 내지 않는다. 가던 걸음을 멈추고 아이를 돌아본다.

"왜 불러?"

아이는 배시시 웃더니 용기를 낸다.

"나랑 놀래?"

아이의 제안이 황당했는지 난쟁이는 콧방귀를 뀐다. 허나 아이를 바라보는 눈은 매섭지 않고 부드럽다.

"뭐하고?"

아이는 싱글벙글 웃으며 난쟁이를 향해 손짓한다. 가까이 오라는 다급한 부름에 난쟁이는 얼떨떨한 얼굴로 다가간다. 아이는 자신이 붙들고 있던 차단막대를 난쟁이의 손에 쥐어주며 절대로 놓아서는 안 된다고 당부를 한다. 난쟁이는 아이의 의중을 알 수가 없어 물끄러미 바라보기만 한다. 아이는 차단막대 중간쯤 정지라는 글자가 쓰인 표지판을 수평으로 구부리더니 그 위에 돌을 쌓기 시작한다. 심드렁한 난쟁이를 외면한 채 혼자 즐거움을 만끽한다. 난쟁이는 지루함을 꾹꾹 눌러 참는다.

"이게 뭐야? 재미없어. 놓는다."

난쟁이는 차단막대를 놓는 시늉을 한다. 손에서 놓아진 차단막대가 들썩이자 아이의 마음이 쿵 내려앉는다. 아이는 작은 손에 돌을 주워들고는 애원조로 사정한다.

"안 돼! 조금만 더 붙들고 있어줘. 부탁이야."

난쟁이는 애원에 못 이겨 계속해서 지루함을 꾹꾹 눌러 참는다. 아이는 커다란 돌을 발견하고 후다닥 뛰어간다. 차단막대를 조정하는 기계 밑에 큰 돌이 많다. 조금만 더 쌓으면 그 무게에 손을 놓아도 차단막대가 올라가지 않을 거라고 생각한다. 그것이 뭐라고 상상만으로도 즐거운지 키득키득 웃는다.

얼굴이 희고 작은 입술이 붉은 아이, 자신을 엄습하는 불길한 그림자에 돌을 줍던 손을 멈춘다. 머리 위로 드리우는 그림자, 그 정체를 알고 있다. 허나 믿기지 않아 아주 천천히 하늘을 쳐다본다. 차단막대가 서서히, 그리고 유유히 상승하고 있다. 그 밑으로 보이는 난쟁이의 멍청한 얼굴, 표지판에 쌓여있던 돌들이 아이의 머리를 정확히 조준한 채 쏟아진다. 아이는 눈을 질끈 감는다. 찰나의 고요가 아주 길다고 느껴진다.

아이는 작은 두 손으로 머리통을 더듬으며 행여나 구멍이 뚫렸을까, 염려한다. 다행히도 구멍은 만져지지 않는다. 허나 피가, 붉은 피가 귓불을 타고 뚝뚝 떨어진다. 아이는 눈물과 원망을 담은 눈으로 난쟁이를 쏘아본다. 피가 흐르는 정수리를 손으로 꾹 누르며 쏘아붙인다.

"난쟁이 너 일부러 났지? 내게 복수한 거지!"

난쟁이는 허옇게 질린 얼굴로 아니라며 손을 젓지만 피식피식 웃고 있다.

밉다.

아이는 난쟁이가 미워 입술을 삐쭉 내밀고 흘겨본다. 서러움에 눈물이 날 것 같지만 자존심에 간신히 참아진다. 난쟁이는 거듭 최선을 다해 해명한다.

"일부러 그런 게 아니야! 나는 손을 놓으면 영화 속에서 봤던 투석기처럼 돌이 저 멀리로 날아갈 줄 알았어. 정말이야!"

아이는 기가 막혀 말을 잃는다. 투석기라니, 저 말이 진실이라면 그게 더 속상할 것 같다. 난쟁이는 이제 피식피식 새어나오는 웃음을 감추지 않는다. 아이의 토라진 모습이 귀여워 웃는다. 난쟁이는 논 두둑에서 쑥을 뜯더니 돌로 짓이겨 아이의 머리에 붙여준다. 아이는 쑥이 붙은 머리를 붙들고 토라진 마음에 걸음을 빨리 옮긴다. 허나 언제나 바삐 걷는 것에 익숙한 난쟁이에게는 그저 느리기만 하다. 난쟁이는 주머니에서 사탕을 꺼내 내민다.

땅콩 맛.

아이의 작은 손이 난쟁이의 작은 손 위에서 사탕을 낚아채 입으로 가져간다. 침과 함께 녹아드는 달콤함에 토라졌던 마음도 스르륵 풀린다.

"고마워, 난쟁아."

아이는 고맙다고 말하면서 쑥스러워 시선을 먼 산으로 던진다.

난쟁이는 미소 짓는다.

"고맙기는, 내가 미안하지."

난쟁이는 이제 더 이상 아이가 부르는 난쟁이라는 말에 화를 내지 않는다. 아이는 난쟁이가 스물일곱 살이라는 사실을 알고 난 뒤에도 계속해서 난쟁이라고 부른다. 키가 비슷하니까 친구라고 뭉뚱그린다. 난쟁이도 그것에 트집을 잡지 않는다.

아이는 심각한 분위기를 읽고 눈치를 살핀다. 난쟁이는 한숨을 푹푹 내쉬며 고개를 들지 못한다. 그 한숨의 이유를 알고 있다. 자신의 탓이라는 사실을 알고 있다.

난쟁이는 바삐 걸음을 옮긴다. 길가에로 개망초 꽃이 흐드러지게 피어있지만 바쁘게 걷는 탓에 보이지 않는다. 그때 불쑥 앞을 가로막는 커다란 남자, 난쟁이가 고개를 젖혀 올리기 전까지 그의 가랑이 사이만 넓게 비친다. 난쟁이의 거무튀튀한 얼굴이 붉어진다.

"안녕하세요, 할 말이 있습니다."

남자의 목소리는 무척 다정하다. 그 때문에 난쟁이는 붉어진 얼굴을 땅으로 처박듯이 감춘다. 그 모습이 애처롭고 가엾다.

"저는 사진을 찍는 작가입니다. 당신을 사진에 담고 싶은 마음에 실례를 무릅쓰고 앞을 가로막았습니다. 사과드리겠습니다."

난쟁이는 정신이 멍해진 탓에 남자의 말을 알아듣지 못한다. 이렇게 멋진 남자가 다정하게 말을 걸어온 지금의 현실이 꼭 꿈처럼 믿기지 않는다. 차라리 꿈속이 나았는지 현실감이 돌아오자 거울에 비친 자신의 모습이 떠오른다. 커다란 머리와 툭 불거진 이마, 예쁘지 않은 눈과 코와 입, 자신의 모습에서 쓰라린 수치를 느낀다.

남자는 난쟁이에게 보라고 자신의 작품집을 펼치고는 한 장씩 넘기고 있다. 열심히 설명하지만 난쟁이는 여전히 알아듣지 못한다. 눈물이 한 방울, 한 방울 뚝뚝 떨어진다. 허나 그 눈물은 남자의 눈에는 보이지 않는다. 키가 큰 남자와 키가 작은 난쟁이 사이의 간극은 가까워 보이지만 결코 닿을 수 없는 별처럼 멀다.

난쟁이는 그 자리를 박차고 도망친다. 짧은 다리로 바삐 멀어지는 그 뒷모습을 바라보며 남자는 기다란 다리를 갖고도 쫓지 못한다. 그래서 학교가 파하고 집으로 돌아가던 얼굴이 희고 작은 입술이 붉은 아이는 다정한 목소리에 발을 붙들린다.

"꼬마야, 혹시 이만큼 키가 작은 난쟁이를 알고 있니?"

아이는 제 몸만큼 커다란 가방을 짊어진 채 동그란 눈으로 딱 자신의 키만큼을 손바닥으로 재고 있는 남자를 바라본다. 젊은 남자, 곤궁함을 모르는지 모습에서 귀티가 흐르고 당당하다. 어쩐지 이유 없이 정의로울 것 같고 거짓말을 하지 않는 착한사람일 것 같다. 더구나 남자의 입에서 튀어나온 난쟁이가 어찌나 반가운지 팔짝팔짝 뛰며 손을 번쩍 든다.

난쟁이는 방 모서리 구석에서 무릎을 껴안은 채 얼굴을 파묻고 있다. 아직도 진정되지 않은 가슴에는 여전히 낯선 감정이 잔뜩 남아있어 꼭 울고만 싶다. 그때 멀리에서 들려오는 아이의 목소리가 마음의 불안을 딱 멎게 한다. 난쟁이는 창문 밑으로 의자를 가져와 딛고 올라 밖을 내다본다. 아이는 등 뒤에 남자를 달고 대문을 두드리고 있다.

난쟁아! 난쟁아! 빨리 나와 봐!

저 원수 같은 놈.

난쟁이는 숨을 죽인 채 없는 척 숨는다. 허나 그 속을 모르는 아이는 뭣이 그리 즐거운지 키득키득 웃으며 담을 넘는다. 그것도 모자라 마당을 가로질러 현관문을 열고 안에다 대고 소리친다.

난쟁아! 난쟁아! 있는 거 다 알아!

아이는 기어이 난쟁이가 숨을 죽인 채 숨어있는 방의 문까지 열어젖힌다. 그리고는 찾았다고 소리를 지르며 배를 잡고 웃는다. 난쟁이는 어쩔 수 없이 남자의 앞에 선다. 고개를 떨어뜨린 채 지금 울고 싶은지 웃고 싶은지 모를 감정에 휩싸인다.

난쟁이는 사랑에 빠져드는 낯선 자신을 발견한다.

남자는 정중하게 자신의 사진기 앞에 서달라고 청한다. 아주 간절하게 난쟁이를 원하고 있다. 아이는 난쟁이가 결국 남자의 사진기 앞에 설 것을 예감한다. 예감은 맞아떨어지고 남자, 젊은 사진작가의 커다란 자동차는 하루가 멀다고 난쟁이를 찾아온다.

아이는 사진작가와 난쟁이의 틈바구니에서 시간을 보내는 일이 즐겁고 재밌다. 허나 난쟁이는 언제나 따라오지 말라고 면박을 준다. 아이는 그것에 조금도 개의치 않고 곧잘 사진작가와 난쟁이를 따라다닌다. 과자와 음료수를 넉넉하게 사주는, 그럼에도 생색을 내지 않는 사진작가가 좋다.

햇살 좋은 날, 사진작가와 난쟁이는 사진을 찍는다고 숲 깊숙이 들어간다. 아이는 방해되기 싫어 자진해서 공터에 주차된 자동차에 남는다. 심심함과 무료함을 달래려고 자동차 안에서 잡지를 찾아내 읽는다. 읽다가 놀라 탄성을 터뜨린다. 잡지에 실린 난쟁이의 사진, 아이는 보물이라도 발견한 것처럼 잡지의 낱장을 찢어 품속에 감추고는 배시시 웃는다. 난쟁이에게 보여주려는 마음이 무척 즐겁다.

아이는 난쟁이가 사진작가를 흠모하고 있다는 사실을 알고 있다. 사진작가의 앞에만 서면 얼굴을 붉히고 목소리가 변하는 난쟁이가 가엾기 그지없다. 사진작가는 난쟁이가 넘볼만한 짝이 아니라고 생각한다. 얼굴이 예쁘고 마음도 착한 누나들이 어울린다. 그런 생각이 난쟁이에게 미안하지 않다.

아이는 품안에 감춰뒀던 잡지를 난쟁이의 앞에서 꺼내 보인다. 마치 마술을 하는 것처럼 짠, 손에 들린 잡지를 이리저리 흔든다. 난쟁이는 심드렁한 얼굴, 아이에게 관심이 없다. 씩, 러브씩. 난쟁이는 앓고 있다. 허나 아이는 그런 상태를 고려하지 않는다. 헴헴, 헛기침을 한 뒤 잡지에 실린 기사를 소리 내 읽는다. 사진작가의 목소리가 글자로 변해 실린 지면, 그의 부드럽고 상냥한 목소리로 읽어지는 기분이다.

난쟁이를 실제로 볼 기회는 별로 없습니다. 늘 숨어 지내기 때문입니다. 저 역시 처음으로 난쟁이를 봤습니다. 우연, 엄청난 행운이 깃든 우연이었습니다. 그런 난쟁이는 어떤 상징을 품고 있었습니다.

장애를 비롯한 다름이 그것입니다. 난쟁이에게서 다름을 봤습니다. 사람들은 난쟁이처럼 장애를 가진 존재를 가엾고 불쌍하게 여깁니다. 안도감과 우월감을 느끼기도 합니다. 허나 거기에는 모순된 면이 존재합니다. 비록 키가 작은 난쟁이에 불과하지만 세상 누구보다 가까이에서 꽃을 느낄 수 있습니다. 평범한 우리들이 아무리 허리를 숙이고 무릎을 굽혀도 절대 느낄 수 없는 아름다움을 느낄 수 있습니다. 이는 축복입니다. 결코 평범한 우리들이 가질 수 없는 특별함입니다.

아이는 읽기를 멈춘다. 숨이 멎을 것처럼 놀란 가슴은 좀처럼 진정되지 않는다. 붉게 달아오른 얼굴의 화끈거림은 지금 느끼는 배신감만큼 뜨겁다. 사진작가가 미워진다. 정말로 밉다.

아이는 시무룩해져 입술을 삐쭉 내밀고 애꿎은 땅바닥만 신발코로 콕콕 찍는다. 잡지에 실린 난쟁이의 사진은 사진작가의 말과 조금도 어울리지 않다. 개망초 꽃을 한 움큼 손에 든 난쟁이의 모습은 더없이 초라해져 슬픔까지 불러일으킨다.

난쟁이는 말없이 먼 곳을 바라본다. 감정의 동요를 감출 수 없는 아이와는 달리 고요하고 평온하다. 꼭 봄바람에 흔들리는 꽃잎처럼 고고하다. 아이는 사진작가의 말이 실린 지면을 눈으로 끝까지 읽어본다. 예술적 감각과 철학을 담는 능력이 천부적인 촉망받는 사진작가, 그런 그는 아이에게 비겁한 배신자일 뿐이다. 난쟁이를 부르는 목소리가 파르르 떨린다.

"난쟁아."

난쟁이는 부름을 듣지 못한 것처럼 먼 곳만 바라본다. 아이도 먼 곳을 바라보며 조용히 말한다.

"난쟁아, 이제 사진 그만 찍어. 나는 싫어."

아이의 목소리는 허공에 스며들며 가볍게 지워진다. 그런 아이의 바람과는 달리 난쟁이는 계속해서 사진작가의 사진기 앞에서 얼굴을 붉힌 채 서있다. 어느 날, 난쟁이는 진지한 얼굴로 아이에게 묻는다.

"나, 그분을 사랑하고 있어. 거절당해도 좋아. 고백해볼까?"

난쟁이는 어떤 대답을 기대하는지 눈빛이 간절하다. 허나 아이는 거짓말을 하지 못한다. 난쟁이의 간절한 눈을 마주하고도 거짓말을 할 수가 없다. 사실은 사실이라고 생각한다.

"난쟁아, 고백 하지 마."

난쟁이는 눈에 눈물을 담고는 이유를 묻는다.

"왜 하지 말라는 거야? 내 마음은 정말이지 진실해! 열렬히 작가님을 사랑하고 있어. 순수한 사랑이야. 작가님 없이는 숨을 쉴 수 없을 만큼 사랑해."

아이는 고개를 가로젓는다.

"받아주지 않을 거야."

난쟁이의 눈물을 담은 눈도 아이의 대답을 바꾸지 못한다. 냉혹한 현실, 아이는 사실을 말한다. 난쟁이는 처음으로 현실을 부정하고 싶다. 난쟁이라는 천형을 받아들인 그녀가 현실을 부정한다.

"왜 그렇게 단정 지어? 내가 난쟁이라서 그러는 거야?"

아이는 고개를 끄덕인다.

"너는 난쟁이잖아. 고백, 하지 마. 아마 많이 슬퍼질 거야. 네가 우는 모습을 보고 싶지 않단 말이야."

난쟁이는 팩 토라져 등을 돌린다. 바쁜 걸음으로 멀어지는 난쟁이를 아이는 붙잡지 않는다. 벌써 저만큼이나 멀어진 난쟁이, 우뚝 멈춰서 소리친다.

"네 말이 맞아. 나도 안다고! 하지만 그렇다고 이렇게 진실을 말해줄 필요는 없었잖아."

아이는 입술을 꾹 다문다. 마음으로 나직이 난쟁아, 부르지만 더 할 말이 없다. 아이는 알고 있다. 난쟁이는 결코 고백할 수 없다는 사실을. 난쟁이도 알고 있다. 자신은 절대 고백할 수 없다는 현실을. 다만 위로받고자 물었던 말, 그런 이유마저 난쟁이에게 상처를 준다.

초여름의 폭우, 장대비가 쏟아진다. 아이는 쫄딱 젖은 채 마루에 걸터앉아 쏟아지는 비를 바라본다. 양동이에 물을 받아 붓는 것처럼 기세가 대단하다. 마당과 지붕과 장독대와 은행나무를 가리지 않고 세차게 들이붓는다. 하늘에는 검은 구름이 우장우장 모여들어 천둥과 번개를 치며 야단이다. 이렇게 한꺼번에 쏟아져도 되나 싶을 만큼 폭우는 마당을 바다처럼 파도쳐 내려간다.

난쟁이, 옷장을 뒤지며 한숨을 푹 내쉰다. 오후 일곱 시, 한적한 절 태평사에서 사진작가와의 약속이 있다. 약속? 난쟁이는 쓸쓸하게 웃는다. 사진기 앞에 서지 않는 자신은 사진작가에게 아무 쓸모가 없다는 사실을 알고 있다. 그럼에도 사진작가에게 조금이라도 예쁘고 보이고 싶은 마음이다. 허나 옷장에는 어린이들이 입는 유치한 옷들만 가득하다. 거울 앞에서 그런 옷들을 몸에 대보며 속상해지는 마음을 달랠 방법이 없다. 몸이 자라지 않으니 아가씨 흉내를 내고 싶어도 그럴 수가 없다.

창문 너머로 바라보이는 하늘이 맑다. 초여름, 흰 구름은 유유히 푸른 하늘 밑을 지나간다. 그 구름처럼 적적한 시간이 천천히 흘러가고 있다. 왜인지 오늘은 좋은 일만 가득할 것 같은 예감, 난쟁이는 슬며시 웃는다.

난쟁이는 고심 끝에 청바지와 흰색 니트를 입는다. 흰색 니트와 거무튀튀한 얼굴이 도저히 어울리지 않지만 이러나저러나 못난 것은 매한가지라 지금에 만족한다. 약속된 시간보다 일찍 집을 나서 버스를 기다리는 난쟁이, 무슨 생각을 하는지 얼굴이 몽롱하다. 난쟁이는 사진작가를 생각하고 있다. 훤칠한 모습이 눈앞에 아른거리고 다정한 목소리가 귓전을 맴돈다. 곧 입맞춤을 하는 상상에 빠져든다. 어쩐지 사진작가의 가슴팍까지 키가 자라있는 비현실 속에서 넓은 가슴에 안긴 채 서로를 사랑이 깃든 눈으로 바라본다. 무척 달콤할 것이 분명한 사진작가의 입술 근처까지 난쟁이의 입술이 가까워진다.

난쟁아, 어디 가?

난쟁이는 화들짝 놀라 아이를 바라본다. 오늘만은 마주치고 싶지 않았던 아이가 가장 중요한 순간에 훼방꾼으로 등장해 달콤한 상상을 깨뜨린다. 치미는 화를 간신히 삭이며 불이 담긴 한숨을 내쉰다. 아이는 그 속도 모르고 배시시 웃으며 난쟁이의 곁으로 졸래졸래 다가간다.
"난쟁아, 어디 가는 거야?"
난쟁이의 대답은 퉁명스럽고 쌀쌀맞다.
"내가 어디 가는지 네가 알아서 뭐하려고? 저리 가!"
얼굴이 희고 작은 입술이 붉은 아이, 단번에 알아맞힌다.

"난쟁이, 너 사진 찍으러 가는 모양이구나? 가지 마! 가지 마!"

아이는 가지 말라고 난쟁이의 짧은 팔을 붙들고 졸라댄다. 초여름의 오후, 목덜미로 땀이 흐르는 더위 속에서 퉁명스럽고 쌀쌀맞아진 난쟁이는 여전히 날카롭다.

"저리 가! 너는 데리고 가지 않을 거야. 넌 사진작가님을 미워하니까."

아이는 그 말이 서운해 팩 토라진다.

"그래, 둘이서 잘 먹고 잘살아라!"

아이는 씩씩거리며 힘껏 땅을 박찬다. 난쟁이는 멀어지는 아이의 뒷모습을 바라보며 토라졌던 마음이 풀리지만 차마 불러 세우지는 못하고 아쉬운 마음을 감춘다. 때마침 멀리서 기다리던 버스의 경적소리가 들려온다. 난쟁이는 길 반대쪽을 바라보며 짧은 팔을 흔든다. 버스는 난쟁이를 태우고 태평사를 향해 달린다. 창밖을 바라보던 난쟁이는 금세 사진작가를 떠올리고는 얼굴을 붉힌다.

아이는 갑자기 쏟아지기 시작한 폭우에 당황한다. 헐레벌떡, 집에 도착했지만 쫄딱 젖었다. 간신히 처마 밑에서 비를 피하는 그때 우산이 없던 난쟁이가 떠오른다. 걱정이 하늘 가득한 먹구름처럼 몰려든다. 아이는 고민하지 않고 우산을 손에 쥐고 쏟아지는 비, 들이치는 천둥을 뚫고 힘껏 달음질을 친다. 허나 애쓴 노력에도 불구하고 난쟁이는 보이지 않는다. 정류장을 살핀 뒤 난쟁이의 집 대문까지 두드려 보지만 기척이 없다. 아이는 흠뻑 젖은 채 집으로 되돌아온다. 마루에 걸터앉아 난쟁이를 걱정한다. 그때 사진작가의 커다란 자동차가 떠올라 조금은 안심이 된다. 이 정도 비쯤은 우습게 여길 만큼 비싸고 좋은 자동차.

난쟁이의 거무튀튀한 얼굴에 초조한 기색이 역력하다. 내려야 할 정류장이 가까워질수록 갑자기 쏟아지기 시작한 폭우의 기세가 더욱 매서워지는 것 같다. 버스에서 내린 난쟁이, 우산이 없어 두 손으로 머리를 가린 채 정류장으로 뛰어든다. 해가 지기에는 이른 시간이지만 산속은 벌써 어둑하다. 하늘 가득한 먹구름과 쏟아지는 비 때문인지 사위에 서리는 한기가 쓸쓸맞다. 찾는 이가 드문 산속 낡고 좁은 정류장에서 비를 피해보지만 난쟁이의 작은 몸은 이미 흠뻑 젖은 지 오래다. 사진작가와의 약속 장소인 태평사는 정류장에서 족히 삼십 분은 걸어야 도착할 수 있다. 난쟁이는 고민 없이 빗속으로 몸을 던진다. 천둥과 번개가 계속해서 난쟁이를 겁주며 바쁜 걸음을 고되게 한다. 그 속에서 난쟁이는 이까짓 비는 아무 것도 아니라고, 사진작가를 만날 수 있다면 어떤 고난도 굴욕도 괜찮다고 생각한다.

사진작가의 얼굴이 밝다. 운전대를 잡은 손은 경쾌하고 마음은 더없이 만족스럽다. 자신의 예술을 진보시키고 완성하는 뮤즈를 만났을 때 얻게 되는 행복과 축복은 어떤 빛깔인지, 갑자기 쏟아지기 시작한 폭우에도 조금도 빛을 잃지 않는다. 사진작가는 난쟁이의 사진으로 얻은 명성과 성공, 인기를 마음껏 누린다. 미소가 번진 입가에서 미리 연습된 대사가 뱉어진다.

"우리는 절대 느끼지 못할 아름다움을 난쟁이는 보고 느낄 수 있습니다. 예술적인 관점에서 기형적인 신체는 저주가 아닌 축복입니다. 우리는 그 아름다움을 엿보고자 난쟁이를 관찰해야 합니다."

언제 어디서나 난쟁이를 묻는 질문에 대한 모범답안, 사진작가는 자기애에 휩싸인 채 자신의 예술적 감각에 매료된다. 사진작가의 비싸고 튼튼한 자동차는 문제없이 산길을 오른다. 자신에게 성공을 가져다준 난쟁이를 만나러 가는 길은 언제나 새롭고 즐겁다. 지금 만족하는 만큼 더 큰 성공을 바란다.

태평사에 도착한 난쟁이는 비를 피한다고 나무 밑에 숨어있다. 으슬으슬 추위에 떨리는 몸은 더 이상 한기를 밀어낼 온기를 만들어내지 못한다. 난쟁이는 사진작가를 기다리며 또 생각한다. 그러나 그 생각은 서글픈 현실, 사진작가는 비에 젖은 자신의 추한 몰골을 사진기에 담아 사람들에게 보이며 이상한 설명을 갖다 붙일 것을 알고 있다. 난쟁이는 그것이 싫지만, 너무도 싫지만 사진작가를 만날 수만 있다면 괜찮다고 스스로를 위로한다.

난쟁이는 사진작가가 내리는 폭우를 이유로 중간쯤에서 되돌아가지는 않았을까, 걱정한다. 위험하게 산길을 오르기보다는 그 편이 사진작가의 안위에 낫다고 여기면서도 내심 만나지 못할까, 서운해진다. 그때 산 밑에서 점처럼 반짝이는 빛이 가까워진다. 그 빛이 사진작가의 자동차에서 쏘아지는 것이라는 사실을 직감한 난쟁이의 파리한 얼굴에는 속절없이 미소가 번진다.

흠뻑 젖은 초췌한 몰골의 창피함도 잊고 반가움에 총총 달려가 길가에 선다. 여전히 맹렬한 기세로 쏟아지는 폭우, 그 때문에 사진작가가 행여 자신을 발견하지 못하고 그냥 지나칠까 염려해 짧은 두 손을 번쩍 들고 짧은 다리로 팔짝팔짝 뛰어본다. 허나 그 노력은 값없이 수포로 돌아가고 사진작가의 커다란 자동차는 무심히 난쟁이를 지나친다.

사진작가는 몸을 앞으로 기울인 채 와이퍼가 지나는 순간의 시야를 놓치지 않기 위해 안간힘을 쓴다. 어둠과 비, 산의 울창함이 주변을 캄캄한 흑색으로 칠해 구분이 어렵다. 태평사를 한 바퀴 빙 돌아봤지만 난쟁이는 어디에도 보이지 않는다. 그대로 산을 내려간다. 덜컹, 앞바퀴와 뒷바퀴가 장애물을 넘는다. 비싼 만큼 튼튼한 자동차는 무리 없이 장애물을 넘는 것으로 가치를 보답한다.

산을 모두 내려와서는 난쟁이는 비 때문에 오지 않았을 거라고 가볍게 생각한다. 폭우를 뚫고 몸이 어린 난쟁이가 어떻게 산을 오를 수 있겠어, 이런 생각 뒤로 마음이 편안해진다.

난쟁이는 멀어지는 사진작가의 자동차를 허망한 눈으로 바라본다. 자동차가 내쏘는 미약한 빛, 폭우와 어둠 속에서 금방 사라진다.

폭우가 쏟아지는 산속의 밤, 그 새까만 속에서 난쟁이는 고통스러운 기침을 뱉는다. 빗방울이 눈앞에서 부서지며 어서 눈을 감으라고 윽박지른다. 허나 난쟁이는 여전히 사진작가를 바라보고 있다. 온통 부서지는 어둠뿐이지만 사진작가의 모습은 선명하게 떠오른다.

난쟁이는 붉은 피를 연거푸 토해낸다. 고통조차 느껴지지 않는 한계치에 임박했다. 머릿속은 아득하고 감각은 무디다. 사진작가의 커다란 자동차가 밟고 지나간 몸이 아프다. 무참히 짓이겨진 살과 산산이 부서진 뼈, 그 속에서 싸늘한 미소가 입가에 떠오른다. 이제 눈이 감긴다. 무겁게, 죽음이 드리운다.

새벽, 비가 그치고 아침, 맑은 하늘이 빛을 밝힌다. 아이는 전날

비가 내렸다는 사실도 잊은 채 가방을 짊어지고 학교로 향한다. 그때 허공에 매달린 하얀 깃발이 눈에 들어온다. 난쟁이의 집 대문에 긴 대나무를 세워 매단 하얀 깃발이 발걸음을 붙잡는다. 미풍에 잠잠히 나부끼는 하얀 깃발은 아이의 눈에 어찌 그리도 희고 그 빛이 시린지 눈물이 고인다. 눈물이 볼을 타고 흘러내리지만 그 이유를 알지 못해 창백한 얼굴로 웅성웅성 어른들이 모여드는 난쟁이의 집을 기웃거린다.

아이는 난쟁이의 죽음을 믿을 수 없다. 대문에 붙은 사자의 코에 꿰어진 문고리를 붙든 채 울음을 터뜨린다. 그런 아이를 달래는 아주머니, 난쟁이의 죽음을 분명하게 말한다. 억수같이 비가 쏟아지던 날, 미쳐서 태평사에 올라갔다고 혀를 차는 목소리가 아이의 귓바퀴를 빙 돌아 고막을 때린다. 커다란 바퀴에 깔려 죽었다는 말은 아이가 상상할 수 없는 비극이다.

아이는 학교도 가지 않고 울고만 있다. 그렇게 죽어버린 난쟁이가 가엾고 불쌍해 운다. 난쟁이의 작은 몸에 비해 터무니없이 커다란 관을 보고는 더욱 서글피 운다. 하늘을 향해 손을 흔드는 아이, 비로소 눈물로는 죽은 사람을 붙들 수 없다는 사실을 깨닫는다. 그래서 손을 흔들어 준다. 그 손은 많은 말들을 대신한다.

안녕.

난쟁이가 죽고 며칠이 지난 어느 날, 사진작가는 아이의 앞에 불쑥 나타난다. 난쟁이의 행방을 묻기 위해 학교가 파할 때까지 오랜 시간 기다렸다고 말하며 과자를 내민다. 아이는 서러운 울음을 터뜨린다. 원망스럽고 미운 사진작가에게 할 수 있는 모든 욕지거리를 쏟아주고 싶지만, 있는 힘껏 때려주고 싶지만 난쟁이가 알면 자신을 미워할까 질끈 입술을 깨물며 참아낸다. 대신 날카롭게 소리친다.

"난쟁이는 이제 사진을 찍지 않을 거야!"

얼굴이 희고 작은 입술이 붉은 아이, 매섭게 눈을 흘기며 땅을 박찬다. 허나 몇 걸음 가지 못해 서럽게 울고 있다. 그런 아이를 바라보는 사진작가의 귀티 나는 얼굴이 멍청해진다. 그런 사진작가가 난쟁이를 놀림감으로 만들었던 사진 한 장을 아이는 그리움을 담아 간직한다. 허나 잃어버린다. 동시에 잊힌다. 겨울, 세상의 모든 산과 들을 같은 색으로 묻어버리는 눈처럼 마음은 난쟁이를 없었던 것처럼 감춰버린다.

나는 육인용 탁자에 앉아 숨을 고른다. 어떤 결말을 바라봤는지 끝에 다가갈수록 숨이 막히는 기분이다. 난쟁이는 죽었고 아이는 잊었다. 아니, 난쟁이는 죽었고 아이에게 잊혀졌다. 그것도 아니라면 난쟁이의 죽음을 아이는 잊었다. 결말이 무언지 나조차 올바르게 말할 수가 없다. 난쟁이를 소설에 쓴 이유조차 모르고 있다. 손을 내뻗지만 쥐가 났는지 동작이 쉽지 않다. 겨우 원고지를 손에 들고 눈 가까이로 가져간다. 도대체 무슨 이야기를 소설이라고 썼는지 도무지 모르겠는 기분이다.

난쟁이를 소설에 쓴 이유를 곧 떠올린다. 그녀는 다른 사실을 고백한다. 그녀는……, 이라는 문장에서 그 이유를 찾아낸다. 난쟁이는 그녀의 고백을 감추기 위한 수단, 허나 문제는 조금도 해결되지 않은 채 그만큼 커다란 문제와 함께 모습을 드러낸다. 난쟁이를 팔아서라도 소설을 쓰겠다는 내가 잔인하게 떠오른다. 역겨울 만큼 간사한 내가 낄낄 웃으며 소설을 쓰고 있다. 견딜 수 없는 이질감, 구토가 치미는 역겨움에 자리를 박차고 일어나 두어 걸음 물러난다. 우두커니, 소설을 쓰던 내가 늘 앉아있던 그 자리를 바라본다.

나는 낯선 감정에 휩싸인 채 원고지와 연필이 어지럽게 널브러진 육인용 탁자를 바라본다. 그저 익숙하지 않은 지금의 감정을 고민하는 마음이었지만 뒤로 밀쳐진 의자가 앞으로 당겨지며 거기에 앉아있는 나를 발견한다. 그 정지된 장면 속에서 살그머니 앉아있는 내가 너무도 당혹스럽다. 분명하게 환영이라는 사실을 인지했음에도 사라지지 않는다. 이제는 분주한 모습으로 소설을 쓰고 있다. 마음이 바라보는 어떤 장면을 원고지에 기록하려고 애쓰고 있다. 그런 내가 너무도 생경해 소름이 끼친다. 내 자신이 내가 아니라고 믿어진다. 아니, 믿고 싶지 않다.

소름끼치는 이질감 속에서 현실감을 되찾는다. 시선은 텅 빈 의자를 바라본다. 환영은 더 이상 보이지 않는다. 허나 마음 가득 들어찬 공허함이 두어 걸음 물러난 지금의 위치가 그동안 내가 존재했던 자리라고 말해준다. 소설을 쓰던 나는 늘 두어 걸음 물러난 채 서있었다고, 늘 도망치려고 준비하고 있었다고 말한다. 현실은 더 이상 비겁함 따위에 속아주지 않는다. 무수히 많은 거짓과 속임을 모른 척 속아줬던 인내심은 바닥났다.

비겁함으로 외면할 수 있는 현실은 없다.

인생의 젊은 시절이 다 가도록 아무런 소득 없는 글을 쓰던 미련한 고집을 꺾지 못한 내 삶의 추락에는 점점 가속도가 붙는다. 바닥이 얼마나 가까운지 짐작할 수 없는 그 질풍신뢰의 예견된 충돌, 허나 소설이 모든 빚을 탕감해주기라도 하는 것처럼 마음은 한가하다. 허나 충돌은 정말이었고 이제는 도무지 갚을 수 없게 된 빚에 시달려야 한다. 그런 삶, 한심한 처지가 평생 갚아야 할 빚으로 남았다.

그때 내가 올바로 바라보인다. 결코 체호프의 굽은 거울이 아닌 이상 스스로를 바라볼 수 없던 내가 처음으로 나를 올바로 바라본다.

그런데 왜 눈물이 흐를까……

나는 사진작가를 떠올린다. 여전히 사진기를 통해 세상을 바라보는 그의 가슴에도 난쟁이가 묻혀있을까, 두려워진다. 작가랍시고 난쟁이의 마음을 잔혹하게 난자했던 젊었던 사진작가, 그때 그의 나이가 된 스물일곱 살의 나는 다시 한번 작가랍시고 난쟁이의 영혼을 잔혹하게 난자하고 있다. 원고지에 내려 쌓인 글자들이 아픈 가시로 변해 하늘, 어딘가에 있을 난쟁이의 영혼을 찌른다.

며칠을 자리에 드러누워 허송한다. 지금의 나는 소설을 쓰던 나와 다른 인격체인 것처럼 느껴진다. 허나 같은 삶을 공유한 탓에 책임을 회피하지는 못하고 그저 소설을 쓰던 나를 원망하고 후회한다. 회의감과 배신감이 추슬러지지 않는다. 벌써 타인을 대하는 것처럼 소설을 쓰는 나를 대하고 있다. 왜 소설을 쓰는지, 어떤 소설을 쓰려는지, 그런 소설이 뭐라고 삶을 바쳐, 지금 살고 있는 삶으로도 부족해 남은 삶마저 모두 바쳤는지 따져 물을수록 분하고 답답하다. 아무런 대답도 들을 수 없다. 소설을 쓰는 나는 입을 딱 다문 채 처음 소설을 썼던 순간을 떠오르게 만든다.

스무 살, 어떤 계기도 없이 소설을 쓴다. 온종일 책상에 앉아 연필을 쥔 채 쉼 없이 글을 쓴다. 마음에 담긴 이야기를 지금 당장 토해내지 않고는 도무지 견딜 수 없는 간지러움에 시달린다. 부릅뜬 눈은 종이 위에 내려 쌓이는 흑색 문자를 좇지만 단 한글자도 읽지 않는다. 마음, 그 안에 담긴 이야기를 바라보며 소설을 쓴다. 소설이 완성될 때마다 희망은 어떤 미래로 향하는 튼튼한 다리를 짓는다. 여전히 소설을 쓰고 있을 미래, 희망은 간절히 그런 미래를 기대하며 풀무질하고 담금질한다. 나는 늘 좋은 소설을 쓰고 싶다고 갈망하고 원한다. 소설을 쓰기 위해 처음 연필을 쥔 순간부터 지금까지 좋은 소설을 쓰고 싶다고 갈망하고 원한다. 그러나 좋은 소설이 무언지 소설에 청춘을 다 바친 지금 더욱 모르겠는 기분이다.

미래, 그 속에서 나는 여전히 소설을 쓰고 있을까. 아니, 소설을 쓸 수 있을까.

나는 소설을 쓰는 내게 묻는다. 이제는 소설을 쓰는 나도 미래의 나를 확신하지 못한다. 삶을 소설에 바친 그 빚을 갚아야 한다. 비루하고 비참한 삶을 견디는 것으로 갚아야 한다. 나도 소설을 쓰는 나도 알고 있다. 이제 현실은 어떤 거짓과 속임도 받아주지 않는다.

나는 소설을 떠날 수 있을까, 떠나고 싶으냐고 소설을 쓰는 내게 묻는다. 소설을 쓰는 나는 차분하게 대답한다. 떠나는 게 아니라고, 그저 쫓겨나는 거라고. 그래, 나도 고개를 끄덕인다. 맞는 말이라고.

그런 내게 다시금 편지가 도착한다.

나는 편지를 앞에 놓고 고민한다. 좀처럼 전에 답장을 보냈던 내용이 기억나지 않는다. 아직 봉투를 뜯기 전, 편지의 내용을 미리 짐작해 각오하고 싶다. 적어도 놀라거나 당황하지 않기를 바란다. 죽음, 편지에서 언급하는 죽음이 무척 불쾌하다. 죽음이 아닌 자살, 그토록 불순한 주제를 편지로 주고받음이 끔찍하게 싫다. 넌더리가 난다. 계속해서 외면할 수 없는 현실에 고통 받는다.

편지에는 올가미 그림이 그려져 있다.

익명의 누군가는 편지지 한 면을 꽉 채워 둥글게 말린 올가미를 그려 보냈다. 그 그림을 마주하자 이가 갈린다. 이제는 어떻게 할 수 있는 방법이 없다. 처음부터 불길한 편지를 무시했어야 했다. 익명의 누군가를 정신병자라고 취급했다면 지금의 고통은 없었을 것이다. 내가 얼마나 고통 받는지 도무지 알지 못하는 익명의 누군가가 원망스럽다.

하루가 멍하니 지나간다. 그리고 밤, 자정이 지난 새벽에 어떤 결심이 섰는지 고속버스터미널로 향한다. 편지의 발신지를 찾아 가려는 마음이 두렵다. 허나 익명의 누군가에게 내가 얼마나 고통 받는지를 알리고 싶다. 처참한 몰골을 보여주며 너는 정말 이기적 이라고, 나는 정말 괴로웠다고 말해주고 싶다. 허나 그 뿐, 용기는 고작 그 뿐이다.

고속도로 위를 달리는 버스 안, 멀리에서 해일처럼 밀어닥치는 빛을 바라본다. 어둠은 허무처럼 쉽게도 몸을 잃는다. 아침, 버스 에서 내리는 기분이 담담하다. 기쁨이 없는 우울은 그저 담담한 빛 깔이다. 택시를 잡아타고 발신지의 주소를 찾아간다.

빈 땅,

우두커니 개발되지 않은 대지를 바라본다. 한참이 지난 시간,

정신을 차리고 돌아보니 택시는 나를 기다리고 있다. 발신지가 빈 땅이라는 사실을, 사람이 살지 않는 빈 땅이라는 사실을 운전기사는 알고 있었는지 되돌아가는 얼굴이 밝다. 버스표를 끊고 대기하는 시간, 그제야 철야의 피로가 몽롱하게 밀어닥친다. 머릿속이 어지럽게 뒤흔들린다. 주머니에 담긴 편지, 봉투 속에 담긴 올가미 그림을 꽉 쥐어본다. 그러자 꼭 날카로운 면도칼을 쥔 것 같은 섬뜩함이 예리하게 끼친다.

커다란 피로는 일층에서 이층으로 이어지는 계단마저 오르지 못하게 한다. 계단 몇 개만 더 오르면 작업실이었지만 약에 취한 것처럼 머리조차 가눠지지 않는다. 털썩 주저앉자 점점 의식이 흐려진다. 차라리 이대로 잠에 들어 영원히 꿈속을 헤매고 싶다. 깨어나지 않았으면 싶다. 다시 깨어나 봐야 별 볼일 없는 현실, 다시 깨어나 봐야 하릴없는 삶, 의미가 없다.

작업실, 문을 열고 들어가 그대로 소파 위에 쓰러진다. 피로가 과중하면 눈이 아프고 좀이 쑤신지 한참을 뒤척여도 잠에 들지 못한다. 지금 휩싸인 몽롱함이 졸음인지 아닌지 분간조차 되지 않는다. 주머니에서 편지를 꺼내든다. 눈을 감은 채 손의 감각으로 편지를 움켜쥔다. 올가미 그림, 어떤 의도를 담고 있는지 그저 불길하다.

편지를 갈기갈기 찢어버린다. 그리고는 그 파편들을 허공에 흩

뿌린다. 이제 다시는 답장을 보내지 않겠다고 다짐한다. 더 이상 편지에 쓸 말도 없다. 어떤 말을 쓰더라도 진실할 수 없다. 이제라도 거짓과 위선에서 벗어나고 싶다.

삶은 나를 가만 놔두지 않는다. 빚을 갚으라고 계속 독촉한다. 불길한 편지도 갚아야할 빚, 그 빚을 청산하기도 전에 다른 빚이 보태진다.

나는 육인용 탁자에 앉아 소설을 생각한다. 난쟁이, 난쟁이의 이야기를 소설이라고 썼지만 정작 소설은 그녀의 고백에서 멈춰 있다. 그녀는 아이에게 다른 사실을 고백한다. 허나 그 고백을 아이가 듣지 않기를 바란다. 막다른 길이 아니라면 벼랑 끝에 내몰린 기분이다. 할 수만 있다면 당장에라도 달려가 그녀의 입을 틀어막고 싶다. 단 하나의 생채기도 없는 소설이기를 바라는 마음, 아이가 상처받아서는 안 된다.

난쟁이의 이야기를 소설에서 분리한다. 몇 장의 원고지가 새까만 속을 드러낸 채 처분을 기다린다. 난쟁이도 아이에게 상처가 된다. 아이는 난쟁이의 죽음을 슬퍼하고 사진작가의 비겁함에 괴로워한다. 그래서 난쟁이의 이야기는 소설이 될 수 없다. 단 하나의 생채기도 없는 소설, 설사 불가능하더라도 아이에게 상처는 줄 수 없다. 결국 난쟁이를 찢어버린다. 원고지일 뿐이지만 난쟁이가 찢겨진 것처럼 마음이 아프다. 마음이, 아프다.

그녀의 이야기를 고민한다. 아이에게 상처가 된다면 난쟁이를 버린 것처럼 버릴 생각이다. 단 하나의 생채기도 없는 소설이기를 바란다. 얼굴이 희고 작은 입술이 붉은 아이를 위해 반드시 그런 소설을 완성하고 싶다.

그때 누군가 작업실의 문을 두드린다. 누굴까, 의심도 없이 문을 열고는 얼어붙는다. 보라, 보라가 커다란 가슴을 앞으로 내민 채 서있다. 어떤 감정도 드러나지 않는 얼굴로 나를 바라본다. 불편한 내색도 하지 못하고 괴로운 심경을 감춘 채 육인용 탁자에 앉기를 권한다. 보라는 자리에 앉더니 다짜고짜 침묵을 지킨다. 어떤 감정도 드러나지 않는 얼굴, 눈치를 살피다 그만 인내심을 잃는다.

"무슨 일이시죠?"

나는 꼭 울고 싶은 마음이다. 세상 모두가 나를 괴롭힐 기회만 호시탐탐 노리는 것 같다. 보라도 그 중 하나, 역시나 갚아야할 빚, 그런 사실을 아는지 모르는지 뻔뻔한 얼굴로 대답한다.

"할 말이 있어서요."

나는 한숨을 푹 내쉰다. 할 말이 있다지만 도무지 듣기 싫다. 그러나 말을 듣겠다고 자세를 고쳐 앉는다. 보라는 무심히 말을 툭 던진다. 여전히 어떤 감정도 드러나지 않는 얼굴, 그 답답한 얼굴을 쳐다보며 미쳐버릴 것만 같은 순간을 겨우 견딘다.

"작가님, 제게 꿈이 생겼어요. 저는 작가가 되고 싶어요. 작가님처럼 소설을 쓰고 싶어요."

나는 인상을 구긴 채 보라를 노려본다. 작가가 되고 싶다는 그 말이 도통 믿기지 않는다. 벽을 마주한 것 같은 암담함, 이제는 상처가 될 말을 조심할 필요가 없다. 작가랍시고 위선을 떠는 것도 지긋지긋하다.

"어떤 소설을 쓰고 싶은데요?"

나는 대답을 기다린다. 커다란 가시를 감춘 물음이 미끼가 돼 상대를 유혹한다. 보라는 조금의 동요 없이 대답한다. 미끼를 깨문다.

"작가가 되고 싶고 소설을 쓰고 싶지만 아직 어떤 소설을 쓰겠다는 계획은 없어요. 작가님의 말씀처럼 소설이 제게로 오지 않을까요? 그렇게 믿고 있어요. 쓰고 싶은 소설이 생기면 꼭 쓸 거예요."

보라는 소설을 가벼이 여기며 모독하고 있다. 그러는 동시에 소설에 삶을 바친, 그래서 가진 것을 모두 잃은 나를 조롱하고 있다. 이를 악물며 굴욕을 견뎌본다. 수치심과 함께 복수심이 날을 세운다. 나를 모욕한 보라를 시궁창에 처넣고 싶다. 그러자 미소가 떠오른다.

"소설을 쓰는 일은 쉽게 보일지도 모르지만 고민도 후회도 많습니다. 세월을 좀먹고 늙어갈 겁니다. 또 이 세계에서 살아남는 일은 정말로 힘들어서 설사 실력과 재능이 있더라도 선택받지 못하는 경우가 비일비재합니다. 취미로 소설을 쓴다면야 열심히 해보라고 응원하겠지만 나처럼 소설을 쓰겠다면 말리고 싶습니다. 결국 비참해질 뿐입니다. 아직 나이가 어리니까 마땅히 할 일들을 하면서 숙고해도 늦지 않을 겁니다."

나는 말을 맺으며 보라가 열여섯 살이라는 사실을 새삼 깨닫는다. 열여섯이라는 나이가 왜 무섭게 느껴지는지 알 수가 없다. 순간 복수심은 무뎌지고 이상한 기분에 휩싸인다. 보라, 새아버지에게 강간을 당한 보라, 수백 명의 사내에게 밑을 내준 보라가 동정된다. 그런 보라는 여전히 감정이 드러나지 않는 얼굴로 말을 툭 던진다.

"작가님, 괜찮아요. 세상에 옳은 건 없듯이 소설을 쓰겠다는 결심도 결코 그르지 않을 거예요."

보라는 모욕적인 말을 뱉고도 뻔뻔한 얼굴이다. 소설을 쓰겠다는 결심마저 옳고 그름으로 판단할 수 없다는 그 말이 참을 수 없는 모욕으로 느껴진다. 동정은 쉽게 사라지고 더욱 날카로워진 복수심이 고개를 쳐든다.

"세상에 옳은 건 없을지도 모르지만 과거와 현재, 그리고 미래는 분명히 존재합니다. 내게 묻고 또 물었던 과거는 미래에 영향을 끼칠 수 없냐는 물음을 과연 극복할 수 있을까요? 소설을 쓰겠다는 결심은 과거를 끝없이 곱씹고 곱씹게 할 겁니다. 소설을 쓰게 될 당신은 과거 속에서 살게 될 겁니다. 당신의 천박하고 추접한 과거가 앞으로의 미래에도 계속된다는 말입니다. 새아버지의 밑에서 다리를 벌렸던 어머니와 똑같이 새아버지의 밑에서 다리를 벌렸던 열한 살, 당신을 결코 외면할 수 없을 겁니다. 그리고 수백 명의 사내들, 당신이 다리를 벌렸던 수백 명의 사내들이 어쩌면 반갑게 느껴질지도 모릅니다. 소설에 쓸 만한 누군가의 어떤 이야기를 떠올릴 때는 내심 기쁘기도 할 겁니다. 스스로를 걸레라고 칭했던 더러운 삶이 고맙게 느껴질지도 모릅니다. 그러다 결국 어떤 것도 소설이 될 수 없다는 사실을 깨닫고는 절망에 사로잡힐 겁니다. 그때 당신의 미래는 과거에 의해 산산이 파괴된 채 결코 회복할 수 없을 겁니다. 당신은 소설을 쓰기 위해, 소설을 쓴답시고 세상 모두에게 자신의 삶을 고백할 테니까요. 지금 내가 심한 말을 한다고는 생각하지 않기를 바랍니다. 결코 부정할 수 없는 진실이니까요."

나는 거친 숨을 몰아쉬며 씨익 웃는다. 보라를 노려보며 나의 승리라고, 너의 패배라고 분명하게 말한다. 허나 보라는 여전히 감정이 드러나지 않는 얼굴로 말을 툭 던진다.

"괜찮아요. 어차피 소설이잖아요."

보라의 무책임함, 아니 무지가 나를 막다른 길로 내몬다. 보라는 지금 자신이 얼마나 심한 모독으로 나를 공격하는지 모른다. 결코 견딜 수 없는 모욕을 내게 안긴다. 나는 식은땀을 훔치며 진정을 위해 애쓰지만 쉽지 않다. 거친 숨은 점점 차오르고 위신과 체면은 곤두박질친다. 그때 머리를 때리는 좋은 생각, 벌떡 일어나 서랍을 뒤진다. 까맣게 잊었던 원고를 찾아낸다.

보라의 앞에 의식의 흐름의 원고를 툭 던진다. 작가가 되고 싶다는, 나처럼 소설을 쓰고 싶다는 말처럼 무책임하게 툭 던져진다. 보라는 여전히 감정이 드러나지 않는 얼굴로 나를 바라본다. 뭐냐고 묻는 눈에 목소리로 대답한다.

"저번에 완성한 소설입니다. 일전에 언질을 했었는데 기억하실지 모르겠습니다. 제목은 의식의 흐름입니다. 읽어도 좋고 읽지 않아도 좋습니다."

나는 지금의 행동에 어떤 자각도 느끼지 못한다. 그저 보라에게 고통을 주기 위해 의식의 흐름을 툭 던졌다. 보라는 그런 원고를 가방에 담더니 서둘러 몸을 일으킨다. 마치 원하는 것을 손에 넣었다는 것처럼, 그것을 다시 빼앗기기 싫다는 것처럼 작업실을 빠져나간다. 문을 열고 나간 뒤 뒤돌아 살짝 고개를 숙이는 것이 인사의 전부, 덩그러니 남겨진 기분이다. 식은땀이 뺨을 타고 뚝뚝 떨어진다. 곧 후회하게 될 것을 어떻게 알았는지.

보라는 작업실 문을 두드린다. 나는 누굴까, 고민하지도 않고 문을 연다. 커다란 가슴을 앞으로 내민 채 고개를 숙이는 보라의 얼굴에는 여전히 드러나는 감정이 없다. 어떤 감정도 읽을 수 없는 건조한 얼굴, 기시감이 소름처럼 끼친다. 아니, 지금의 경험은 과거에 실제로 있었으니 기시감이 아니다. 예고된 고난쯤.

나는 육인용 탁자에 앉을 것을 권한다. 보라는 천천한 동작으로 자리에 앉자마자 가방 속에서 의식의 흐름을 꺼내 올려놓는다. 그 순간 숨 막히는 긴장감에 휩싸인다. 마른 입술을 꾹 다문 채 보라와 의식의 흐름 사이의 허공을 바라보며 눈치를 살핀다. 의식의 흐름을 읽은 보라가 어떤 말을 꺼낼지 두려운 동시에 궁금하다. 보라는 침묵하지 않는다.

"잘 읽었어요. 재밌게 읽었어요."

나는 어리둥절한 기분에 휩싸인다. 보라의 대답은 명확하게 어딘가를 가리키지 않고 두루뭉술하게 헛짚기를 유도하고 있다. 잘 읽었다, 의식의 흐름을. 재밌게 읽었다, 의식의 흐름을. 보라는 자신의 은밀한 이야기를 소설에 쓴 나를 탓하지 않겠다는 건지, 아니면 자신의 은밀한 이야기를 소설에 썼다는 사실을 모르는 건지 판단할 수 없는 애매한 위치에서 배시시 웃는다. 나는 긴장한 채 굳은 얼굴로 어깨를 으쓱해 보인다.

"다행이네요."

칼자루는 보라의 손에 쥐어져 있다. 나를 향해 겨눠진 칼날의 섬뜩함을 느끼며 마른침을 삼킨다. 칼날은 아슬아슬하게 내 살과 뼈를 빗겨간다.

"작가님, 우선 감사를 전하고 싶어요. 의식의 흐름을 읽으면서 작가님이 제게 해줬던 충고와 조언이 얼마나 값진지를 깨달았어요. 하마터면 저는 스스로에게 해를 끼치는 우를 범할 뻔 했어요. 그런 저를 작가님이 구해주신 거예요."

나는 보라를 바라보며 침묵한다. 여전히 칼자루는 보라의 손에 쥐어져 있다. 나는 바들바들 떨며 칼날이 다시 한번 살과 뼈를 비껴가기를 바란다.

"저는 제 이야기를 쓰지 않기로 결심했어요."

보라의 결심은 뜻밖이다. 결국 자신의 이야기를 쓸 수밖에 없는 침묵의 올가미를 피해보겠다는 시도는 결코 이뤄질 수 없는 헛된 것임을 모르는 눈치다. 모를 수밖에, 아직 소설을 써보지 않았으니까. 자신의 이야기를 쓰지 않으면 도대체 어떤 이야기를 쓸 수 있겠냐는 물음이 삼켜진다. 묻지 않아도 필연적인 대답은 피할 수 없다.

"작가님, 쓰고 싶은 소설이 생겼어요. 소설이 내게로 온다는 작가님의 말씀은 정말이었어요. 저는 작가님의 이야기를 쓸 거예요. 지금 바라보는 작가님을 쓰고 싶어요. 작가님이 아무리 자세히 들여다봐도 저보다 또렷하게 스스로를 바라볼 수는 없을 거예요. 작가님이 제 이야기를 쓴 것처럼 저도 작가님의 이야기를 쓸 거예요. 소설을요! 그러니까 공평한 거예요. 음, 이럴 때는 공정이라는 단어가 더 어울릴까요? 아무튼 제 이야기를 소설에 더 쓰셔도 괜찮아요. 저도 쓸 거니까요."

보라의 눈이 얇게 휘어지며 웃는다. 통통하게 살이 오른 뺨이 광대에 오르며 입이 벌어진다. 간드러지는 웃음소리가 사방을 메아리치며 귀를 간질인다. 나는 넋을 잃은 채 보라를 바라본다. 중심을 잃고 육인용 탁자를 짚는다. 그 손이 뻣뻣하게 오그라든다. 손끝이 손바닥을 뚫을 것처럼 온 힘을 다해 말아 쥔다. 오그라든 손은 말을 듣지 않는다. 손을 펴라고 미미한 의식이 명령하지만 더욱 오그라들 뿐 도리어 제어의 기능을 완전히 상실하고야 만다. 패배감인지, 분노인지 분간할 수 없는 치욕 속에서 오그라든 손조차 펴지 못하는 나는 결국 고개를 떨어뜨린다.

두려움, 보라의 눈에 비친 내 모습이 두렵다. 그 낯선 나를 마주할 용기가 없다. 그때 보라는 내 귀에다 대고 속삭인다. 이건 비밀인데요, 비밀이라는 말 뒤에 웃음소리만 귀를 간질인다. 여전히 손은 오그라든 채 펴지지 않는다.

(이건 비밀인데요, 지금 당신이 읽고 있는 소설은 누가 쓴 걸까요? 보라일
까요? 아니면 서영일까요? 방금 속았다는 생각이 들지는 않았나요.)

나는 넋을 잃고 허공을 바라본다. 시간은 흐름을 멈추고 옆으로
비켜선다. 적막이 차오른다. 갑자기 우수수 쏟아지기 시작한 소낙
비처럼 결국 공허해지는 그런 적막이 나를 감싸고 채운다. 그 안
에서 보라를 생각한다.

보라, 이제는 보라라는 이름마저 물 위에 뜬 기름처럼 부유하게
느껴진다. 사랑하지 않는 남자와 섹스를 했다는 고백. 자신의 커다
란 몸뚱이는 성조숙증이라는 병에 의한 것이며 아주 어린 시절부
터 그랬다는 고백. 술에 취한 새아버지의 겁탈……, 술에 취한, 이
라는 말은 빼도 좋다. 아니, 빼야한다. 새아버지는 보라를 겁탈했
다. 충동적이라는 말도 사용해서는 안 된다. 새아버지라는 남자는
보라를 겁탈했다. 그리고 보라의 생모와도 육체를 합했다.

블라디미르 나보고프라는 러시아 출생의 작가가 쓴 롤리타라는
제목의 소설. 단순히 러시아 출생의 작가라는 소개 자체가 이십 세
기 러시아 문학을 대표하는 동시에 미국의 자랑이기도 했던 대문
호에게는 실례, 그러나 그런 그의 소설은 별로 재미가 없었다. 그

러나 롤리타, 어린 소녀 롤리타를 사랑하는 늙은 남자가 주인공인 소설에서 인상적인 대사를 기억한다. 롤리타의 생모가 자신의 딸을 탐해 자신과 결혼한 남자를 저주하는 장면.

엄마와 딸을 동시에 범한 파렴치한! 절대로 용서받지 못할 중죄인!

블라디미르 나보고프라는 작가의 명성을 믿어 저 말이 사실이라면 보라와 보라의 생모를 동시에 범한 파렴치한이자 절대로 용서받지 못할 중죄인인 새아버지는 어떤 벌을 받을까. 나는, 작가랍시고 위선이나 떨 줄 아는 나는 너무도 빤하게도 그때 새아버지가 열한 살이었던 보라를 겁탈하지 않았다면 보라의 미래는 지금과 달랐을까, 생각한다. 진부하기 그지없는 물음을 스스로에게 던지고는 고개를 가로젓는다. 얼씨구, 북을 치고 장구를 친다.

그때 보라는 정말로 가출을 한 뒤 사백 명의 사내들과 잠자리를 가졌을까, 하는 의문이 뇌리를 스친다. 어쩌면 순진하고 멍청하게도 보라의 말을 곧이곧대로 믿은 것은 아닐까, 싶어 당혹스럽다. 그런 과거가 정말로 미래와 상관이 없냐는 물음이 어쩌면 물음이 아니었을지도 모른다는 생각이 마음을 무겁게 짓누른다. 이토록 심한 굴욕과 수치는 처음이다. 날벼락을 맞은 것처럼 어리둥절하다. 여전히 멍한 얼굴, 내 몫으로 남겨진 굴욕과 수치를 꾸역 꾸역 삼킨다.

의식의 흐름의 원고를 집어 들자 익숙한 떨림이 손끝에서 시작돼 온몸을 뒤흔들기 시작한다. 내가 쓴 소설을 읽고 죽겠다는 편지가 그랬던 것처럼 급소를 쿡 찌른다. 떨리는 손은 거칠게 원고를 넘겨본다. 내가 쓴 소설, 모두 알고 있는 이야기, 그때 손이 멈춘다. 보라는 커다란 별을 그려뒀다. 마치 보라고 말하는 것처럼 커다란 별을 여러 개 겹쳐 그려뒀다. 별의 옆에는 재밌는 부분, 이라는 주석이 달려있다. 뭐가 그리 재밌었는지 내가 쓴 소설을 읽어본다.

의식의 흐름 #19 그녀는 결코 나의 소유가 될 수 없었다. 이는 이미 천명된 사실이었지만 어리석기 때문에 망각했다. 기다란 송곳에 가슴을 꿰뚫린 것처럼 통증이 일었다. 넋이 나간 채 드러누워 하염없이 천장을 바라봤다. 눈앞이 빙글빙글 돌고 천장과 바닥이 가까워졌다 멀어지기를 반복했다. 현기증과 멀미가 동시에 뒤엉켰다. 힘겹게 몸을 일으켜 침대를 향해 걸음을 옮겼다. 이불을 머리끝까지 뒤집어쓰자 도망치고 싶다는 마음이 간절하게 떠올랐다. 기분은 더없이 침울했지만 울음조차 터뜨릴 수 없었다. 그의 세상에 발을 들여놓은 선택으로 인해 내가 얼마나 망가졌는지를 생각했다.

의문이었다.

그가 지배하는 세상은 얼마나 넓은지 가늠조차 할 수 없었다. 가늠할 수 없는 그 넓음 안에서 내 존재는 얼마나 작고 보잘 것 없는지 짐작조차 되지 않았다.

착각이었다.

그가 나를 필요로 한다고 오판했다. 그가 부르짖는 자유의 중심에 내가 위치해 있다고 생각했다. 그러나 믿음은 쉽게도 모두 부정됐다. 모든 사실이 명백하게 밝혀진 지금 지독한 박탈감밖에 남지 않았다. 나를 지탱하던 뿌리가 완전히 썩어 회생이 불가능한 지경이었다.

눈을 질끈 감자 짙은 어둠이 덮쳐왔다. 눈을 떴을 때 거짓말처럼 지금의 현실이 부정돼 있기를 바랐다. 한여름 밤의 꿈처럼 그에 대한 모든 기억이 흐릿해져 잊히기를 바랐다. 이제는 호텔의 호화스러운 스위트룸도 싫으니 손님 없는 가게의 주인으로 되돌아가 몽롱한 낮잠에서 깨어나 저린 팔이나 주무르고 싶었다.

그때 그녀가 내 머리맡으로 다가와 앉았다. 침대의 출렁임에 현기증과 멀미가 돋워졌지만 가만히 견뎠다. 그녀는 이불을 뒤집어쓴 나를 어루만지며 위로했다. 목소리는 차분했고 조곤조곤 상냥했다.

"불쌍한 사람, 하지만 걱정 말아요. 곧, 아니 언젠가는 모든 것에 익숙해질 거예요. 방황해야만 하는 사춘기가 뒤늦게 찾아왔다고 그쯤 생각하세요."

그녀의 말이 가슴을 아프게 후벼 팠다. 말 속에 담긴 날카로움이 사납게 할퀴었다. 그런 아픔이 굴욕처럼 느껴져 괘씸함이 치밀었다. 그녀의 손목을 낚아채 힘껏 비틀었다. 비틀어진 손목만큼 그녀의 나체가 뒤틀리며 신음했다. 그녀의 목소리는 날카로웠다.

"이거 놔! 놓으라고!"

나는 놓아줄 마음이 없었다. 스스로에 대한 분노를 그녀에게 전가하고 싶었다. 내가 견뎌야 할 고통을 줄이기 위해서라도.

"방황해야만 하는 사춘기라고? 네 눈에는 내가 불쌍해 보여? 뭐가 불쌍한지 말해봐!"

그녀는 팔이 꺾인 채로 나를 노려봤다. 그 눈에 서린 측은함과 동정의 빛은 내 안에서 타오르는 분노에 끼얹어지는 연료였다. 그런 사실을 모르는지 그녀는 고개를 저으며 혀를 끌끌 찼다. 그런 치욕을 견딜 수 없어 이성을 잃고 고함을 질렀다.

"그러는 너는 왜 여기에 있는 거야? 너도 나처럼 동전을 받은 거야? 그래서 그 동전의 삯을 창녀처럼 몸으로 갚고 있느냐는 말이야!"

그녀를 모욕했다. 너는 창녀라고 다분히 모욕이 섞인 외침으로 가볍게 충고를 뱉은 것에 앙갚음을 했다. 창녀보다 못한 자신의 신세에 비참함을 느낄 거라고 생각했다. 자신의 삶 자체가 급소라는 사실을 당연히 인지하고 있을 거라고 믿었다. 그러나 그녀는 눈썹도 까딱하지 않았다. 도리어 나를 동정했다. 결단코 내가 원하지 않는 동정이었다. 침대 위에서 암캐처럼 헐떡이고 몸부림을 치던 그녀가, 내 정액을 받아먹던 그녀가 나를 동정했다. 그 사실이 수치스러운 동시에 서글펐다. 아직 스스로를 가엾게 여길 자존감이 남았는지 어떤 근거도 없이 아직도 그녀가 내 발밑의 존재라고 서열을 인식하고 있었다.

그녀는 붙들린 손을 뿌리치며 꺾였던 손목을 감싸 쥐었다. 스스로에 대한 분노를 전가하려던 시도가 실패로 돌아가자 그제야 그녀가 애꿎었다는 사실이 깨달아졌다. 그녀는 그것에 조금도 원망하지 않고 내 귀에다 대고 속삭였다. 말하는 목소리가 차분하고 상냥했다.

"누구를 원망할 것 없어요. 원망할 대상을 찾으려는 시도는 결국 시간낭비가 될 거니까요."

그녀는 마치 모든 것을 알고 있다는 것처럼 여유로웠다. 그런 그녀에게 지금 나를 휩싼 혼돈과 비참함을 이미 겪어봤냐고 묻고 싶었다. 허나 입술이 떨어지지 않았다. 무기력하게 드러누운 채 천장을 올려다봤다. 눈앞이 빙글빙글 돌고 천장과 바닥이 가까워졌다 멀어지기를 반복했다. 현기증과 멀미가 동시에 뒤엉켰다. 나는 혼잣말처럼 그녀에게 물었다.

"당신은 왜 그를 떠나지 않는 겁니까?"

내 질문이 우스웠는지 그녀는 대답은 하지 않고 배를 잡고 웃었다. 군살이 접히지 않는 아름다운 육체가 동그랗게 말렸다. 그녀는 금방 감정을 수습했다.

"심각한 물음이라는 사실을 알고 있어요. 그래서 제 대답이 가볍다고 생각될까 염려스럽네요. 그렇지만 저는 단지 어떤 사실도 중요하지 않다는 걸 깨달았을 뿐이에요. 어떤 것도 중요하지 않아요. 방금 전에 저를 겁탈하려고 했던 당신도 이제는 중요하지 않은걸요. 이해할 수 있겠어요?"

그녀의 입가에 번지는 미소가 나를 자극했다. 왜인지 이유 모를 분노에 휩싸인 채 벼락같은 고함을 쳤다.

"도대체 중요한 게 뭐라는 말이야!"

그녀는 눈썹도 까딱하지 않았다. 지그시 나를 바라보는 눈이 깊었다.

"뭐가 중요한지, 중요한 게 뭔지는 나도 몰라요. 그는 자유라고 말하던걸요. 아마 자유가 중요하겠죠."

그녀의 말속에 섞인 그의 존재가 내 입을 다물게 만들었다. 그는 언급되는 것만으로도 나를 찍어 누르는 철퇴였다. 허나 철퇴가 떨어지기까지 짧은 틈이 있었다.

"지금 이 순간, 당신과 내가 마주보고 말을 섞고 있는 현실을 존재하게 만든 과거의 어떤 때가 분명히 존재할 게 아닙니까! 당신은 스스로를 부정하지 마세요. 평범한 여성이라면 할 수 없는 더럽고 저질스러운 음란함을 자연스럽게 뿜어내는 지금의 당신을 존재하게 만든 과거가 뭐냐는 말입니다. 도대체 어떤 과거의 순간이 지금, 현재의 당신을 발가벗겼습니까? 또 나를 발가벗긴 것은 무엇입니까! 당신 앞에서 발가벗은 채 떨고 있는 내가 똑똑히 보이잖습니까. 당신도 내 앞에서 발가벗은 채 웃고 있지 않습니까! 같은 처지에 숨겨야 할 이유라도 있습니까? 뭐라도 좋으니 말을 해보세요."

그녀는 또다시 배를 잡고 웃었다. 간절한 외침마저 우습게 들리는지 좀처럼 그치지 못했다. 웃음이 그치기를 처참한 심정으로 기다렸다. 그녀는 겨우 웃음을 삼켰다.

"지금 혼자 착각에 빠진 건 아니죠? 이런 걸 음모론이라고 하던

가요. 지금까지 마음껏 즐겨놓고는 왜 딴소리를 하세요. 설마 오늘 제 서비스가 마음에 들지 않았나요?"

나는 할 말과 동시에 눈의 초점을 잃었다. 눈앞이 뿌옇게 흐려진 만큼 속삭이는 그녀의 목소리는 더욱 깊숙이 뇌리를 파고들었다.

"제게 궁금한 게 많은가 보네요. 제게서 어떤 힌트를 얻고 싶겠지만, 저를 탓할 거라면 기대는 하지마세요. 어차피 당신은 문제가 뭔지도 모르니까 어떤 단서를 줘도 답을 얻을 수 없을 거예요."

나는 그녀의 손을 붙들었다. 간절한 마음으로 붙들었다. 어떤 말이라도 좋으니 제발 해달라고 간절히 호소했다. 그녀는 붙들린 손을 자신의 품으로 가져가 웃음기를 싹 지웠다. 깊어진 눈은 과거를 바라보기 시작했다. 담담한 목소리가 내게도 같은 과거를 보여줬다.

"어린 시절, 저는 그림자 같은 존재였어요. 그 있잖아요, 말을 걸어도 대꾸가 없고 눈이 마주쳐도 되돌아오는 빛이 없는. 주변에 꼭 한 명씩은 있지만 어느 순간 사라진 그런 존재 말이에요. 사라지는 순간조차 존재감 없이 아주 희미하게 기억되지만 그 기억조차 진짜인지 가짜인지 분간이 되지 않는 그런 존재 말이에요. 제가 그랬어요. 저는 항상 존재했는데 누구도 인정하지 않았어요. 왜 그랬을까요? 남들과 똑같이 배가 고프고 넘어지면 무릎에서 피가 났는데요. 왜 아무도 저를 발견하지 못했을까요?"

그녀는 자신의 마음 깊은 곳을 들여다보며 스스로에게 묻고 있었다. 그래서 어떤 대답도 할 수 없었다. 그녀의 고백이 당혹스럽기도 했다. 그렇다고 그녀의 입을 틀어막을 수는 없었다. 그럴 필요가 없었다.

"저는 제 자신을 인지하지 못했어요. 어쩌면 마음을 느끼지 못했다는 표현이 옳을지도 모르겠네요. 단 한 번도 마음과 대화를 나눈 적이 없었으니까요. 정말로 마음과 대화를 나눈 기억이 없어요. 저부터 스스로를 그림자처럼 형체 없는 존재라고 여겼는지도 몰라요. 가끔은 몸에서 아지랑이가 피어올라 증발되는 경험을 했는데요, 눈앞이 흔들리는 것을 신호로 머릿속이 멍해졌어요. 그러면 손과 발, 온몸에서 아지랑이가 피어올라 꼭 사라질 것만 같은 아찔함을 느꼈어요. 헌데 증발한다는, 사라진다는 사실이 무섭지는 않았어요. 마음이 있어야 두려움도 느낄 수 있는지 증발되는 모습을 가만히 지켜봤어요. 어쩌면 알고 있었는지도 몰라요. 어떤 아지랑이도 존재를 사라지게 할 수 없다는 사실을요. 그래서 조금 서운했어요. 내심 아무도 모르게 본래 존재하지 않았던 것처럼 사라지고 싶었거든요."

그녀는 마른 웃음을 짓고는 말을 쉬었다. 여전히 마음 깊은 곳을 들여다보고 있었다.

"제게도 가족이 있었어요. 아빠와 엄마, 그리고 할머니가 가족이라는 울타리 안에 함께 존재했어요. 아빠는 언제나 고함을 지르고 화를 내는 사람이었어요. 그럴 때마다 놀란 가슴이 새까맣게 졸아들었는데 뭔가에 홀린 것처럼 옷을 벗었어요. 발가벗고는 우두커니 선 채 알몸을 내려다봤어요. 지금은 가슴이 부풀고 허리도 잘록해졌지만 그때는 동글동글한 아이의 몸이었어요. 그런 몸을 내려다보며 작은 손으로 까맣게 졸아든 가슴을 문질렀어요. 구겨지고 찌그러진 감촉을 느꼈는데, 그게 뭔지는 모르겠어요. 제가 기억하기에는 그랬다고 믿어져요. 지금 하는 말이 진실일 거예요. 할머니는 항상 저를 찢어진 눈으로 흘겨보며 혀를 차고 상것이라고, 가끔은 천한 년이라고 불렀어요. 저는 이름보다도 그렇게 불릴 때가 많았는데요, 상것과 천한 년의 뜻은 몰랐지만 기분이 좋지는 않았어요. 할머니는 자신의 손이 닿는 곳에 제가 있으면 가차 없이 머리를 쥐어뜯고 살을 꼬집었어요. 그게 너무 아픈데도 도망치는 방법을 몰라 울먹이기만 했어요. 결국 울음을 터뜨렸지요. 단지 아파서 울었을 뿐이었는데 엄마는 기다렸다는 것처럼 방문을 열고 뛰쳐나왔어요. 그리고는 저를 사정없이 두들겨 팼어요. 그 매는 정말이지 혹독했어요. 왜 맞는지도 모른 채 무참히 짓밟혔어요. 말 그대로 짓밟혔어요. 그래서 손가락이 몇 번 부러지고 치아도 두 번인가 뽑히고 깨진 것은 셀 수가 없어요. 그런 엄마가 무서웠지만 한편으로는 가여웠어요. 당신도 두들겨 맞는 신세였거든요. 아빠에게 머리카락이 뜯겨 듬성듬성 허연 구멍이 보였고 얼굴에 내린 멍은 지워질 틈이 없었어요. 그래서 마음에 심술이 가득했나 봐요. 뺑덕어멈처럼 포달지고 독살스러웠거든요. 할머니는 엄마에게 오사리잡년이라느니, 개잡년이라느니, 통지기년이라고 살똥스럽게 으르렁댔어요. 그 뜻도 모르면서 어린 저는 중얼중얼 오사리잡년, 개잡년, 통지기년이라고 버릇처럼 읊고 다녔어요."

그녀는 말을 멈추고 말라붙은 입술을 가볍게 깨물었다. 얇은 피부는 쉽게도 상처를 입고 붉은 피를 흘렸다. 허나 과거를 바라보는 그녀는 그런 사실을 모르는 것 같았다.

"시간은 멈추지 않고 흘러갔어요. 그만큼 몸이 자랐고요. 가슴이 부풀고 허리가 잘록해지는 변화가 일었지만 역시나 느끼지 못했어요. 여전히 마음과 대화를 나누지 않았거든요. 시간이 흘렀지만 제게 주어진 현실은 조금도 변하지 않았어요. 별다를 것 없이 중학교에 입학했고 그런 하루하루가 힘겨웠거든요. 박홍수라는 남자가 제가 속한 반의 담임선생님이 됐어요. 이미 지나간 일에 필연적이라는 단서를 붙이는 바보 같은 짓은 하고 싶지 않지만 그 사람의 등장은 어쩌면 필연적이었는지도 몰라요. 그는 모두가 입을 모아 이상하다고 수군거리는 사람이었어요. 하나님과 교회가 어떻다는 등의 이야기를 심취한 채 들려줬는데요, 지금 생각해 보면 지극히 이단적인 설교였어요. 허나 저는 그것이 이상한지도 몰랐어요. 그것을 받아들일 수 있는 마음이 없었으니까요. 박흥수라는 남자는 교과서가 아닌 속독법을 가르치기 위해 노력했어요. 십 초 만에 책 한 권을 읽을 수 있다는 속독법은 정말이지 아무런 쓸모가 없었어요. 정말 정신이 이상한 사람이었죠. 더구나 제가 마음에 들지 않았는지 계속해서 트집을 잡았어요. 당시에는 그게 너무 당혹스러웠어요. 저는 모두에게 투명인간 취급을 받았는데, 그게 익숙했어요. 누군가가 제게 다가올 때면 주변에서 외치는 소리가 저를 외딴곳으로 격리시켰어요. 쟤는 이상한 아이에요! 다가가지 마세요! 그런 외침을 들은 사람들은 하나같이 얼굴을 굳힌 채 슬금슬금 뒷걸음질을 쳤어요. 그리고는 저의 존재를 깨끗하게 지웠어요. 그렇게 투명인간이 된 거예요. 제게 사람들은 성난 이리 떼와 다르지 않았어요. 커다란 아가리를 벌리고 물어뜯지 못해 안달이 난 이리떼였어요. 그림자가 되지 않고는 견딜 수 없는 시간이었지요. 저를 돌볼 수가 없는 때이기도 했어요. 저를 돌보려고 하면 사방에서 너는 이상하다고 날카로운 이빨로 물어뜯는데 스스로를 버려야지만 고통을 피할 수 있었어요. 참 우습죠? 어쩌면 이해할 수 없을지도 몰라요. 헌데 이거 어쩌죠? 이야기는 지금부터 시작인데요."

그녀의 눈에 슬픔이 가득 차올랐다. 그토록 서글픈 눈을 마주한 적이 없을 만큼 마음에 커다란 동요가 일었다. 그녀가 바라보고 있는 과거의 시간은 한없이 크고 넓은 바다 같았다. 세상의 모든 구조가 하나로 뭉쳐서는 힘을 합해 슬픔으로 밀어 넣었다. 그녀는 손과 발에 족쇄를 매단 채 바다로 뛰어들었다. 이 바다를 건너기만 하면 마치 완전한 자유를 얻기라도 하는 것처럼 헤엄을 치려고 노력했다. 허나 족쇄는 그것을 허락하지 않았다. 또한 바다의 넓음과 깊음은 그 크기를 조금도 줄여주지 않았다. 그녀는 감당할 수 없음이 분명한 부역을 치르는 중이었다. 허나 헤엄치기를 포기하지 않았다.

"박흥수라는 남자는 저를 때리기 시작했어요. 기다란 막대기로 손바닥을 사정없이 후려쳤어요. 아팠지만 어떤 표정을 지어야 할지 몰라 얼빠진 얼굴로 견뎠어요. 박흥수는 입버릇처럼 사랑하기 때문에 때린다고 말했어요. 사랑하기 때문에 때린다는 그 모순적인 말이 가슴을 부풀어 오르게 했어요. 터질 것 같은 마음이 처음으로 자신의 존재를 제게 알렸어요. 하루 종일 매를 맞은 손바닥으로 가슴을 문질렀어요. 그러자 발그레 얼굴이 붉어졌어요. 그때부터 박흥수가 달리 보였어요. 뭐랄까, 따스하고 포근하고 생각을 하면 마냥 웃음이 나왔어요. 그때부터 일부러 실수와 잘못을 저지르기 시작했어요. 그럼 박흥수는 두 가지 중에 하나를 선택했는데요, 무서운 얼굴로 매를 때리거나 꽉 껴안은 뒤 엉덩이를 토닥여줬어요. 이단 종교에 빠진 남자였지만 웬걸요, 저는 그 저질스러운

품이 좋았어요. 매를 맞는 것도 좋았어요. 이해할 수 없더라도 그 마음만은 헤아려주세요. 저도 지금은 이해할 수 없으니까요. 그때 저는 사랑이라고 믿었어요. 그때의 제게는 진짜 사랑이었어요. 사랑해서 때린다고 말해주는 박흥수라는 남자를 원하는 마음은 순수했어요. 그동안 외롭고 힘겨웠던 마음은 그런 위로마저 간절했거든요. 심한 갈증은 눈앞에 놓인 물이 독일지라도 마시고픈 충동을 불러일으키잖아요. 뱀처럼 간악했던 박흥수는 좋은 먹잇감인 저를 놓치지 않았어요. 마음을 모두 들키고 말았어요. 이제 막 가슴이 부풀기 시작한 어린아이가 마음을 감출 수 있다는 게 말이 되지 않잖아요. 학교가 파한 뒤에 저는 곧잘 교실에 남아야 했어요. 남아야만 했지요. 박흥수는 상담이라는 명목 하에 저를 떠보고 계산했어요. 그런 함정에 빠지지 않기란 불가능했어요. 빈 교실에서 엎드리라고 말하는 입술이 믿기지 않아 멍한 눈으로 바라볼 때면 어서 엎드리라는 고함이 떨어졌어요. 얼떨떨한 얼굴로 바닥을 짚고 엎드리면 교복치마를 허리 위로 들췄어요. 허옇게 드러난 허벅지를 때리는 손바닥은 작고 단단했어요. 아팠어요. 쉽사리 멈추지 않는 매질은 살을 찢을 것 같은 통증을 유발했어요. 꽉 깨문 어금니 사이로 신음소리가 새어나오고 몸이 뒤틀렸지만 최선을 다해 자세가 무너지지 않도록 견뎠어요. 사랑해서 때린다는 말을 믿었거든요. 박흥수는 저를 때리느라 거칠어진 숨을 몰아쉬며 저를 와락 끌어안았어요. 땀에 젖은 겨드랑이에서 쉰내가 났지만 개의치 않았어요. 달콤한 속삭임이 들려왔으니까요. 너를 사랑하기 때문에 때린 거다, 저는 고개를 끄덕였어요. 알고 있다고, 당신의 사랑을 원하는 제 마음의 표현이었어요. 타인에게 처음으로 마음을 고백한 순간이기도 했어요. 그 뒤로 박흥수는 제 잘못을 잡아내려고 눈에 불을 켰어요. 공개적으로 모욕적인 벌을 주고 걸핏하면 학교가 파한 뒤 남겼어요. 결코 대답할 수 없는 질문들로 저를 공격한 뒤 엎드리라고 소리를 질렀어요. 저를 때리던 작고 마디가 두꺼운 손은 곧 몸을 더듬기 시작했어요. 젖가슴과 엉덩이를 주물렀지만 어떻게 반응해야 할지 몰랐어요. 그렇게 되기까지 많은 시간이 필요하지는 않았어요. 이게 웬 떡이냐 싶었겠죠. 저도 좋았어요. 굳이 지금에 와서 그때의 감정을 속일 필요는 없으니까요. 박흥수라는 남자의 소유가 됐다는 믿음은 꼭 사랑이 이뤄진 것만 같은 기분을 느끼게 했어요. 저는 사랑이라고 믿었어요. 비참한 삶이지만 사랑은 이리도 공평하구나, 하는 생각에 기쁨도 차올랐어요."

그녀는 쓸쓸한 얼굴로 고개를 가로저었다. 그녀의 고백을 계속 듣기가 버거웠다. 혹시 지금 느끼는 버거움이 그녀에 대한 값싼 동정일까 걱정스러웠다. 그녀는 자신의 머리카락을 매만지며 말을 계속했다.

"그는 저를 고문하기 시작했어요. 학교에서 조금 떨어진 곳에 작은 방을 얻고는 방음을 하려는지 창문을 모두 가리고 틈새를 꼼꼼히 메웠어요. 그리고는 저에게 안에서 힘껏 소리를 질러보라고 지시한 뒤 밖에서 들리는지를 확인했어요. 결과가 만족스러웠는지 얼굴에 흐뭇한 미소를 짓더군요. 그곳에서 아직 여물지 못한 어린 몸으로 그를 받아내는 일은 견뎌보려고 이를 악물어도 고문과 다름없었어요. 섹스라는 행위 자체가 낯설고 이질적이었으니까요. 하지만 참아냈어요. 사랑이라고 믿었으니까요. 사랑을 받는 일은 이렇게 아픈 거구나, 생각하면 견딜 수 있었거든요. 그는 갖가지 이유를 들어 저를 학대했어요. 이유 없이 학대를 가해도 반항하지 않았을 텐데, 어떤 이유가 반드시 필요했었나 봐요. 학대보다는 유린에 가까웠던 것 같아요. 육체적인 고문에는 제 마음이 동의했으니까요. 매일같이 모욕과 벌과 고문이 가해졌어요. 발가벗겨진 채 모든 행위를 용인했어요. 의식을 잃는 일도 빈번했어요. 아주 은밀한 사랑이었죠. 은밀한 사랑이었어요. 견뎌야 하는 고통보다 사랑이 달아날까 두려웠지만 날이 갈수록 발전하는 가학의 수단과 방법은 상상을 뛰어넘었어요. 하지만 견뎌냈어요. 사랑을 지켜낼 수 있는 유일한 방법이었거든요. 복종 말이에요. 어쩌면 순종. 마음이 말했어요. 사랑을 지켜야 한다고.”

　그녀는 꺼이꺼이 흐느끼기 시작했다. 이미 울고 있었지만 더욱 격해졌다. 그녀는 필사적으로 말을 토해냈다.

"열여섯 살이 되자 여자라고 말할 수 있을 만큼 몸이 성숙했어요. 봉긋한 가슴과 잘록한 허리가 예뻤어요. 당연히 살이 오른 엉덩이도 탐스러웠죠. 겨드랑이와 사타구니에 검은 터럭도 자랐어요. 그런 제 외모가 탐이 났는지 군침을 흘리는 사내들이 많았어요. 박홍수는 그런 풋내 나는 사내들에게 얼마든지 다리를 벌리라고 명령했어요. 아니, 그래도 괜찮다고 다독였어요. 예수님께서는 모든 것을 용서하시며 믿음 소망 사랑 중에 가장 큰 것이 사랑이라고 말씀하셨대요. 사랑은 섹스라고, 그래서 섹스는 사랑이라고. 사람들이 저를 부르는 말은 간단했어요. 걸레, 암캐, 변기통. 그때는 사랑을 지키는 게 삶의 전부였기에 별로 신경 쓰지 않았어요. 누구든지 마음만 있다면 저를 구석진 곳으로 데려가 강간을 해도 괜찮았어요. 뭐든 상관없었어요. 그럴 수밖에 없었어요. 박홍수는 그런 체험을 이야기로 듣는 것을 좋아했거든요. 알몸으로 누운 채 자신의 성기를 쥐고 흔들었어요. 저는 박홍수의 몸을 정성껏 애무하며 사내들에게 농락당한 이야기를 자세하게 들려줬어요. 이야기가 자극적일수록 흥분된다면서 들뜬 목소리로 좋아했어요. 이해되지는 않았지만 사랑은 모든 것을 받아들이게 했어요. 그래서 저는 무수히 많은 사내들에게 밑을 내줘야 했고 기꺼이 정액을 삼켰어요. 싫었지만 하고 싶었어요. 미안해요. 당신이 드나든 제 밑은 이미 셀 수 없이 많은 사내들이 욕정에 휩싸인 채 핥고

싸고 더럽혔던 곳이에요. 허나 깨끗이 씻었으니 안심해도 좋아요. 병은 없으니까요."

그녀는 흐느끼던 얼굴을 떨어뜨렸다. 그 모습이 너무도 초라하고 가여웠다.

"박흥수라는 남자에게 들려줄 이야깃거리를 만들기 위해서라도 몸을 굴려야 했어요. 다짜고짜 끌려가 사방에 드리워진 사내들의 성기를 상대하기도 했어요. 두들겨 맞기도 하고 비참한 꼴을 많이도 당했지요. 그런 일이 빈번해 제 몸에서는 역겨운 정액 냄새가 가신 날이 없었어요. 시간을 두지 않고 언제나 흠뻑 젖어야 했거든요. 욕정에 휩싸였던 사내들은 저를 거칠게 다루고는 매정하게 떠났어요. 방금 전까지 좋아서 붙어먹고는 온갖 욕지거리를 퍼부었어요. 요령을 피울 수 없었어요. 박흥수는 지어낸 이야기를 귀신처럼 걸러냈거든요. 그럼 벌을 받았어요. 방구석에 커다란 개를 한 마리 키웠는데요, 리트리버였어요. 교잡된 리트리버였는데, 그 개의 성기를 핥아야 했어요. 남자와 개는 별로 다르지 않은지 입으로 핥아주면 그 벌겋고 징그러운 것이 들썩이며 투명하고 미끈거리는 점액을 잔뜩 쏟았어요. 손바닥으로 바닥을 짚고 엎드리면 웃는 얼굴로 혀를 내민 채 올라탔어요. 거칠게 허리를 흔들어댔지만 본래 맞지 않는 구멍에 삽입은 쉽지 않았어요. 박흥수는 개의 벌겋고 징그러운 성기를 제 밑에 집어넣는 수고도 마다하지 않았어요. 그렇지만 사랑은 모든 것을 견딜 수 있는 힘을 줬어요. 그러는 사이 임신을 세 번이나 했어요. 제 밑을 들락거린 숱한 사내 중에 씨의 주인이 있겠지만 상관없었어요. 박홍수가 낙태수술을 시켜 줬거든요. 그때마다 국어사전을 눈앞에 들이밀고는 낙태라는 단어의 뜻을 읽게 했어요. 달이 차기 전에 태아를 죽여 꺼낸다는 해설을 근거로 저를 살인마라고 욕하며 고문했는데요, 그게 가장 견디기 힘든 가학이었어요."

흐느낌 속에서 그녀의 어깨가 파르르 떨리기 시작했다.

"저는 고등학교를 마치지 못했어요. 계집애들은 저만 보면 분노에 휩싸이는지 심한 욕지거리를 뱉고 쉽게도 손찌검을 했거든요. 그것에 거리낌이 없었던 것을 보면 제가 사람으로도 보이지 않았나 봐요. 작은 방에 갇힌 채 박홍수가 오기만을 하염없이 기다렸어요. 외부와의 단절을 위해 모든 틈을 틀어막아 햇빛이 들지 않고 공기가 탁해 머리가 아프고 늘 기운이 없었어요. 혹시 제 가족의 안부가 궁금하지 않나요? 할머니는 빙판에 미끄러져 엉덩이가 깨지더니 시름시름 앓다가 죽었고요, 아빠는 만취한 채 술병과 농약병을 헷갈린 탓에 죽었고, 엄마는 농약을 마신 아빠를 위해 구급차도 부르지도 않고 그 길로 집을 나갔어요. 갈 곳이 없어진 저를 열 살 딸과 여덟 살 아들의 아버지인 박홍수가 거둬준 거예요. 저는 여전히 사랑을 믿었어요. 스물한 살, 사랑을 잃지 않았다는 사실만이 삶의 유일한 이유였어요. 허나 작은 방에 갇혀 보낸 몇 년 사이에 몸은 짓무르고 악취가 진동했어요. 그 시간을 어떻게 견뎠는지, 정말이지 사랑이 아니었다면 견딜 수 없었을 거예요. 가짜였더라도 진짜라고 믿은 사랑의 힘이 아니었을까요? 그리고 그가 나타났어요. 그, 말이에요. 당신도 알고 있는 그 사람."

말을 멈춘 그녀가, 그의 두 번째 그녀가 나를 지그시 바라봤다. 그 눈을 감히 마주볼 수 없어 얼른 고개를 떨어뜨렸다.

"그는 밖에서 잠긴 문을 열고 얼굴을 빠끔히 내밀었어요. 덜그럭거리는 소리가 요란스러워 단번에 박홍수가 아니라는 사실을 알아챘어요. 구석에서 몸을 웅크린 채 벌벌 떨었어요. 정말이지 두려웠어요. 그런데 문이 열리고 내밀어진 그의 얼굴은 너무도 천진난만했어요. 문을 연 이유가 뭔지, 어떻게 문을 열었는지, 왜 나를 향해 손짓을 하는지 알 수가 없었지만 두렵거나 불안하지는 않았어요. 그때 처음으로 내가 갇혀있는 이 공간이 얼마나 비좁고 불결한지를 깨달았어요. 그래서 손짓하는 그에게 다가갈 수 없었는지도 몰라요. 그는 성큼성큼 걸어오더니 저를 빤히 내려다봤어요. 그 눈이 어찌나 노골적이던지 상처투성이 몸을 감추려고 잔뜩 웅크렸었어요. 그때 열린 문으로 바람이 들어왔는데, 너무도 향기로웠어요. 인위적이지 않은 진짜 향기였어요. 그런 바람이 길고 더러운 머리카락을 흩트리는데 까르르 웃음이 나왔어요. 바람은 어

떤 거부감도 없이 저를 쓰다듬었어요. 그런 바람처럼 어떤 거부감
도 없이 그는 제 옷을 벗겼어요. 가만히 모든 것을 맡길 수밖에 없
었어요. 그는 상처투성이인 제 몸을 부드러운 천으로 닦기 시작했
어요. 알코올에 적신 천은, 아니 그의 손길은 부드럽고 조심스러워
기분이 좋았어요. 행여나 상처가 쓰라리지는 않을까 호호 입김을
불어주는 그의 모습은 여전히 잊히지 않고 기억되고 있어요. 그 기
억은 언제나 미소를 떠오르게 만들어요. 지금도 마찬가지로요."

　그녀의 얼굴에 떠오른 미소는 정말이지 순수했다. 그 미소가 많
은 것을 이야기했지만 감춰진 비극이 예감됐다. 마음에 들어차는
불길함이 선명하게 느껴졌다.

　"그는 자신의 입으로 짓무른 상처를 핥기 시작했어요. 너무 놀
라 기겁했지만 가만히 맡길 수밖에 없었어요. 짓무른 상처가 쓰라
렸지만 기분 좋은 통증이었어요. 박홍수라는 남자가 가하던 고통
과는 완전히 달랐어요. 처치가 끝나자 그는 저를 끌어안고 속삭였
어요. 다시 오겠다고. 그 말이 그때는 너무도 커다란 감동인지라
눈물이 고였어요. 허나 오지 않을 거라고 생각했어요. 정말 조금도
기대하지 않았어요. 그날 밤, 박홍수는 웬일인지 매는 때리지 않고
섹스만 하고 가더군요. 더 이상한 점은 문을 잠그지 않았다는 사
실이에요. 단 한 번도 문을 잠그는 것을 잊은 적이 없었는데요. 허
나 문이 잠기지 않았다고 그곳을 벗어나겠다는 의지는 없었어요.

그랬던 다음날, 조금도 기대하지 않았던 그가 찾아왔어요. 다음날도 그 다음날도 저를 찾아왔어요. 무슨 일이냐고, 왜 나를 찾아오느냐고 묻지도 못하는 저를 벗기고는 계속해서 상처를 소독하고 연고를 발라줬어요. 결국 참지 못하고 웃어버렸어요. 그와 함께하는 시간이 점점 늘어났고 그만큼 행복했어요. 그가 기다려지고 보고 싶었어요. 박홍수에게 속박된 나로서는 해서는 안 되는 불경한 생각이었지만 마음은 점점 대담해졌어요. 그의 손을 붙잡고 나를 가뒀던 공간에서 벗어났어요. 몸에 남았던 상처가 깨끗하게 아문 날이었어요. 그의 손에 이끌려 세상으로 나오자 참을 수 없는 웃음과 울음이 계속해서 터져 나왔어요. 정말 바보 같은 모습이었어요. 그동안 박홍수라는 남자를 사랑이라고 믿었던 어리석음과 견뎠던 고통과 고문이, 또 견뎌야 했던 모욕과 가학이 그 순간 모두 부정됐거든요. 그의 존재가 모든 것을 부정했는데요, 그래서 너무 슬프고 억울했어요. 모든 걸 바쳐 믿으며 지켰던 사랑이 거짓이었다는 사실은 감당할 수 없는 시련을 맞닥뜨리게 했어요. 그런데도 계속 웃음이 나왔어요. 그의 존재가 저를 웃게 만들었어요. 그때 저는 자살을 하거나 또는 살인을 저지른 뒤 자살을 하거나 둘 중에 하나를 선택해야만 했는데요, 박홍수를 죽이고 싶었어요. 그런데 그는 제게 살아달라고 속삭였어요."

그녀는 배시시 웃으며 나를 바라봤다. 지금 그녀가 느끼는 감정이 무언지 조금도 짐작할 수 없었다.

"그의 손을 붙들고 사랑이라고 믿었어요. 이게 사랑이지, 이런 게 사랑이지 싶었어요. 그저 행복했거든요. 그에 대한 사랑은 제게 날개를 달아줬어요. 헌데 어느 날 박홍수가 다짜고짜 저를 강간하려고 했어요. 그를 사랑했기에 절대 용납할 수 없었지요. 수가 뒤틀리자 악의적으로 깊은 상처를 주려고 진실을 알렸어요. 그에게 돈을 받았다고, 그가 암캐 같은 나를 조련하겠다고 흥정했다는 사실을 폭로했어요. 도저히 부정할 수 없는 진실이었어요. 받아들일 수밖에 없었어요. 그는 당시에도 많은 여성을 거느리고 있었어요. 그것은 결코 바람직하지 않잖아요. 물론 정상적이지도 않고요. 그렇게 또다시 믿었던 사랑이 부정되고 이전의 아픔까지 보태져 몇 배로 곱해졌어요. 제 삶은 수만 개의 칼이 어지럽게 쌓여있는 바다를 뒹구는 지옥으로 뒤바뀌었어요. 지옥이 주는 고통은 끝이 없어 하는 수 없이 죽음에게 구원을 구걸했어요. 수없이 죽음을 기도했지만 그는 그때마다 귀신같이 나타나 수를 뒤틀었어요. 결국 죽음마저 그에게 패배했어요."

나는 그녀의 말을 잘랐다.

"그렇다면 떠났어야지! 지금도 그에게 빌붙어 있잖아!"

그녀는 깔깔깔 웃으며 배를 부여잡고 뒹굴었다. 벌어진 가랑이 사이로 거뭇한 터럭이 훤히 드러났지만 개의치 않았다. 그녀는 발라당 누운 채 나를 쳐다봤다.

"사랑이라고 굳게 믿었던 진실이 부정되자 해일 같은 아픔이 밀어닥쳤어요. 죽음의 경계에서 그것을 견뎌내자 깨닫게 된 진실이 하나 있어요. 그 진실은 유일하게 모든 것을 올바르게 설명해줬는데요, 그 진실이 뭐였냐면 세상에 옳은 건 하나도 없다는 거예요. 대수롭지 않게 들릴지도 모르지만 제게는 지옥을 견뎌내 얻은 유일한 진실이에요. 그래서 당신과도 섹스를 할 수 있었어요. 세상은 결코 옳고 그름으로만 판단할 수 없거든요. 그렇기에 당신과의 섹스도 옳고 그름으로 판단할 수 없어요. 옳은 것도 아니지만 그렇다고 그른 것도 아니에요. 애초에 옳은 건 없으니까요. 당신도 곧 이해할 수 있을 거예요. 그가 말하는 자유가 뭔지."

나는 노골적으로 그녀의 거무튀튀한 밑구멍을 쳐다봤다. 그러자 저안에 담겼을 셀 수 없이 많은 성기의 형체가 하나둘씩 떠오르더니 눈앞에 아른거리기 시작했다. 그때 내 몸에 달린 성기가 꿈틀거렸다. 그녀의 밑구멍은 내게도 쾌락이었다. 그녀는 세상에 옳은 건 하나도 없다는 깨달음을 얻었지만 나는 세상에 알 수 있는 건 하나도 없다는 깨달음을 얻은 것 같았다. 알 수 있는 게 없었다.

소설은 거기에서 끝이 난다. 보라는 알 수 있는 게 없었다, 라는 문단을 끝으로 백지를 붙여 하고픈 말을 써뒀다. 작고 둥근 글자들이 좁다란 공간 안에 빼곡하게 들어차 눈이 어지럽다. 마음을 더욱 암담한 밑으로 끌어내린다. 뭔가에 홀린 것처럼 읽어가기 시작한다.

작가님, 이번 소설은 정말 재밌었어요. 특히 저 부분이요. 그리고 묻고 싶은 게 있어요. 짐작하시겠지만 정말로 과거는 미래에 영향을 끼칠 수 없다고 생각하시나요? 그렇다면 다른 물음을 드려볼게요. 작가님, 상처는 삶에 영향을 끼치지 못하나요? 과거를 상처로 바꾸고 미래를 삶으로 바꾼 물음이에요. 모두 같은 말이거든요. 상처는 삶에 영향을 끼칠 수 없냐는 물음에 어떤 대답을 하셨나요? 그 대답은 정말로 진심인가요?

작가님에게 호기심을 느꼈습니다. 작가라는 직업을 가진 사람에게 갖는 흔한 호기심이었어요. 게다가 확신에 찬 얼굴로 과거는 미래에 어떤 영향도 끼치지 않는다고 말씀하시더라고요. 그래서 저는 작가님이 똑똑한 사람일 거라고 기대했어요. 기대였는지 생각이었는지 잘 모르겠네요. 아무튼 그런 마음으로 작가님과 대화를 나눠보고 싶었어요. 그래서 주차장까지 쫓아간 거예요. 작가님은 제가 가진 책을 건네받고는 서명을 해주셨어요. 그럴 필요를 느끼지 못했는데, 정작 작가님이 서명을 해주고픈 눈치였어요. 어색하게 서명을 받은 뒤에는 마땅히 할 말이 없었어요. 그래서 과거는 미래에 영향을 끼치지 못하냐고 물었어요. 작가님은 그때 웃었어요. 정말이지 멍청해 보이는 웃음이었어요. 그런 웃음, 다시는 짓지 마세요.

작가님은 자신만만하게 과거는 미래에 어떤 영향도 끼치지 못한다고 대답했어요. 제가 듣기에는 진정성이 없는 대답이었고 분명히 거짓이라고 믿어졌어요. 또 스스로를 저보다 우월한 존재라고 여기는 것 같았어요. 그래서 무척 실망했습니다. 기억에서도 쉽게 잊혔어요.

평범한 나날들을 보내던 어느 날, 우연히 작가님이 쓰신 소설을 발견했어요. 책꽂이에 꽂힌 채 잊혔던 책이었어요. 책을 손에 들고는 읽어볼까, 고민했어요. 썩 내키지는 않았거든요. 그런데 소설을 읽으면서 작가님이 무척 진실한 사람이라고 느껴졌어요. 사실 작가님은 참 좋은 사람이에요. 착하기도 하고요. 자신이 쓴 소설을 읽어줬다는 이유만으로도 무척 감사해하는 마음은 정말이었어요. 글을 쓴다와 읽다 사이의 연결고리는 꽤나 돈독한 모양이에요.

작가님을 찾아가는 일은 별로 어렵지 않았지만 막상 대면하니 할 말이 없었어요. 그래서 또다시 물을 수밖에 없었어요. 과거는 미래에 영향을 끼치지 못하냐고요. 작가님은 또다시 웃었어요. 정말이지 멍청해 보이는 웃음을 짓고는 대답하기 시작했어요. 속으로 질색했지만 표시를 내지 않으려고 무진장 애를 썼습니다.

　대화가 의도하지 않은 방향으로 흘러갔지만 되돌릴 수 없었어요. 갑자기 식은땀을 흘리며 벌벌 떠는 작가님의 모습은 웃기기도 하고 귀엽기도 했거든요. 그래서 이것저것 이야기를 지어냈습니다. 새아버지에게 겁탈을 당했다고, 수백 명의 사내들과 몸을 섞었다고 낯부끄러운 거짓말을 해버렸어요. 그렇다고 그런 저를 탓하지는 마세요. 작가님도 계속 거짓말을 했잖아요! 새아버지에게 겁탈을 당한 어린아이가 수백 명의 남자와 몸을 섞은 뒤의 나이가 열여섯 살인데 어떻게 그런 과거가 미래에 영향을 끼칠 수 없겠어요? 그리고 각목 말인데요, 저는 텔레비전에서 보고 알게 됐어요. 모두 거짓말이었습니다.

　작가님, 마지막으로 묻고 싶은 말이 있어요. 조금의 악감정도 없는 물음이에요. 제게 대답할 필요는 없습니다. 작가님 자신에게 대답하세요. 마지막 물음은 정말로 과거는 미래에 영향을 끼치지 않는다고 생각하시나요?

　보라의 말은 그렇게 끝이 난다. 여전히 과거는 미래에 영향을 끼치지 않느냐고 묻고 있다. 아니, 이제는 그에 대한 내 생각을 묻고 있다. 나는 대답하지 못한다. 애초에 아무런 생각이 없었는지 벙어리가 된다. 눈앞에 드리운 암담한, 어두컴컴하고 쓸쓸한 감정

이 스산스럽다. 거의 본능적으로, 기계적으로 작가랍시고 행세를
하던 내가 분리된다. 작가님이라는 호칭에 반사적으로 떠올리던
웃음, 그런 웃음을 짓고 있는 내가 분리된다. 얼마나 멍청한 얼굴
인지, 수치스럽다.

그래, 수치.

나는 스스로 떳떳하지 못해 수치심을 느낀다. 모욕을 당한 기
분, 허나 스스로에게 당한 모욕은 어찌할 방법이 없다. 온전히 소
화시켜야 한다. 작가랍시고 우월감을 느꼈던 내가 구역질이 난다.
정말로 우월하다고 믿었는지, 거기에 어떤 부정도 할 수가 없다.
일말의 의심조차 없다.

그때 의식의 흐름을 쓰던 마음이 바라보인다. 그와 그녀들을 등
장시키며 기준에 대해 말하고 싶었다. 개인의 의식은 정확한 기준
에 의한 것이 아니라고, 사회의 관념에 의해 좌우된다고 가르치며
뿌듯해했다. 그러나 나는 아니라고, 이건 너희들의 문제라고 우월
감을 느꼈다.

나만 옳다고.

나는 프로크루스테스의 침대를 떠올린다. 어떤 기준을 두고 거기에 딱 맞지 않으면 자르거나 늘려 죽이는 잔인한 침대를. 타인을 위한 침대, 그 위에 보라를 눕히려고 했다. 안락하게 쉴 수 있는 침대라고 속여 눕힌 뒤 그동안의 방법대로 자르거나 늘려 죽이려고 했다. 그러나 보라는 테세우스, 도리어 내가 눕혀진다. 나조차도 딱 맞지 않는 침대에 누운 채 결말을 기다린다. 칼자루를 쥔 보라, 나를 내리친다.

그때 감춰졌던 봉투의 모서리가 의식의 흐름 속에서 삐죽 모습을 드러낸다. 봉투를 손에 들자 어떤 당혹감과 두려움이 마음을 뒤흔들기 시작한다. 봉투를 열어봐서는 안 된다는 마음의 소리가 커다랗지만 인간은 기회만 있으면 판도라의 상자도 열고 선악과도 따먹는다. 나도 마찬가지 어쩔 수 없는 인간, 벌써 편지를 읽고 있다.

작가님, 제게도 소설이 소중했던 때가 있었습니다. 제가 쓴 소설이 세상에 알려지기를 간절한 마음으로 바랐습니다. 허나 그런 마음은 아득하게만 느껴집니다. 그랬었다는 보통적인 기억으로 남아 있을 뿐입니다. 그때의 이야기를 하려고 합니다. 어떤 불필요한 감정도 앞세우지 말고 담담히 들어주시면 감사하겠습니다.

어머니는 스무 살에 저를 낳았습니다. 아버지 없이 홀로 저를 낳았습니다. 그래서 생활은 궁핍하고 늘 성실하게 일을 해야 했지만 불만은 없었습니다. 특출한 능력이 없었을 뿐 책임감이 강한 사람이었습니다.

저는 기운이 넘치고 투박한 아이였습니다. 고집도 세고 부잡스러웠습니다. 어머니는 그런 저를 별로 나무라지 않았습니다. 다치지 않고 건강하기만 해도 다행이라고 늘 말씀하셨습니다. 그런 저는 어느 날 친구들에게는 있는 아버지가 내게는 없다는 사실을 깨달았습니다. 주고받는 이야기 속에서 자꾸만 튀어나오는 아버지라는 단어가 마음에 너무도 낯설었습니다. 그래서 어머니에게 물었습니다. 내게는 왜 아버지가 없는 것이냐고요. 어머니는 대답하지 않았습니다. 그저 함구한 채 외면으로 일관했습니다. 그래서 매일 어머니를 시달리게 했습니다. 아버지는 누구며 왜 코빼기도 비치지 않느냐고 지치지도 않고 소리를 질렀습니다. 어머니는 묵묵히 시달리며 함구했지만 어느 날에는 더는 견디지 못하겠던지 신경질적으로 소리쳤습니다.

"네 아버지는 박만진이다!"

저는 대답에 만족하지 못하고 뭘 하는 사람이냐고 물었습니다. 어머니는 다시 한번 신경질적으로 소리쳤습니다.

"소설을 쓰는 사람이다."

저는 더 이상 어머니를 시달리게 하지 않았습니다. 아버지가 누구냐고 더는 물을 필요가 없었습니다. 책 한 권이 모든 의문에 답을 줬습니다. 저는 이해할 수 없는 어려운 소설을 붙들고 끙끙대며 읽었습니다. 자연스럽게 소설을 쓰게 됐습니다. 어린 나이였지만 소설을 쓰는 마음은 정말이지 진지하고 진실했습니다. 별다른 사건 없이 평범한 시간은 흘러갔습니다. 저는 벌써 열여섯 살이 됐습니다.

오늘은 어머니가 출근을 하지 않는 휴무입니다. 그래서 밀린 살림을 해결하며 하루를 보내고 있습니다. 모처럼 딸의 방도 청소를 하려고 마음먹었습니다. 방바닥을 쓸고 닦은 뒤 책상을 정리하기 시작했습니다. 책들을 책꽂이에 올바로 꽂아 넣으며 어떤 공책을 발견했습니다. 언뜻 보기에 공책은 글자들로 빼곡하게 채워져 있었는데, 그게 무슨 공부인가 싶어 무심코 펼쳐봤습니다. 그리고는 충격에 빠졌습니다. 딸은 소설을 쓰고 있었습니다.

어머니는 몇 개의 공책을 더 찾아냈습니다. 오래 전부터 소설을 썼는지 양이 꽤나 됐습니다. 짧은 단편이 많았고 중편으로 분류할 것이 몇 있었습니다. 그런데 그렇다고 이만큼 충격을 받을 이유가 있었을까요? 문제는 그 내용이었습니다. 소설의 주인공은 소설을 쓰는 박만진이었습니다. 소설은 모두 하나의 이야기로 연결되고 있었습니다.

소설은 박만진과 어머니가 만나는 것으로 시작됩니다. 아직 성인이 되지 못한 둘이서 불장난을 한다는 빤한 전개입니다. 그리고 얼마 뒤 박만진은 홀연히 떠나버립니다. 단지 얼마간 머물렀던 여행 길에 불과했습니다. 어머니도 금방 박만진을 잊었지만 배가 부풀기 시작했습니다. 갑작스러운 변화에 홀로 전전긍긍하지만 뾰족한 해결책은 없었습니다. 결국 가족을 뒤로하고 집을 나왔습니다. 성실히 일을 했고 출산 후에는 근면한 삶이 이어졌습니다.

그런데 어느 날 어린 딸이 자신에게 아버지가 없다는 사실을 깨닫고는 시달리게 합니다. 어머니는 침묵하지만 결국 소설을 쓰는 박만진이 너의 아버지라고 말하게 됩니다. 딸은 더 이상 어머니를 시달리게 하지 않습니다. 이제 소설은 어린 딸이 아버지를 그리워하는 것으로 진행됩니다.

박만진은 성공을 거둔 소설가로 등장합니다. 가정을 꾸린 건강한 가장이자 활달한 성격으로 대인 관계가 좋습니다. 딸은 염탐하듯 박만진의 소식을 접하며 눈물을 삼킵니다. 먼 곳에서 바라보는 행복은 마치 자신의 것을 도둑맞은 것처럼 억울했습니다. 그래서 소설을 쓰기 시작했습니다. 자신의 이야기를 소설에 쓰며 훗날 박만진을 궁지에 빠뜨리겠다고 다짐했습니다.

시간은 어쩌면 이리도 더디게 흘러가는지 어른이 되려면 멀었다고 늘 푸념하며 실망을 느꼈습니다. 그런데 뜬금없는 인물이 갑자기 튀어 나옵니다. 자신을 소설가 박만진의 아들이라고 폭로한 그는 박만진의 무책임함을 맹렬히 비난했습니다. 대중은 동요했고 박만진은 과거의 덫에 걸려 가정을 잃고 명예도 바닥을 보게 됐습니다. 딸은 그런 모습을 지켜보며 마땅한 인과응보라고 생각했습니다. 그럼에도 소설을 쓰는 일을 멈추지 않았습니다.

딸은 오랜 세월 눈물로 써내려갔던 소설을 발표하게 됐습니다. 세상 누구보다 자신의 운명이 가련하다고 믿었습니다. 그 믿음대로 대중은 공감하고 응원하며 지지를 보냈습니다. 그만큼 박만진은 다시 한번 궁지에 내몰리게 됩니다. 딸은 당당하고 떳떳한 모습으로 아버지를 찾아갑니다. 그리고는 그 만남을 복수와 동시에 용서라고 적었습니다. 삶의 대부분을 커다란 원망으로 견뎠지만 그리움은 모든 악감정을 간단하게 씻어냈습니다. 소설은 딸과 아버지가 서로를 끌어안는 것으로 결말을 맺습니다. 행복한 결말이라고 했습니다.

어머니는 이런 소설을 써야만 했던 딸의 마음이 가여워 한참을 울었습니다. 그런 뒤 고개를 들었을 때 거짓말처럼 책꽂이에 꽂혀 있는 책 몇 권이 눈에 들어왔습니다. 모두 소설가 박만진의 작품이었습니다. 어머니는 단번에 과거의 기억을 되살려냈습니다. 아버지가 누구냐고 보채는 딸에게 신경질적으로 대답했던 그 순간이 선명하게 떠올랐습니다. 그 장면 속에서 거실 탁자에 놓여있던 박만진의 소설책이 어둠 속에 스미는 빛처럼 존재감을 발했습니다. 그때 무심결에 바라보게 된 박만진이라는 이름과 그의 소설이 지금의 비극을 야기했다고 믿어졌습니다. 자신의 실책이라는 사실을 부정하려는

184

마음은 없었습니다. 명백한 잘못이었습니다. 다만 세상이 자신에게 너무 가혹하다고 생각했습니다. 그것도 모자라 자신의 딸에게도 너무 가혹하다고 생각했습니다. 더구나 소설책 사이에 껴있던 은밀한 편지가 불쑥 머리를 내밀었습니다. 자신의 딸이 소설가 박만진에게 쓴 편지였습니다. 어머니의 행세를 하고 있었습니다.

「소설가 박만진 씨. 잘 지내는 줄 압니다. 저를 기억하시는지요. 십육 년 전쯤 기척에서 만나 정을 통했던 여자입니다. 기억을 하지 못한다면 욕을 해주고 싶습니다. 제 고된 삶을 당신 탓으로 돌린다면 여생이 억울해지는 것 같으니 함구하고 곧이 말하겠습니다. 당신에게는 당신이 모르는 딸이 있습니다. 그러니 멀리서라도 보고 가는 것이 사람의 도리라고 생각합니다. 아이의 이름은 보라입니다. 기척 중학교에 다니고 있습니다. 지금은 이학년 삼반이지만 당신이 늦게 찾는다면 삼학년이 될 것입니다. 아는 척은 하지 않더라도 좋으니 멀리서라도 보고 가시라고 부탁드립니다. 결코 당신이 그리워서가 아닙니다. 저는 당신이 만나자고 청해도 거절할 겁니다.」

어머니는 자신의 딸이 얼마나 애달프게 아버지를 그리워했는지를 깨달았습니다. 긴 세월 무심했던 자신이 원망스러웠지만 할 수 있는 일은 없었습니다. 어머니는 모든 사실을 털어놓을 수밖에 없었습니다. 딸을 앞에 놓고 고백했습니다. 그때의 심정은 죽음을 알리는 고통과도 비견할 수 있을 만큼 아팠습니다. 저도 그 사실을 알았기에 어머니를 탓하지 않았습니다.

"네 아버지는 소설을 쓰는 박만진이 아니다."

어머니의 고백은 진실이었습니다. 진짜 아버지는 어디서 뭘 하는지 모르는 보잘 것 없는 사내였습니다. 딸의 존재를 알면서도 얼굴조차 비치지 않는 무책임한 사람이었습니다. 부정할 수 없는 진실을 마주한 뒤 저는 모든 것을 포기해야만 했습니다. 누구를 탓할 수도 없었습니다. 마음을 추슬렀지만 문득 속았다는 생각이 들 때면 왈칵 눈물이 솟았습니다.

작가님, 이야기는 끝났습니다. 저는 정말이지 정답을 알고 싶습니다. 거듭 같은 물음을 던진 것이 괘씸했더라도 부디 악의가 없었다는 사실을 알아주세요. 작가님, 과거는 미래에 영향을 끼치지 못할까요? 저는 아니라고 생각합니다. 이번만큼은 작가님이 틀렸습니다.

나는 지금 얼마나 멍청한 얼굴을 하고 있을지, 얼마나 얼빠진 얼굴을 하고 있을지 바라보기가 두렵다. 보라가 가르치는 삶, 삶의 무게, 삶에 대한 태도……, 진실이 나를 매섭게 꾸짖는다. 그러나 반성을 하기도 전에 약아빠진, 뱀처럼 간사한 마음이 비죽 웃으며 고개를 내민다.

소설에 써야지, 소설로 써야지.

소설은 너무도 간단하게 냉정을 되찾아준다. 보라가 안긴 커다
란 굴욕도 수치도 간단하게 사라진다. 처음으로 마주보게 된 추악
한 내가 간단하게 잊힌다. 소설에 써야지, 소설로 써야지. 독백과
도 같은 결심은 모든 근심과 고뇌를 단번에 털어낸다. 꺼지지 않
는 불처럼 타오르던 소설에 대한 욕망과 열망, 다시 한번 내 삶을
재료로 하여 활활 타오른다.

소설은 나를 어떤 영역으로 밀어내며 우두커니 바라보게 한다.
삶과 소설 사이의 경계가 바라보인다. 지금 느끼고 깨닫는 감정들
이 진짜인지 의심스럽다. 그때 진실은 중요하지 않다는 극단적인
판단이 모든 의문을 봉합한다.

그렇다면 중요한 것은?

나는 원고지를 앞에 놓고 연필을 쥔다. 소설에 대한 열렬한 바람
과 부족한 것을 바라는 욕심이 너를 팔아서라도 소설을 쓰겠다고
말한다. 소설에 담긴 너희들이 어떤 고통을 받더라도 나는 쓰고 싶

다. 무엇도 감출 필요가 없다는 목소리가, 무엇도 감춰서는 안 된다는 목소리가 어서 소설을 쓰라고 재촉하고 강요한다.

소설, 그리고 지금 쓰려는 이야기가 뭐라고 이리도 유난인지 연필을 쥔 채 망설인다. 그때 난쟁이가 떠오른다. 슬그머니 모습을 드러냈던 난쟁이가 나를 바라본다. 허나 외면한다. 이미 찢어버렸다고, 너를 썼던 원고지를 찢어서 버렸다고 말한다. 그러니 너는 이제 없는 존재라고 매섭게 쏘아붙인다. 그렇게 난쟁이라는 커다란 상처를 도려내버리고, 아니 없애버리고 남은 상처를 바라본다.

그녀는 다른 사실을 고백한다. 그녀는…….

얼굴이 희고 작은 입술이 붉은 아이, 거짓말을 한다. 누구도 믿지 않는 거짓말을 마치 사실인 것처럼 자신만만한 얼굴로 하고 있다. 거짓말을 하는 순간만큼은 그것이 진정 사실이라고 믿는다.

"우리 집 엄청 부자야! 아빠가 하루에 용돈을 이만 원씩 줘."

아이의 말은 거짓이지만 아이의 작은 손에는 정말로 만 원짜리 지폐 두 장이 들려있다. 그래서 불량한 형들은 아이를 무리의 중앙, 그리고 맨 앞에 세워준다. 아이까지 합세한 불량한 무리가 향한 곳은 오락실, 줄줄이 늘어선 오락기의 화면이 휘황찬란하게 번쩍거린다.

아이는 작은 가슴을 크게 부풀리고는 만 원짜리 지폐 두 장을 백 원짜리 동전으로 모두 바꾼다. 동전 하나를 오락기에 넣은 뒤 작은 손을 움직이며 오락을 한다. 요령 없이 이만 원을 몽땅 동전으로 바꾼 탓에 심술궂은 개구리의 부푼 볼처럼 주머니가 불룩 튀어나와 있다. 그 주머니는 꿀통처럼 달콤한 향을 풍기는지 불량한 치들이 슬그머니 다가와 손을 내민다. 아이는 백 원 이백 원은 기꺼이 내주지만 강제로 빼앗으려는 시도에는 단호하게 고개를 팩 돌려버린다.

"놔! 놔! 내꺼야! 내 동전이야!"

아이의 주머니는 금방 홀쭉해진다. 자신을 향해 내밀어진 손을 외면하지 못하는 탓이다. 그래서 늦은 오후쯤에는 빈털터리가 돼 오락을 하지 못한다. 허나 남이 하는 오락을 물끄러미 구경하는 일에도 즐거움이 가득해 밤이 늦도록 오락실에 머물며 어지러운 머리를 참는다.

늦은 밤, 집으로 향하는 길. 불량한 형들은 내일을 기약하며 아이를 예우해준다. 무리의 중앙, 그리고 맨 앞에서 아이는 작은 가슴을 크게 부풀린다. 그런 아이의 손에는 내일도 만 원짜리 지폐 두 장이 들려있다. 아이는 같은 거짓말을 반복한다.

"우리 집 엄청 부자야! 아빠가 하루에 용돈을 이만 원씩 줘."

아이는 자신을 위해 거짓말을 한다. 누군가의 동의를 필요로 하지 않는다. 그리고 불량한 무리의 중앙, 맨 앞에서 걸어가며 만족감을 느낀다. 어제와 같은 오늘이 어김없이 반복된다. 오늘과 같은 어제는 그저께와 같고 그저께는 그끄저께와 같다. 그러나 국어에는 그끄저께의 전날을 칭하는 말이 없음으로 거기까지만 거슬러갈 수 있다. 그처럼 오늘과 같은 내일과 모레, 그리고 글피는 허락되지만 안타깝게도 그글피는 허락되지 않는다.

아이는 호되게 매타작을 당한다. 날마다 아버지의 호주머니를 뒤져 돈 이만 원을 훔쳤기 때문에.

아이는 이제 거짓말을 하지 못한다. 지금이라도 당장 손에 이만 원을 쥐어주면 작은 가슴을 부풀린 채 누구도 믿지 않는 그 거짓말을 할 것도 같지만 누구도 아이의 손에 돈을 쥐어주지 않는다.

그러나,

아이는 오늘도 오락실에 와있다. 우두커니, 남이 하는 오락을 구경할 뿐이지만 느끼는 즐거움은 커다랗다. 그러나 여기저기에서 튀어나오는 놀리는 말들이 흥을 깨뜨린다.

"너희 집 부자라면서 왜 구경만 하냐?"

아이는 입을 꾹 다문 채 대꾸하지 않는다. 그런 처세가 놀림꾼들의 비아냥거림을 멈추게 하는 유일한 방법임을 알고 있다. 그런 아이는 잠잠해진 틈을 타 감춰둔 동전 몇 개를 꺼내 비행기 오락에 도전한다. 허나 소질이 없는 탓에 비행기는 금방 추락하고 오락은 끝나고야 만다. 그런 아이의 뒤에서 변성기 온 중학생 김현구의 목소리가 들려온다.

"너 이거 깐난이가 준 거지?"

중학생 김현구는 불량한 무리의 대장임으로, 또 더 큰 형들도 함부로 못하는 독종임으로 그 한마디에 오락실은 웃음바다가 된다. 그런 웃음바다 속에서 얼굴이 희고 작은 입술이 붉은 아이는 영문을 모른 채 천천히 고개를 끄덕인다. 깐난이가 준 동전 하나가 비행기 오락기에 달깍, 들어간다. 중학생 김현구는 오락기에 두 손을 얹은 아이의 연약한 목덜미를 단단한 손으로 움켜쥐며 낄낄낄 웃음을 흘린다.

"이 녀석 능력 좋은데? 아주 좋은 애인을 만들었잖아!"

아이는 뒤를 휙 돌아보며 인상을 찌푸린다. 중학생 김현구의 말은 틀릴 뿐더러 지금은 오락을 해야 하니 어깨에서 손을 뗐으면 싶다.

"깐난이는 그냥 친구야."

아이의 퉁명스러운 대답이 우스웠는지 중학생 김현구는 배를 부여잡고 과장되게 웃는다. 그런 탓에 오락실은 다시 한번 웃음 바다가 된다.

한적한 운동장 한편, 깐난이는 그네에 앉아 먼 곳을 바라본다. 그 옆 그네에 앉은 아이는 눈치를 살피다 조용히 깐난이를 부른다.

"깐난아."

깐난이는 아이의 부름을 듣지 못한 것처럼 여전히 먼 곳만 바라본다. 부름에 대한 대답이 없는 탓에 아이는 다시 눈치만 보다가 조심스럽게 깐난이를 불러본다.

"깐난아."

깐난이는 이번에도 대답하지 않고 먼 곳만 바라본다. 아이는 발을 들어 그네를 움직인다. 그네가 움직일 때마다 삐걱삐걱, 쇳소리가 마치 새소리처럼 아이의 귀를 간질인다. 그럼에도 아이의 마음은 온통 대답 없이 먼 곳만 바라보는 깐난이에게 쏠려있다.

"깐난아."

깐난이는 천천히 고개를 돌려 아이를 바라본다. 아이는 천천히 움직이는 그네에 앉아 나직이 말한다.

"나 돈 좀 줘."

아이는 얼굴을 붉힌다. 자신의 모든 어리광을 받아주는 깐난이지만 돈을 달라는 말에는 왜인지 얼굴이 붉어진다. 깐난이는 여전히 같은 얼굴로 천 원짜리 지폐 한 장을 꺼내 내민다. 그리고는 다시 먼 곳을 바라본다.

"너 오락실에 가려는 거지? 그치들이랑."

아이는 거짓말도 하지 못하고 가만히 고개를 끄덕인다. 먼 곳을 바라보는 깐난이의 눈이 깊다.

"그치들에게서 얼른 벗어나. 그치들과 어울릴수록 너만 좋지 않아."

아이는 대답을 삼킨다. 그저 물끄러미 깐난이를 바라보며 예쁘다고만 생각한다. 깐난이의 얼굴은 희고 잔 부스러기도 없다. 허리는 잘록하고 가슴은 풍만하다. 무엇보다 미소가 아름답다고 좀 더 구체적으로 생각한다. 그런 깐난이는 가게 주인에게 붙잡혀 고초를 겪던 아이를 구해냈던 그녀와 겹쳐진다.

그녀는 다른 사실을 고백한다. 그녀는······,

"너와 나는 아주 오래 전부터 서로를 알고 있었어. 왜냐면 나는 대나무숲에서 살았으니까. 밖을 나오려면 너희 집을 지나야 했으니까. 종종 엄마와 함께 너희 집에 놀러가고는 했으니까."

얼굴이 희고 작은 입술이 붉은 아이, 깐난이를 떠올린다. 깐난아 깐난아, 불러도 웃던 깐난이가 선명하게 떠오른다.

"네가 깐난이야?"

아이는 벌써 반가운 기분이다. 키득키득, 새어나오는 웃음에 입꼬리가 들썩인다. 그런 아이의 얼굴을 매만지며 깐난이는 예쁘게 웃어준다.

"응! 내가 깐난이야."

그 순간 천사는 날개를 떼고 땅 위에 내려선다. 얼굴이 희고 작은 입술이 붉은 아이, 대번에 그녀를 깐난이라고 부른다. 어른이된 그녀를 여전히 깐난이라고 부른다. 그런 깐난이는 여전히 환하게 웃으며 아이에게 과자와 빵을 사주고 시소와 그네를 같이 타준다. 가장 친한 친구가 되어준다.

그런 깐난이는 진심으로 아이가 불량한 형들과의 관계를 청산하길 바란다. 또 원한다고 적극 호소한다. 허나 아이는 자신의 마음을 모른다. 늘 어떻게 해야 좋을지 모르겠다고 투덜거린다.

얼굴이 희고 작은 입술이 붉은 아이, 그네에 앉아 깐난아 깐난아 부를 뿐 정작 하는 말은 없이 집으로 돌아간다. 그 모습을 바라보는 깐난이의 눈에 감출 수 없는 걱정이 서린다. 깐난이는 알고 있다. 아이가 다시 아버지의 주머니를 뒤진다는 사실을. 어릴 적 대나무숲에 살았기 때문에 아이의 아버지가 얼마나 무서운지도 알고 있다. 허나 걱정하는 마음으로는 아이의 도벽을 막을 수가 없다.

아이는 오락의 유혹을 견디지 못하고 또다시 아버지의 호주머니를 뒤진다. 장사를 마치고 돌아온 아버지는 옷을 입은 채 그대로 잠에 든다. 아버지가 입고 있는 외투 안주머니에 돈이 있다는 사실을 영악한 아이는 알고 있다. 간도 크지, 잠든 아버지의 외투 안주머니에 손을 집어넣어 돈을 꺼낸다. 모르는 척 슬그머니 뻗는 손은 탐욕스럽다. 허나 닷새도 지나지 않아 꼬리가 잡힌다.

아버지는 아무런 설명도 물음도 없이 매타작을 시작한다. 아이는 매타작을 당하는 이유를 알면서도 모르는 척 억울한 얼굴이다. 그러다 자신도 모르게 거짓말을 한다. 현구 형이, 성우 형이, 석진이 형이, 명현이 형이 시켰노라고. 아버지는, 크고 무서운 아버지는 즉시 매타작을 멈추고 훔친 놈보다 훔치라고 보따리를 쥐어준 놈이 더 나쁘다고 말한다. 아이는 거짓말을 했다는 경각심보다 매타작이 멈춘 것에 마음을 놓는다.

아버지는 무며 배추며 당근이며 채소가 가득 실린 화물자동차에 아이를 싣고 현구 형과 성우 형과 석진이 형과 명현이 형의 집을 쫓아간다. 크고 무서운 아버지는 불량한 형들의 멱살을 잡고 뺨을 후려갈긴다. 불량한 형들은 하나같이 아니라고 억울하다며 울음을 터뜨렸지만 크고 무서운 아버지는 더욱 호되게 잘못을 꾸짖는다. 결국 불량한 형들은 맞는 매가 무서워 자신들의 잘못도 아니면서 잘못했다고 싹싹 빈다. 밤이 늦어서야 아버지가 운전하는 화물자동차가 집으로 돌아온다.

얼굴이 희고 작은 입술이 붉은 아이, 불량한 형들에게 누명을 씌운 것이 미안하고 두렵기보단 아버지의 앞에서 자신보다 더 어린 애처럼 손바닥을 비비며 눈물을 흘린 불량한 형들이 우스워 피식 웃는다. 그 모습이 머릿속을 떠나지 않아 자주 피식 웃지만 그 날 이후로 신변의 안위를 위해 불량한 형들을 피해 다닌다. 보복이 두렵기보단 이러쿵저러쿵 따질 것을 생각하면 정말로 귀찮다. 허나 불량한 형들을 피할 방법도 능력도 없다. 아이는 불량한 형들에게 끌려가 해코지를 당한다.

"더 때려봐! 어디 더 때려봐!"

얼굴이 희고 작은 입술이 붉은 아이, 매를 맞으면서 오기를 부린다. 불량한 형들은 좀처럼 화가 풀리지 않는지 부지런히 주먹과 발을 움직인다. 아이는 굴복하지 않으나 보복은 매일같이 이어진다. 그래서 점점 지쳐간다. 몸도 마음도 괴롭다. 그런 아이를 깐난이는 늘 기다린다.

"무슨 일이야! 얼굴은 왜 이래? 누가 그런 거야!"

깐난이는 손을 떨며 눈물을 글썽인다. 목소리에는 노기가 가득하다. 허나 상처투성이가 된 아이는 그런 깐난이가 영 귀찮다. 고난을 당하는 마음은 화살을 애꿎은 깐난이에게 돌린다.

"깐난이, 너는 상관 마! 귀찮게 하지 말고 가!"

깐난이는 자신을 외면한 채 발걸음을 옮기는 아이를 뒤에서 안아준다. 아이는 도리 없이 모든 사실을 털어놓는다. 그리고는 엉엉 울어버린다. 깐난이의 품에 안긴 채 설움이 북받쳐 엉엉 울어버린다.

"깐난아, 나를 좀 도와줘. 나를 좀 구해줘."

아이는 간절한 눈으로 깐난이를 바라본다. 가게 주인에게 붙잡혀 고초를 겪던 자신을 구해냈던 천사 같은 그녀를 떠올린다. 그녀라면 문제없이 불량한 형들에게서 자신을 구해낼 수 있을 거라고 믿는다. 깐난이는 눈물을 글썽글썽 매단 눈으로 아이를 바라본다. 그러면서 고개를 끄덕인다. 너를 구해주겠다고 상처받은 아이를 위로한다.

얼굴이 희고 작은 입술이 붉은 아이, 그날 밤 꿈을 꾼다. 깐난이의 손을 잡고 길을 걷고 있다. 길가에로 핀 꽃들을 구경하고 머리 위에서 지저귀는 새들에게 손을 흔들어준다. 그러다 불량한 형들의 무리를 맞닥뜨린다. 아이는 깜짝 놀랐지만 자신의 손을 붙든 깐난이는 굳건하게 걸음을 재촉한다. 불량한 형들의 무리, 깐난이가 무서운지 허둥지둥 도망친다. 아이는 작은 가슴 부풀리며 흐뭇하게 웃는다. 다음날, 깐난이에게 꿈을 꿨다고 말해준다. 깐난이는 어쩐지 좋아하는 기색이다.

얼굴이 희고 작은 입술이 붉은 아이, 불량한 형들에게 말한다.
"이제부터 형들과는 어울리지 않을 거야!"
아이는 당돌하게 외치고는 뒤돌아 공터를 벗어난다. 믿는 구석이 있는 탓에 씩씩하고 당당하다. 얼마 떨어지지 않은 곳에서 아이를 기다리고 있던 깐난이가 잘했다며 방긋 웃어준다. 아이는 얼른 달려가 깐난이의 허리춤을 안고 뒤에 숨는다. 깐난이는 그런 아이의 머리를 다정스러운 손길로 쓰다듬어준다. 그 순간 아이의 마음은 한구석도 불안하지 않다. 그때 아이를 뒤쫓다가 깐난이를 마주한 불량한 형들은 당황하는 기색이다. 예상치 못한 등장이자 마주침, 깐난이의 뒤에 숨은 아이는 그런 기색을 감지하고 킥킥 웃는다. 가게 주인에게서 자신을 구해냈던 그녀를 이길 사람은 없다.

그러나 중학생 김현구는 보통 불량한 것이 아님으로,

중학생 김현구는 금방 상황을 파악한다. 얼떨떨한 얼굴도 잠시, 입가에 미소가 떠오른다. 그 미소, 아이는 물론 깐난이도 오싹한 소름을 느낀다. 동시에 중학생 김현구의 튼실한 다리 하나가 깐난이를 향해 내딛어진다. 그 발에 깃든 망설임은 거리가 가까워지는 만큼 사라진다.

깐난이의 앞에서 중학생 김현구의 몸집은 비교할 수 없을 만큼 커다랗다. 아이는 그런 김현구가 산처럼 커다랗게 느껴져 두려움을 느낀다. 깐난이, 어떤 전조를 감지했는지 뒷걸음질을 친다. 소리조차 지르지 못하고 바들바들 떨기 시작한다. 그때 가냘픈 손목을 낚아채는 우악스런 손아귀, 깐난이를 빈 공터로 끌고 간다. 힘을 줘 버티지만 속절없이 끌려갈 수밖에 없다.

아이는 덩그러니 남겨진다.

얼굴이 희고 작은 입술이 붉은 아이, 두려움에 휩싸인다. 불량한 형들에게서 자신을 구해낼 깐난이를 조금도 의심하지 않았던 그 마음이 산산이 부서진다. 현실도 꿈과 같을 거라고 믿으며 이곳 공터를 향해 앞장서 걷던 자신이 믿기지 않는다. 점점 멀어지는 깐난이를 바라보는 눈, 그저 눈물을 흘릴 뿐 달리 방법이 없다. 귀를 찌르는 애처로운 비명 소리, 그 필사적인 간절함은 날카로운 것으로 변해 아이의 가슴을 찌른다. 먼 곳에서 미쳐드는 비명 소리가 다급하게 아이를 부른다.

서영아, 도망쳐! 멀리, 도망쳐!

아이는 우두커니 간절한 외침을 외면한다. 초점을 잃은 눈으로 허공을 바라보며 오줌을 지린다. 날카롭던 비명 소리는 서러운 흐느낌으로 변해 아스라이 들려온다. 아이는 고개를 떨어뜨리고야만다. 지금 깐난이가 커다란 아픔과 고통 속에 놓여있음을 외면한다. 눈물만 뚝뚝 땅으로 떨어진다. 지금 무슨 일이 일어나는지 알 것도 같으면서 도무지 알 수가 없는 섹스를 모르는 열두 살의 나, 허나 강간은 알고 있는 열두 살의 나.

나에게도 너에게도 상처로 기억될 시간이 지나간다.

얼굴이 희고 작은 입술이 붉은 아이, 불량한 형들을 바라본다. 공터에서 걸어 나오는 모두가 웃고 있다. 웃고, 있다. 아이는 자신의 곁을 지나치는 불량한 형들에게 아무런 말도 하지 못하고 고개를 떨어뜨린다. 자신에게 쏟아지는 조소를 그렇게 받아들인다.

부당한 것을 받아들이지 말라는 깐난이의 목소리가 더는 기억나지 않는다.

200

아이는 깐난이를 찾아 발걸음을 옮긴다. 공터의 가장 으슥한 곳, 무서움을 느낄 만큼 깊숙하고 후미진 곳에서 깐난이는 발가벗은 채 울고 있다. 그 모습을 바라보는 아이의 마음, 걷잡을 수 없는 슬픔에 휩싸이지만 도무지 믿기지 않는 현실에 울음조차 나오지 않는다. 깐난이의 슬픔을 공감하지 못한다. 그런 아이의 등장에 깐난이는 눈물을 감추며 몸을 일으킨다. 옷매무새를 고치고 또 고친다. 흐느낌은 재채기처럼 감춰지지 않는다. 여전히 또렷하게 남아있는 수치와 모멸의 잔상이 염산처럼 고약하게 들러붙어 깐난이의 마음에 흉터를 깊이 새긴다. 그 곁에서 아이는 어떤 위로도 건네지 못한다. 지금의 현실을 위로할 수 있는 유일한 가슴을 가졌음에도 그저 깐난이의 눈을 피한다. 아이의 마음에도 수치와 모멸이 새겨진다. 아이는 자신을 지키기 위해 떼를 쓴다.

"깐난아, 경찰에 신고하자. 그러면 경찰 아저씨들이 혼내줄 거야."

깐난이의 텅 빈 눈동자가 찰나의 순간 아이에게로 향한다. 그제야 깐난이의 절망이 마음으로 느껴진다. 작고 붉은 입술을 질끈 깨물지만 더는 할 수 있는 게 없다. 깐난이를 보내준다. 깐난이의 슬픔을 위로할 기회를 그렇게 영영 잃는다. 그리고 다시는 깐난이를 만나지 못한다. 왜였을까, 그 뒤로 깐난이를 마주치지 못한 이유는 왜였을까.

가슴에 돋친 많은 가시들이 사르륵 종이 위에 스며들며 소설
이 된다.

나는 육인용 탁자에 앉아 눈을 끔벅인다. 보이지 않는 것처럼
앞이 어둡다. 작은 미동도 없이 깊은 상념에 잠긴다. 허나 깊이만
존재할 뿐, 실체는 없다. 육인용 탁자 위로 새까만 글자들이 들어
찬 원고지만 어지럽게 흐트러져있다. 글자들은 저들끼리 얽히고
설키며 소용돌이친다. 그처럼 머릿속이 빙빙 돈다. 한없이 무기
력해진다.

소설에 대한 열망과 욕망, 결코 꺼지지 않을 것처럼 타오르던 불
꽃은 한줌의 재도 남기지 않은 채 소멸됐다. 너희들이 어떤 고통을
받더라도 소설을 쓰겠다는 탐욕은 굶주림에 아사했다. 모든 것을
까발려서라도 소설을 쓰라고 재촉하던 목소리는 이제 함구한 채
모든 책임을 떠넘긴다. 상처는 도려내는 방법으로는 나을 수 없는
지 도려낸 그만큼의 크기가 보태진 상처가 다시금 드러난다.

누군가는 알고 있을까?

나는 마음에 떠오른 분명한 의문을 바라본다. 밤하늘에 떠오른 달처럼 은근하고 과시적이지 않은 의문, 누군가는 알고 있을까? 부디 그러기를 바란다. 누군가는 알고 있기를.

깐난이를 만나야겠다.

나는 집으로 향한다. 집……, 이 짧은 단어는 가슴에서 이토록 멀게만 느껴진다. 지금 나를 휩싼 위태로움을 바짝 죄는 감정, 뭐라고 표현할 수 없는 이상한 감정들이 단단하게 뭉쳤다가 와해되기를 반복한다. 반복은 점점 횟수를 빨리한다. 비록 낯선 감정에 휩싸였지만 지금 집으로 향하는 이유는 여전히 분명하다. 깐난이를 만나야겠다. 아버지는 깐난이의 행방을 알고 있으리라고 믿어진다.

그렇게 도착한 집은 이상하리만치 고요하다. 대문이 잠겨있는 것부터 심상치 않다. 담벼락을 넘으면서 오늘 아버지를 만나지 못할 것을 직감한다. 그러자 마음이 놓인다. 정돈된 마당을 가로질러 현관문을 열려고 보니 역시나 굳게 잠겨있다. 그제야 지금의 고요가 오랜 시간 켜켜이 쌓인 무거운 무게라는 사실이 깨달아진다.

그때 담벼락 위로 사람의 얼굴이 드리우더니 누구냐는 물음이 커다란 목소리로 들려온다. 빈집의 담벼락을 넘는 그림자를 보고 달려온 모양이라고 짐작됐다. 닫힌 대문을 열고 밖으로 나가자 익숙한 얼굴이 나를 알아본다. 내 손을 붙들며 반가워하는 얼굴을 마주하고도 어색한 웃음만 나온다.

어린 시절부터 늘 보아온 아저씨, 이제는 수염이 성성해진 할아버지가 됐지만 내게는 여전히 아저씨로 남아있다. 그런 아저씨는 잔뜩 근심스러운 얼굴로 아버지의 입원 소식을 내게 알린다. 걱정할까봐, 방해될까봐 알리지 말라던 아버지의 당부를 함께 알린다. 그런 사실을 전혀 몰랐던 나는 당혹스러운 기분이다. 마음은 올가미에 걸린 것처럼 날카롭게 옥죄인다.

아버지, 생의 업이자 과거인 동시에 현재, 그리고 미래가 될 이름.

아버지의 이름이 병실의 문패에 걸려있다. 아버지의 이름 앞에서 부담스러워지는 기분을 털어낼 수 없다. 그런 기분과는 반대로 마음은 한없이 공허하다. 아버지……, 아버지를 마지막으로 만난 날이 언제인지 기억을 되짚지만 뿌리는 쉽게 드러나지 않는다. 아버지와 나는 왜 이리도 멀어졌나, 이유를 생각하지만 그 역시 쉽지 않다.

병실 문을 가볍게 두드려 인기척을 냈지만 안에서는 어떤 기척도 없다. 아버지가 병실 안에 없다는 사실을 깨닫는다. 슬쩍, 문을 열자 깔끔하게 정돈된 내부가 드러난다. 숨을 죽인 채 내부를 살핀다. 아버지가 없다는 사실을 알면서도 마음은 이리도 조심스럽다.

병실 창가에서 밖을 내다보며 적적한 시간을 흘려보낸다. 심정의 평정을 유지하려고 애를 쓰지만 쉽지 않다. 그때 병실 문이 우당탕 열렸다가 닫힌다. 조금 놀란 마음으로 뒤를 돌아보자 아버지가 바라보인다. 환자복 차림으로 웃고 있다. 아프다더니 의외로 밝은 얼굴이라 묘한 감정이 차오른다. 그래서 더욱 어떤 표정을 지어야 할지 몰라 긴장한 얼굴을 감춘다.

"몸은 좀 어떠세요?"

아버지는 내 존재가 뜻밖인지 적잖이 당황하는 기색이다. 카디건을 벗어 옷걸이에 걸고 침상 위에 오르는 모습이 어색하다.

"괜찮다, 괜찮아. 바쁠 텐데, 오늘은 시간이 남았나 보구나."

나는 이제 바쁜 일은 없다고 말하지 못한다. 하던 일을 모두 그만두고 작업실에 틀어박혀 소설을 쓰고 있다고, 이제는 비루한 시간만 남았다고 말할 수가 없다. 당신의 아들이 삶에 패배했다는 사실을 듣고 얼마나 근심할지 걱정이다.

병실 구석에 놓인 간병인 의자에 앉아 아버지를 훔쳐본다. 허공을 바라보는 척, 그 안에 담긴 아버지를 먹먹한 마음으로 바라본다. 평생 햇볕에 그을린 얼굴, 야위었지만 여전히 커다란 몸뚱이, 인생의 고독과 고된 짐을 지금도 내려놓지 못했는지 넓은 어깨가 무거워 보인다.

괜스레 마음이 뻗친다. 아무런 까닭을 느끼지 못하는데 뻗친 마음은 점점 침묵을 견디지 못하고 괴로워한다. 결국 물을 쏟고야 만다. 쏟은 물처럼 뱉어진 말도 주워 담을 수 없다. 무심코 튀어나온 허언, 돌이킬 수 없다.

"가난 때문입니다."

아버지는 침상에 앉은 채 나를 바라본다. 별다른 대답 없이 여전히 웃는 얼굴, 외면하기가 쉽지 않다. 마음은 이미 무거운 부담감에 짓눌리고 있다. 허나 시간이 흐르는 만큼 서서히 감정의 뻗친 면이 가라앉는다. 드디어 평상심이 해방감처럼 되돌아온다. 창가에서 밖을 내다보는 것으로 아버지를 외면한다.

"평생을 뼈 빠지게 고생만 하다가 이제는 건강마저 달아났습니다. 모두 가난 때문입니다."

나는 무척 단호한 마음이다. 더 이상 아버지를 두려워하는 어린아이가 아니라고 생각하며 과감하게 돌아본다. 스스로를 합당하게 여기며 아버지를 견뎌본다.

"나는 가난하지 않다."

아버지는 농담처럼 대답하고는 살며시 웃는다. 평생을 단 하루도 마음껏 휴식하지 못하고 고난으로 연명한 불쌍한 사내가 웃고 있다. 가엾음과 처연함이 이리도 쓸쓸할 수가 없다.

"아버지, 하고 싶은 것들 마음껏 하면서 지내세요. 문제될 거 없 잖아요!"

나는 무척 과감하다. 넘지 말아야할 선을 넘은 뒤 다시 되돌아 오지 않고 더 나아가는 쪽을 선택한다. 그럼에도 아버지는 여전히 웃는 얼굴이다. 허나 못내 쓸쓸함이 떠오른다.

"이제는 하고 싶은 게 없다."

나는 무너져 내리는 기분을 견딘다. 아버지의 무기력한 모습은 언제나 나를 무너뜨린다. 차라리 혹독했을지라도 모질게 매타작 을 했던 커다랗고 무서운 아버지가 그립다. 지금 환자복 차림으로 무기력하게 웃고 있는 아버지는 너무도 낯설고 마음을 아프게 한 다. 그런 아버지가 차분하게 말을 잇는다.

"간밤에는 곰곰이 생각에 잠겼었다. 늙은 나는 어른인가, 하는 쓸데없는 생각이었다. 어쩌면 아닐지도 모르겠다는 끝에 생각이 닿았다. 시간이 노인은 만들지언정 어른은 만들지 못한다고 생각 했다. 그렇다면 사람을 어른으로 만드는 건 무얼까, 하는 의문에 다시 생각에 잠겼다. 그랬더니 네가 떠올랐다. 갓 태어난 네가 커 다란 눈을 끔뻑이며 나를 올려다봤다. 그때 나는 어른이 된 기분 을 느꼈다. 작고 연약한 존재에게 인식되는 세상에서 가장 커다란 존재가 바로 나였다. 너로 인해 나는 어른이 됐다. 그래서 책임과 희생을 기꺼이 받아들였다. 허나 그때의 나는 지금의 너와 별로 다름이 없는 청년이었다. 세월이 지난 뒤에야 어른인 척하며 늙어버린 나를 발견했다. 그만큼 장성한 네가 뿌듯하지만, 늙음이 뭔지 나를 어른으로 만들었던 그 어린 존재가 이제는 내 앞에서 어른인 양 행세를 하고 있다. 늙음을 이렇게 실감한다."

나는 아버지를 등진 채 창밖의 하늘을 하염없이 올려다본다. 아버지의 눈을 감당할 자신이 없다. 아버지의 음성이 묵직하게 벽돌처럼 날아들어 가슴을 때린다. 이런 어려움, 아버지와 나 사이에 놓인 이런 어려움이 언제부턴가 거리를 벌렸다. 결코 좁힐 수 없는 간극으로 멀어진 그 틈을 바라보는 마음이 서글프다.

"네게 들려주고픈 이야기가 있다."

아버지의 음성, 내 기억이 틀렸다고 믿어질 만큼 부드럽고 차분하다.

"똑똑한 너는 어차피 흘려들을 것을 알지만서도 그래도 들려주고 싶다. 더 이상 삶의 고난을 원망하지 말기를 바란다. 좋은 세상이다. 눈이 부실만큼 발전하고 또 부유해졌다. 옛날에는 아주 큰 부자들만 누릴 수 있던 모든 것을 합한 것보다 지금 평범한 사람이 누리는 혜택이 더 크다. 그런 세상을 살면서 삶의 고난을 원망하며 기쁨을 내버리지 마라. 그건 자신의 살을 깎아먹는 것이다. 늙은 아비에게는 은인이 있었다. 비교적 짧은 공부를 마치고 판사가 됐을 때 그 분께 인사를 올렸다. 은혜를 갚아야겠다는 마음만 가득했던 내게 그 분은 돈이 담긴 두툼한 봉투를 내밀며 어떤 이야기를 들려줬다. 동화 같은 이야기였다. 사십 년도 전에 들은 이야기가 여전히 생생한 것은 나도 이 이야기를 믿지 않았기 때문이다. 그저 아픈 매로 후려지는 것이 삶인 줄만 알았던 나는 그 분이 틀렸다고 생각했다. 허나 같은 세월을 지나보니 알 것만 같다. 그래서 들려주는 것이다. 어느 도박사와 도박꾼의 이야기다. 세상에서 가장 유명한 도박사 고고가 운영하는 도박장에 젊은 도박꾼 라라가 찾아온다. 얼굴에 부정이라는 티끌 하나가 묻지 않은 맑은 청년이었다. 허나 도박을 해본 적이 없는 초짜라서 어느 누구도 주목하지 않았다. 그에 비해 늙은 도박사는 절대 패하지 않기로 명성이 자자한 고수 중에 고수였다. 수많은 도박꾼들이 고고의 앞에서 가진 재산을 모두 잃고 쓸쓸히 돌아가야만 했다. 승부는 이미 승패가 결정된 것처럼 시시해 보였지만 도박사는 결코 방심하지 않았다. 젊은 도박꾼을 공손히 맞이하며 물었다. "도박을 하시겠습니까?" 라라 역시 무척 공손했다. 고고와 라라가 탁자를 사이에 두고 마주보자 구경꾼 몇이 모여들었다. 모두들 철없는 애송이가 주제를 깨닫고 얼굴을 붉히는 모습을 한껏 기대했다. 허나 앞에서 말했듯이 고고는 결코 방심하지 않았다. "종목은 무엇으로 하시겠습니까?" 라라는 대답했다. "확률입니다." 고고는 세 개의 주사위와 두 개의 동전을 꺼내 라라에게 내밀었다. "잘 살펴보시고 어떤 속임수나 꺼림칙함이 있다면 가지고 계신 것으로 교체를 해도 괜찮습니다." 주사위와 동전을 살피는 라라의 얼굴은 늙은 도박사 고고를 의심하는 것이 아니었다. 시종 여유롭고 순진무구했다. 라라는 품속에서 금을 꺼냈다. 꽤나 큼직한 덩어리였다. 고고는 금을 저울에 달아 정직하게 값을 셈했다. 그 값에 라라가 동의하자 다시금 공손하게 물었다. "확률은 얼마로 하시겠습니까?" 라라가 대답하기도 전에 구경꾼들 사이에서 놀림과 응원이 섞인 목소리들이 튀어나왔다. "이봐! 돈을 날린 선배로서 충고하는데 도박사들은 전부 뱀이야! 속임수가 없도록 자네의 주사위를 사용하도록 해." 라라는 뱅긋 웃을 뿐 그런 목소리들에 조금도 영향 받지 않았다. "열 배의 확률을 택하겠습니다." 라라의 선택에 구경꾼들은 경악했다. 열 배의 확률에서 도박사가 지는 경우를 본 적이 없었기 때문이다. 확률이 낮을수록 이길 때 얻는 돈은 커졌지만 그 돈을 노리는 것은 어리석다고 모두들 생각했다. 허나 승자는 라라였다. 늙은 도박사의 손을 떠난 세 개의 주사위와 두 개의 동전은 라라를 승자로 만들었다. 라라는 자신이 건 금의 오십 배를 몫으로 챙겼다. 사람들은 라라의 승리보다 고고의 패배가 믿기지 않아 놀랐다. 라라는 금을 챙겨 도박장을 빠져나갔다. 소문은 삽시간에 번지더니 두고두고 회자되며 영웅담으로 승화됐다. 그렇게 일 년이라는 시간이 금방 지나가고 같은 날 라라가 도박장에 나타났다. 일 년 전 승리로 얻은 금덩어리를 그대로 가지고 왔다. 게다가 일 년간 성실히 일을 해 모은 돈까지 도박에 걸었다. 허나 늙은 도박사 고고는 조금도 동요하지 않았다. 자신에게 패배를 안긴 상대였지만 여전히 공손하게 일 년 전과 같은 것을 물었다. 라라는 여전히 시종 여유로운 얼굴로 확률을 선택했다. "여덟 배의 확률을 택하겠습니다." 라라는 가진 금을 전부 도박에 걸었다. 사람들은 혀를 쯧쯧 차며 요행은 한 번 뿐이라고 벌써부터 라라를 동정했다. 기막힌 행운과 요행이 겹쳤을 때 비로소 도박사를 이길 수 있었는데, 그것을 인생에서 두 번 기대하는 것은 욕심이자 어리석음이라고 모두가 생각했다. 늙은 도박사의 손에서 주사위와 동전이 떠났다. 그런 뒤, 구경꾼들의 함성소리가 도박장을 무너뜨릴 것처럼 커다랗게 터져 나왔다. 라라가 이긴 것이다. 라라는 승리의 몫으로 받은 금을 자루에 담아 도박장을 빠져나갔다. 구경꾼들은 일 년 뒤를 기다렸다. 그때도 라라가 나타날지를 지치지도 않고 입방아에 놓고 찧었다. 일 년 뒤, 라라는 약속이나 한 것처럼 도박장에 나타났다. 늙은 도박사는 두 번이나 패배했음에도 여전히 공손하게 손님을 맞이했다. 허나 손을 떠난 주사위와 동전은 야속하게도 라라에게 승리를 안겼다. 라라는 연거푸 승리했다. 자루에 담긴 금을 옮기는데 일꾼 여럿이 필요할 정도였다. 많은 사람들이 환호했다. 도박사의 몰락을 기대하는 동시에 도박과는 도무지 어울리지 않는 청년의 승리를 진심으로 응원했다. 라라는 늘 확률을 선택했다. 처음에는 열 배, 그 다음에는 여덟 배, 여섯 배, 네 배, 그리고 이번에는 두 배의 확률에 걸 차례였다. 도박사와 도박꾼이 이길 확률을 반씩 갖고 싸우는 것이었다. 만약 이번에 패배한다면 늙은 도박사 고고는 파산에 이르는 절체정명의 위기였다. 누구도 라라의 승리를 의심하지 않았다. 라라가 가진 금덩어리가 자루에 담겨 당나귀가 끄는 수레에 밤새도록 옮겨지는 진풍경이 도시에 펼쳐졌다. 라라는 여전히 여유로운 얼굴로 도박장에 모습을 드러냈다. 수수한 차림으로 많은 돈을 땄음에도 전혀 변한 게 없었다. 승리를 조금도 의심하지 않는 순진무구함에 구경꾼들은 자신의 일처럼 라라를 응원했다. 더러는 도박사의 패배를 벌써 조롱하고 놀리는 무리도 있었다. 구경꾼들이 내지르는 함성과 휘파람에 늙은 도박사 고고의 귀가 따가웠다. 그런 조롱과 놀림을 견디며 고고는 집중했다. 알고 있었다. 만약 이 싸움에서 지게 된다면 자신도 끝이라는 사실을. 허나 내심 궁금하기도 했다. 자신의 운이 어디까지 인지를, 운이 다하는 순간을 목격하는 것도 나쁘지 않다고 생각했다. 고고는 도박사로서의 사명을 다했다. 공손하게 인사를 한 뒤 방법과 확률을 물었다. 라라는 예상대로 두 배의 확률에 가진 전부를 걸었고 늙은 도박사 고고와 젊은 도박꾼 라라의 사이에는 작은 동전 하나가 놓여졌다. 늙은 도박사 고고의 손을 떠난 동전은 공중에서 여러 번 회전을 한 뒤 탁자 위에 떨어졌다. 승자는 고고였다. 승패가 결정된 그 순간은 마치 시간이 멈춘 것처럼 고요했다. 구경꾼들은 모두 경악을 금치 못했고 커다란 충격에 빠졌다. 같은 확률의 싸움이었지만 누구도 라라의 승리를 의심치 않은 탓이었다. 고고는 마지막까지 공손하게 고개를 숙였다. 어떤 감정도 드러내지 않았다. 수많은 구경꾼들이 끈질기게 고고의 뒤를 쫓으며 물었다. 라라와의 승부가 두렵지 않았냐는 아주 빤한 물음이었다. 고고는 대답하지 않고 버텼지만 끈질긴 구경꾼들을 떨쳐내는 방법은 그들의 욕구를 충족시켜주는 방법이 유일했다. 고고는 진지하게 대답했다. "지금 제가 어떤 말을 한다고 여러분들이 만족하고 수긍을 해 고개를 끄덕이겠습니까. 다만 오늘의 승부가 제 입을 대신해 모든 말을 대신 해주는 것 같습니다. 저와 승부를 한 청년은 자신에게 깃든 행운을 이용할 줄 아는 똑똑하고 배포가 큰 인물이었습니다. 자신은 결코 패배하지 않을 거라는 굳센 믿음과 반드시 이길 거라는 확신은 승리를 불렀습니다. 연전연승하며 계속해서 저를 패배시켰습니다. 그를 이기기란 정말로 힘겨웠습니다. 아니, 불가능했습니다. 계속해서 패배할 수밖에 없었습니다. 허나 제게도 믿는 구석이 있었습니다. 언제일지는 모르나 계속해서 패배하는 제게도 단 한 번의 승리가 찾아온다는 믿음이었습니다. 그 날이 바로 오늘이었습니다. 연거푸 패배했던 저는 이제 겨우 한 번을 이긴 것이고 연거푸 승리하던 청년은 겨우 한 번을 패한 것입니다. 그 뿐입니다. 승리에는 패배가 뒤따르고 패배에도 승리가 뒤따릅니다. 다만 순서의 차이일 뿐입니다." 살아보니 삶은 그렇다. 고난을 패배라고 한다면 누구의 삶에나 셀 수 없이 많은 패배가 존재한다. 나이가 칠십에 가까워지니 그때 이 이야기를 내게 들려줬던 은인의 마음이 이해가 된다."

나는 어쩐지 강한 반발심을 느낀다. 결코 동감할 수 없다고 마음은 반기를 내든다. 힘없이 침상에 앉아 허공을 바라보며 이런 이야기를 늘어놓는 아버지를 도저히 이해할 수 없다. 삶은 그런 간단한 이야기로 설명될 수 없다고 말해주고 싶다.

아버지, 삶은 도박이 아닙니다. 결코 도박에 비유할 수 없습니다. 차라리 도박이라서 어떤 기대라도 걸어볼 수 있었더라면 얼마나 좋았을까요. 정해진 패배 앞에서 어떤 기대조차 할 수 없었습니다. 삶은 차라리 배추꽃입니다.

아버지는 농부였습니다. 세상 누구보다 부지런하고 정직한 노동자였지만 세상에게 거부당했습니다. 나쁜 것은 세상이라 아버지는 원망할 대상도 없이 홀로 고달파야 했습니다. 그런 아버지는 저주를 받은 것 같았습니다. 너무도 고달픈 그 신세는 저주가 아닌 다른 말이 떠오르지 않습니다.

아버지의 옷에는 언제나 황토 흙이 묻어있습니다. 더운 여름, 몸에 묻은 황토 흙을 씻어내지도 못한 채 찬물에 밥을 말아 후적후적 삼키는 아버지를 빤히 바라봤습니다. 고된 노동 속에서도 아버지의 얼굴은 무척 밝았습니다. 희망으로 가득한 빛을 내뿜었습니다. 봄에 심은 배추가 마시듯 삼켜지는 밥을 아주 달게 만든다는 사실을 알고 있었습니다. 누구나 아버지의 봄배추를 들먹이며 부러워했습니다. 얼마 전에는 텔레비전 뉴스에서도 배추가 아주 비싸다고 말해 늦은 밤, 배추에 물을 주느라 한잠도 자지 못하는 아버지를 흐뭇하게 했습니다.

지난겨울, 아버지는 봄배추를 심겠다고 결심했습니다. 사람들의 만류는 당연했습니다. 봄배추는 병충해가 심하고 여름의 태양을 견뎌야 했으며 장마와의 사투가 예견된 어찌 보면 도박성이 짙은 농작물입니다. 그럼에도 아버지는 그런 모든 것을 감수하며 드넓은 대지에 봄배추를 심었습니다. 시끌벅적하게 봄배추를 심은 뒤로부터 비가 내리기 시작했습니다. 전국적으로 몇날며칠 그치지 않고 내린 비는 결국 많은 농부의 봄 농사를 포기하게 만들었습니다. 벌써부터 농산물 가격의 폭등을 예고하는 텔레비전의 뉴스가 심심치 않았고 작황이 좋을 수 없는 수많은 증조들만 가득한 나날들이 이어졌습니다.

하루가 멀다 하고 배추도매상과 중매인이 찾아와 배추를 팔아 달라고 울상을 지으며 통사정을 했습니다. 아버지는 그 흐뭇함에 밤잠을 잊고 봄배추를 지키고 가꿨습니다. 그런 열성으로 배추관리사를 한 명 고용했습니다. 나이가 지긋한 어른으로 배추를 아주 잘 가꾼다고 했습니다. 아버지는 내심 안심하는 모양인지 잠에 든 시간이 꽤나 늘어났습니다. 그런 정성 때문인지 아버지가 사랑하는 봄배추는 무럭무럭 자랐습니다. 여름의 땡볕 아래에서도 그 푸름을 조금도 누그러뜨리지 않고 속을 꽉 채워갔습니다.

그렇게 칠십오 일이 지나가고 수확을 앞둔 날이었습니다. 수많은 사람들이 아버지의 봄배추를 부러워하며 구경을 와 시끌벅적했습니다. 아버지의 손에 들린 식칼은 곧 배추의 밑동을 탁! 경쾌하게 쪼갤 것이었습니다. 아버지는 싱글벙글 웃고 있었습니다. 수많은 사람들의 질투 섞인 축하를 받으며 얼굴에 담을 수 없는 행복에 겨워하고 있었습니다.

그때까지 그 누구도 아버지의 성공을 의심치 않았습니다. 저도 그랬습니다. 하지만, 배추의 밑동이 짓물렀습니다. 튼실해 보이는 외관과는 달리 배추의 밑동은 짓물러 미끄덩한 액체가 뚝뚝 떨어졌습니다. 뜸물이 더운 여름의 태양을 피해 뿌리에서부터 속

216

을 파먹었던 것입니다. 밤낮 시원한 지하수를 뿌려주는 배추의 속은 뜸물에게는 천국이나 다름이 없었습니다. 아버지가 고용한 배추관리사 역시 재배가 쉬운 가을배추에 능통한 사람이지 봄배추에는 문외한이나 다름이 없었습니다. 배추는 대부분 밑동이 썩어 내다팔 수 없었습니다. 모두 트랙터의 단단한 갈고리에 갈가리 찢겨졌습니다. 여름의 뜨거운 태양은 봄배추의 잔해를 금방 부패시켰고 썩은 내가 코를 막지 않고는 견딜 수 없을 만큼 고약하게 진동했습니다.

아버지는 그런 절망을 조금도 내색하지 않았습니다. 여전히 과묵했고 태연하게 가을농사를 준비하고 시작했습니다. 봄배추를 갈아엎은 대지에는 따로 퇴비가 필요 없을 만큼 양분이 스며들었습니다. 그 땅에서 가을배추가 자랐습니다. 허나 앞에서 말했듯이 아버지는 세상에 거부당한 사람입니다. 나쁜 세상은 무거운 태양을 짊어지고 일하는 농부를 잔인한 방법으로 우롱하며 유희를 즐깁니다. 몇날며칠 내리는 비 때문에 속절없이 봄에 농사를 포기해야만 했던 농부들이 모두 욕심을 냈습니다. 어쩌면 돈을 벌지도 모른다는 기대감과 간절함이 모든 땅을 배추로 파랗게 물들였습니다. 어쩌면, 이라는 희망은 참으로 가엾습니다. 반전은 없으니까요.

가을배추는 멀쩡한 채로 쟁기질을 당했습니다. 값을 매길 수 없는 쓰레기에 불과했습니다. 그럼에도 아버지는 별다른 내색이 없었습니다. 여전히 과묵했고 태연했습니다. 그런 아버지는 다시 도래한 봄에 배추를 심었습니다. 봄배추와 가을배추를 연이어 갈아엎은 그 대지에 봄배추를 심었습니다. 결코 미련해서 그런 것이 아닙니다. 농부라서 그런 것입니다. 이는 성실함을 칭찬받아 마땅한 사유입니다.

아버지는 실패의 쓴맛을 모두 잊은 것 같았습니다. 마치 똑같은 나날들이 계속해서 반복되는 것처럼 대지를 일궜습니다. 묵묵한 얼굴도 그대로였습니다. 그런 아버지를 도매상인 하나가 몇 번이고 찾아왔습니다. 도매상인은 올해도 작년과 마찬가지로 봄배추의 가격이 비쌀 거라고 말하며 합작을 제안했습니다. 작년에는 운이 없었다는 그 말이 아버지에게 어떤 위로가 됐는지는 모르겠습니다. 허나 저는 알고 있었습니다. 운이 없었던 것이 아니라 본래 당하던 그대로 당한 것에 불과하다는 사실을 알고 있습니다. 도매상인은 수익을 반으로 나누는 조건으로 비용의 반을 대겠다고 했습니다. 그 제안은 빚에 쪼들리던 아버지에게 무척 달콤한 꿀물과도 같았을 겁니다.

도매상인은 정도를 거스르려는 위험한 계획을 갖고 있었습니다. 그렇지 않아도 이른 봄배추를 보름이나 한 달 정도 일찍 출하를 하자고 주장했습니다. 그 때문에 그만큼의 날이 앞당겨져 배추가 심겨야 했습니다. 허나 찬바람을 맞은 탓인지 칠십오 일이 지났지만 배추의 속은 제대로 차오르지 않았습니다. 본래 배추는 접시처럼 벌어진 것도 나름의 역할과 맛이 있어 팔 수 있습니다. 허나 튼실하게 속을 채운 봄배추만큼 제값을 받을 수는 없습니다. 처참한 실패를 경험한 아버지는 출하를 서둘렀습니다. 반대로 도매상인은 출하를 늦췄습니다. 하루가 다르게 배추의 속이 차오르고 있었습니다. 그러나,

아버지, 그러나는 접속 부사입니다. 그리고 결정적인 순간에 사용됩니다.

배추에서 순이 돋아났습니다. 저는 처음 봤습니다. 또 배추에서 순이 돋아난다는 사실도 처음 알았습니다. 배추는 포기가 찬 그대로 죽는 줄 알았습니다. 모두가 그렇게 생각하며 평생을 살아갈 것입니다. 모든 식물은 결국 씨를 퍼뜨리는 것을 궁극적인 목표로 삼고 태어납니다. 배추도 마찬가지였습니다. 아름다운 꽃도 결국 합을 맺어 번식을 위한 장치가 아니겠습니까. 순이 돋아난 배추는 먹을 수가 없습니다. 역시나 쓰레기와 다름이 없다는 말입니다. 그러나 많은 사람들이 평생 모르고 죽을 사실이 또 있습니다.

아버지가 도매상인에게 책임을 물으며 드잡이를 하던 어느 날,

저는 홀로 배추밭에 가봤습니다. 그리고는 정말이지 커다란 충격을 맞닥뜨렸습니다. 푸르러야 마땅할 배추밭이 온통 샛노랗게 물들어 있었습니다. 정말이지 어디서도 볼 수 없을 만큼 농도 짙은 노란색이었습니다. 배추는 제 키만큼 훌쩍 자라있었습니다. 기껏해야 순이라고 불릴만한 것이 굵은 대로 변해 높다랗고 단단하게 자라나 마디마다 넓디넓은 배추 잎사귀를 매달고 있었습니다. 대의 머리에는 샛노란 배추꽃이 흐드러지게 피어있었습니다.

작년 봄과 가을의 배추들을 양분으로 삼은 탓인지 그 꽃의 빛깔은 민들레나 개나리, 유채와 슴방망이, 절국대와 같은 다른 노란 꽃들의 아름다움을 삼키고도 남을 만큼 고왔습니다. 그러나 저는 심한 분노에 휩싸인 채 배추꽃을 쥐어뜯었습니다. 아버지를 대신해 나무가 된 배추를 발로 차고 짓밟고 뭉갰습니다. 이를 갈며 화를 풀었습니다. 그저 담담한 얼굴로 배추꽃을 바라보기만 하는 아버지가 답답하고 미련해 보여 제가 대신해서 배추꽃을 짓뭉갰습니다. 그리고는 드러누워 가쁜 숨을 몰아쉬며 한참을 울었습니다. 너무 슬펐지만 원망할 대상도 없었습니다. 세상을 원망하는 것도 정말이지 지긋지긋했습니다.

배추의 비린내가 얼마나 지독한지 그때 스미고는 한동안 몸에서 빠져나가지 않았습니다. 역겨운 그 냄새가 아주 오랫동안 제게 머물렀습니다. 그때 바라봤던 배추꽃을 결코 잊을 수가 없습니다.

아버지, 배추꽃을 기억하십니까?

나는 아버지에게 배추꽃을 기억하느냐고 묻고 싶은 충동을 느낀다. 그래서 당황하는 모습을 보일지라도 끝까지 추궁하고 싶다. 삶은 이기고 지는 그런 도박이 아니라고, 삶은 늘 패배해야만 하는 그런 고난이라고 말하고 싶다. 그래서 배추꽃, 대지를 물들였던 샛노란 꽃들이 내 마음에 얼마나 커다란 상처로 남았는지 내보이고 싶다. 허나 그럴 수 없다. 마음에는 벌써 무거운 추가 매달려 있다.

아버지와는 다투고 싶지 않다. 아버지에게서 벗어나고픈 마음이다. 허나 내 마음 한편에서 우두커니 서있는 아버지를 도무지 한 발자국도 밀어낼 수가 없다.

나는 간신히 깐난이의 행방을 묻는다. 어릴 적 대나무숲 속에 살았던 깐난이를 기억하느냐고 묻는다. 아버지는 가만히 눈을 감더니 생각에 잠긴다. 그리고는 깐난이의 행방을 알만한 누군가를 짐작해낸다. 그리고 그 누군가는 알고 있다. 주소가 적힌 쪽지를 내게 건넨다. 쪽지를 건네받은 손이 파르르 떨린다. 간절히 바랐던 일이지만 갑자기 마주하게 된 현실이 두렵게 여겨진다. 두려움은 자연스럽게 도망을 떠오르게 한다. 도망을 오래도록 고민한다.

　작업실을 나서는 마음이 무겁다. 짊어진 가방에는 내가 쓴 소설책 몇 권과 익명의 누군가에게 받은 편지가 담겨있을 뿐이지만 견디기 어려운 무게처럼 느껴진다. 허나 굳은 결심이 머무는 마음은 기꺼이 견디게 만든다. 고속버스터미널에 도착해 분주한 인파의 속에서 차표를 끊고 대합실의 등받이가 없는 의자에 앉아 가빠지는 호흡을 가다듬어본다. 어지러운 기운이 감도는 머릿속, 평생 없던 멀미가 버스도 타기 전에 일어나는 기분이다. 핏기가 사라져 근질거리는 얼굴과 손끝이 괴롭다.

　버스에 올라 자리에 앉자마자 안전띠를 맨다. 단단하게 조인 뒤에서 버스가 출발하기를 기다린다. 마음은 뭔가를 두려워하고 있다. 두려움의 주체는 버스가 출발한 뒤에야 분명해진다. 현실, 그저 현실 자체가 두려워 도망치고 싶다. 허나 도망친다면 어디로 가야하는지 알지 못한다. 현실 어디에도 도망칠 곳은 없다.

　멈춰선 버스, 천천히 내려서자 낯선 곳의 면면들이 마치 감옥처럼 느껴진다. 그래서 한 발자국도 내딛지 못하고 우두커니, 주변을 둘러본다. 두려움에 휩싸인 마음은 지금 도망칠 수 있다고 은근히 종용한다. 그래서 정말로 고민하는지 터미널 주변을 맴돌며 안절부절못한다. 손에 들린 주소를 바라본다. 현실 어딘가를 분명하게 가리키고 있는 몇 개의 글자와 숫자가 낯빛을 파리하게 만든다. 결국 현실에서 도망치려는 시도를 포기한다.

택시는 무리 없이 주소지로 향한다. 뒷좌석에 앉아 창밖을 바라보며 날카로워졌다가 우울해지기를 반복하는 기분을 느낀다. 낯선 배경이 아주 잠잠히 지나간다. 멈춰선 택시, 요금을 치르고 내려서자 다리가 휘청, 힘을 잃고 주저앉는다. 그런 상태로 가만히 앉아있는 내가 걱정됐는지 택시는 머리를 돌려 곁으로 다가온다. 택시기사는 창문을 내리고는 괜찮으냐고 묻는다. 나는 대답하지 않고 몸을 일으킨다. 손바닥으로 땅을 짚고 힘겹게 몸을 일으킨다. 그리고는 걸음을 옮긴다. 흙이 묻은 손바닥을 털어낼 여유조차 없이 그저 앞을 바라보며 걷는다.

평범한 주택가, 낮은 담벼락이 서로 다른 모양새로 기다란 기차처럼 이어진다. 대문을 지날 때마다 주소를 살피지만 미궁을 떠도는 것처럼 요령이 없다. 더 이상 주소가 적힌 쪽지를 들여다보지 않아도 된다. 머릿속에 외워진 주소를 마음으로 되뇌며 힘겹게 걸음을 옮긴다.

마음으로 되뇌던 주소와 정확히 맞아떨어지는 대문을 마주한다. 그 순간 보이는 것과 들리는 것이 희미하게 멀어진다. 시간은 까마득히 오래된 것처럼 낡아버린 기분이다. 다리는 휘청, 힘을 잃고 주저앉는다. 아니, 뒤로 물러났는지 등에 벽이 닿는다. 천천히 주저앉는다.

지금 어떤 기분인지 어떤 감정인지 느껴지지 않는다.

꼬마는 내 곁에 앉아있다. 그저 어리다고 짐작될 뿐 차마 시선은 주지 않는다. 그랬다간 지금 어떤 기분인지 어떤 감정인지 모르는 상태가 깨져버릴 것만 같다. 그런 뒤 휩싸일 감정이 무엇일지 너무도 두렵다. 염려에도 불구하고 퍼뜩, 두려움이 끼친다. 그 두려움은 왜 여기에 왔는지를 생각하게 만든다. 곧 어떤 이유도 찾을 수가 없어 당황한다. 내 존재에 대한 타당한 근거를 상실한 것 같은 위기감을 느낀다.

벌떡,

일어나 몸을 떤다. 어서 도망쳐야 한다는 외침만이 텅 빈 머릿속에 가득하다.

그때,

내 곁에 앉아있던 꼬마에게로 시선이 향한다. 꼬마는 두 번째 손가락으로 나를 가리키고 있다. 그리고 눈은 길 건너를 바라본다. 마치 같은 곳을 바라보라고 말하는 것 같은 눈을 외면한다. 그러나 꼬마의 얼굴에서 깐난이가 보인다. 깐난이를 쏙 빼닮았다. 마주한 현실을 외면할 수 없다는 사실을 깨달은 뒤에야 같은 곳을 향해 시선이 옮겨진다.

거기에 깐난이가 있다.

나는 얼굴을 푹 숙이고는 서둘러 걸음을 옮긴다. 허옇게 질린 얼굴을 들키고 싶지 않다. 깐난이는 나를 알아보지 못할 거라고 믿는다. 어린 나는, 어렸던 나는 이제 없으니까, 내게서도 찾을 수 없으니까 결코 알아볼 수 없다.

서영아.

깐난이는 나를 부른다. 그 부름은 발걸음을 붙들고 몸을 뻣뻣하게 굳게 만든다. 서영아, 나를 부르는 목소리가 믿기지 않는다. 어서 도망치라는 마음의 외침조차 이제는 들리지 않는다. 더 이상 외면할 수 있는 현실은 없다. 현실을 외면하지 않기 위해 견디는 시간, 깐난이는 뒤에서 나를 안아준다. 다 커버린 나를 포근히 안아준다. 나보다 훨씬 작아진 깐난이가 여전히 천사처럼 느껴진다. 어쩐지 등에 날개가 달린 것도 같다. 그런 눈을 조금도 의심하지 않는다. 시간은 멈춘 것처럼 흘러가지 않는다.

멋진 남자가 됐구나.

나는 엉엉 울어버린다. 미안해, 라는 말이 울음에 묻혀 입 밖으로 나오지 않는다. 미안해! 다시 외쳐보지만 입만 벙긋거릴 뿐 목소리가 없다. 왜 미안하다는 말조차 할 수가 없는지 너무도 서러워 털썩 주저앉는다. 정작 뭣이 그리 미안한지 이유조차 모르고 있다.

나는 처참한 기분 속에서 스스로를 반성한다. 아주 오랜 끝에 마주한 깐난이는 거울처럼 나를 비춰준다. 그 안에 비친 내가 너무도 싫다. 너무도 무기력한 존재, 너무도 한심한 존재, 너무도 야비한 존재, 너무도 나약한 존재……. 그런 나는 깐난이를 범인으로 생각했다. 편지를 보낸 게 너냐고, 내가 쓴 소설을 읽고 죽겠다는 편지를 보낸 게 너냐고 물으려고 했다. 그래서 묻고 싶었다. 내가 상처를 줬냐고, 그래서 상처를 받았냐고. 사실을 추궁하기 위해 챙겨온 편지가 뾰족한 송곳으로 변해 나를 찌른다. 너를 슬프고 비참하게 만든 구절이 어디냐고 묻기 위해 챙겼던 소설책이 무거운 바위로 변해 나를 짓누른다.

밤, 버스는 묵묵한 어둠 속을 달린다. 눈을 감은 채 잠잠하게 가라앉은 기분을 느낀다. 휩쓸리고 싶지 않다. 거대한 아가리가 나를 삼키려고 곁에서 도사리고 있음을 알고 있다. 허나 조금도 두렵지 않다. 그저 다시금 비겁하고 야비해질 내가 가엾다. 나는 어쩔 수 없이 그렇게 될 것이라는 사실을 알고 있다. 스스로 미끼를 자처해 완전히 삼켜지기를 바랐던 아가리, 소설이라고 굳게 믿었던 그 아가리는 현실이었다. 지금도 나를 삼키고 있다. 그 속에서 자꾸만 네가 떠오른다. 네 목소리가 귓전을 간질인다. 허나 못들은 척 고개를 돌린다. 너에게만큼은 비겁하고 야비한 사람이고 싶지 않다.

이곳은 카톨릭서울성모병원, 소아암센터. 스무 살의 나, 너를 발견한다. 접수대에서 간호사를 기다리던 나를 향해 반대편 복도에서 휠체어를 타고 다가온다. 작은 휠체어에 앉은 여위고 파리한 얼굴의 어린아이가 바로 너, 고개를 가눌 힘조차 없는지 시선은 바닥으로 향해있다. 얇은 팔뚝에 꽂힌 굵은 바늘로 스며드는 수액만큼 죽어가던 너, 머리카락 없는 머리를 감추기 위해 쓴 털모자가 모습을 더욱 애처롭게 만든다.

네가 앉은 휠체어를 밀던 간호사, 하필 내 옆에서 멈춰 선다. 그리고는 접수대 안으로 들어가 차트를 뒤진다. 갑자기 무겁게 흘러가는 시간, 나는 너를 곁눈질한다. 불필요한 동정, 가엾다고 고개를 가로젓는다. 그때 너는 힘겹게 고개를 들어 나를 바라본다. 창백한 얼굴을 가린 마스크가 들썩인다. 숨을 내쉬는 때문이 아니라는 사실을 알아차린다. 허나 귀를 기울여도 목소리는 들리지 않는다. 너는 그만큼 허약하다. 그새 업무를 마쳤는지 간호사는 네가 앉은 휠체어를 외부인의 접근이 차단된 격리병동으로 밀고 간다. 나는 멀어지는 너를 바라보고 너는 그런 나를 돌아본다. 털모자와 마스크에 가려진 틈으로 겨우 드러난 눈이 나를 부른다.

며칠을 너의 눈과 씨름한다.

이곳은 카톨릭서울성모병원, 소아암센터. 수간호사를 찾는다. 통통한 얼굴이 모질지 않은 사람인 것 같아 조금 안심이다. 허나 설명은 간결하지 못하고 장황하게 늘어진다. 너를 만나야겠다는 말에 수간호사는 고개를 가로젓는다. 원칙, 보호자의 동의 없이는 생명을 위협받는 너와의 면회는 결코 허락될 수 없다고 잘라 말한다. 그런 뒤 몰래 보호자의 연락처를 알려주며 반드시 허락을 받아오라며 나를 돕는다. 그때 수간호사의 눈은 거짓말을 하지 않는다. 너는 외로운 아이라고 말한다.

병원에서 백오십 킬로미터가 떨어진 곳에서 파출부와 식당 종업원으로 살아야 했던 그녀를 만난다. 당신의 아픈 딸과 만나고 싶다고 허락을 구하던 정장을 차려입고 손에 오렌지주스를 들고 있던 내 앞에서 눈물을 흘리던 그녀, 자신이 부덕해 배에서부터 아픈 병을 줬다고 자책하며 가슴을 때린다. 나는 어떤 위로도 하지 못한다.

너와의 만남, 그때까지 지독한 긴장감에 시달린다. 선명하게 기억되는 너의 눈, 그 눈을 바라보며 내게 무슨 말을 하려고 하지 않았냐고 묻고 싶다. 만약 그렇다면 어떤 말이라도 기꺼이 들어주고 싶다.

너에게 인형이라도 안기고 싶어 인형을 파는 상점을 찾는다. 잡다한 인형들이 사방 공간을 꽉 채운 채 방긋 웃고 있다. 곧 종업원이 웃는 얼굴로 찾는 것이 있냐고 물으며 다가온다. 나는 피, 피카츄라고 말을 더듬는다. 허나 종업원은 피카츄는 가져오지 않고 요즘에는 케로로가 최고라고 말하며 몇 마리의 개구리인형을 가리킨다. 케로로 기로로 쿠르르 도로로 타마마, 나는 말없이 개구리인형을 살핀다. 그렇게 선택한 개구리의 이름은 타마마, 퍼런 몸에 모자를 쓴, 아직 개구리가 되지 못해 꼬리가 남아있는 반만 개구리. 부디 네가 좋아하기를 바란다.

팔백구 호, 병실의 미닫이문을 열자 여덟 개의 침대에 눕거나 앉아 있던 아이들이 동시에 나를 쳐다본다. 유난히도 환한 병실 속 아이들의 연약함은 금방이라도 빛 속으로 스며들 것처럼 위태롭다. 나를 발견한 너의 얼굴은 놀라 어두워진다. 급히 외면하며 시선을 피한다. 너는 말이 없다. 어렵사리, 우여곡절 끝에 대면한 순간이었지만 선물로 건넨 개구리인형조차 쳐다보지 않는다. 너를 만나기 위한 노력은 모두 괜한 것이었을까, 걱정스럽다.

용기를 낸 인사, 너는 반응이 없다. 결국 말을 잃는다. 침대에 엉덩이를 걸치고 앉아 묵묵히 시간을 죽낸다. 몸이 아픈 네게는 고문일지도 모를 시간이 천천히 흘러간다. 곧 면회시간의 끝을 알리는 간호사의 얼굴이 슬쩍 문을 열었다가 사라진다. 나는 식은땀에 흠뻑 젖은 채 무기력하게 몸을 일으킨다. 너의 침대에서 몇 걸음을 옮기자 미닫이문에 닿는다. 지금 이 문을 열고 나간다면 오랜 시간 너의 눈을 잊지 못할 것을 예감한다. 허나 그것 말고는 할 수 있는 게 없다. 애써 미소 지은 얼굴로 너를 돌아본다. 마지막 작별을 하려는 마음이다. 너도 나를 바라본다. 그 눈은 뭔가를 말하고 있다. 허나 어떤 목소리도 들리지 않는다. 잘 있으라는 싱거운 말조차 남기지 못하고 그대로 병실을 빠져나온다. 그런 나를 배웅하는 수간호사의 목소리가 밝다. 네가 울지 않은 것만으로도 만남은 성공이었다고 말한다. 수간호사의 말은 조금도 위로가 되지 않고 곱게 부서진다.

또다시 너의 눈과 씨름한다.

나를 보고 깜짝 놀라는 네게 미안한 마음을 느낀다. 얼굴이 잔뜩 붉어진다. 분명히 비장한 마음이었지만 첫 만남과 다를 게 없이 묵묵히 시간을 축내며 식은땀에 젖는다. 곧 면회시간의 끝을 알리는 간호사의 얼굴이 슬쩍 문을 열었다가 사라진다. 나는 미닫이문을 마주본 채 숨을 고른다. 그리고는 애써 미소 지은 얼굴로 너를 돌아본다. 정말 마지막이라는 심정으로 묻는다. 내게 할 말이 없냐고. 너는 기어이 고개를 떨어뜨리고야 만다. 그래서 내 마음도 쿵 내려앉는다. 그때 너는 천천한 동작으로 침대 한편에 오도카니 앉아있던 개구리인형을 끌어안는다. 개구리인형의 귀에다 대고 속삭인다.

저를 다시 찾아와 주세요.

가엾은 너, 오늘도 내일도 내가 찾아와주기를 바라던 너, 외로운 너, 내가 선물한 개구리인형을 항상 껴안고 있다는 간호사의 말은 마음에 아팠을까, 흐뭇했을까.

소아백혈병, 정확히는 급성 골수성 백혈병. 너는 급성 림프모구 백혈병이 아닌 급성 골수성 백혈병을 앓고 있다. 순전히 운이 나빠 걸린다는 병, 마음이 도려내지는 아픈 병, 그런 병이 하필이면 너에게 왔는지, 네가 아닌 다른 누구에게 갔다면 마음은 조금이라도 가벼웠을까, 고민하지만 답은 없다.

세 번째 만남에서 너는 말을 잘한다. 쑥스러움도 없이 웃는 얼굴이 예쁘다. 방긋 웃으며 나를 올려다본다. 창백한 피부색이 검고 입술의 핏기조차 회색빛으로 물든 너에게서 처음으로 생기를 느낀다.

햇볕에 잘 익은 민들레, 바람에 흔들리며 곧 날아갈 것만 같은 씨앗을 겨우 붙든 민들레처럼 가냘픈 너는 그렇게 살그머니 내 마음으로 들어온다. 내 마음도 너를 사랑으로 담는다.

너와의 만남을 도왔던 수간호사, 살집 도톰한 손으로 입을 가리며 웃는 얼굴이 푸근하다. 좁고 기다란 복도의 끝, 자판기에서 뽑은 종이컵에 담긴 커피를 내게 내밀며 말한다.

"저는 간호학을 전공하던 학생 시절 가관식을 마친 뒤 이곳으로 수습을 나오게 됐습니다. 그때는 여리고 작은 아이들에게 내려진 병이 얼마나 마음에 아픈지 참 많이도 울었습니다. 도무지 이토록 고통스러운 병이 무고한 아이들을 괴롭히는 이유를 찾을 수 없었습니다. 그런 저는 이곳 소아암 병동의 정식 간호사가 됐습니다. 지금 수간호사가 되기까지 삼십 년이 넘는 시간이 흘렀습니다. 그 긴 세월 셀 수 없이 많은 아이들의 웃음과 눈물을 목격하며 가장 가슴이 아플 때가 언제였는지 혹시 짐작할 수 있겠습니까?"

나는 대답하지 못한다. 수간호사의 물음에 불쑥 죽음이라는 단어가 떠오른다. 단어가 아닌 죽음 그 자체, 그 속에서 까르르 웃고 있는 네가 바라보인다. 그래서 혼란스러운 마음을 추스를 수가 없던 나와는 달리 수간호사는 평온하게 말을 잇는다.

"아마도 죽음을 떠올렸을 겁니다. 누구나 죽음을 답으로 떠올립니다. 죽음은 그 자체로 너무나 커다란 비극이니까요. 허나 그보다 가슴이 아플 때가 언제냐면 아이들이 자신의 병 때문에 사랑하는 가족이 슬퍼하고 괴로워함을 깨닫는 순간입니다. 그런 순간을 지나면 아무리 고통스러운 치료에 까무러치다가도 애써 웃으며 눈물을 닦습니다. 괜찮다고, 자신은 괜찮다고 가족의 눈물이 그치도록 애를 씁니다. 저는 아이들이 철이 들 때가 가장 마음이 아팠습니다."

나는 입술을 굳게 다문다. 침묵만이 무고한 아픔을 건드리지 않는다는 사실을 직감한다. 수간호사는 담담히 말을 잇는다.

"소아백혈병은 성인백혈병보다 완치율과 예후가 훨씬 좋습니다. 어린아이의 골수는 왕성하게 자라나기에 건강한 골수를 이식받으면 정착도가 높고 부작용이 덜합니다. 현대의학이 눈부시게 발달했지만 아직까지 영희가 앓는 급성 골수성 백혈병은 골수이식 외에는 완치방법이 없습니다. 그럼에도 영희는 골수이식조차 받을 수 없습니다. 그래서 더욱 안타까웠습니다."

나는 화들짝 놀라 수간호사를 쳐다본다. 너는 골수이식조차 받을 수 없다는 그 말에 눈앞이 암담해진다. 너는 왜 골수이식조차 받을 수 없냐고 묻는다. 수간호사, 대답은 하지 않고 나를 빤히 바라본다. 힐책하는 눈과 힐난하는 목소리를 견딘다. 돈이 없어 골수이식조차 받을 수 없다는 현실이 너무도 비참하다.

나는 거친 숨을 몰아쉬며 담당 의사를 대면한다. 이 년간 착실히 부은 적금을 되찾은 돈 이천칠백만 원과 급히 융통한 돈 천만 원을 가슴에 담고 있다. 그 돈에는 놀라운 힘이 깃들어있었는지 너는 단번에 골수이식 대기자 명단에 오른다. 날짜가 정해지지 않은 수술도 예약된다. 그럼에도 담당 의사의 얼굴은 어둡다. 간헐적인 한숨의 이유를 알고 있다. 네 앞으로 지불한 돈을 언젠가는 후회할 거라는, 그 때문에 내가 불행해질 거라는 한숨이다. 만약 사실이라도 상관없다. 돈이 없어 죽음에게 붙들린 너를 내버려둘 수 없다.

234

병원에서 백오십 킬로미터가 떨어진 곳에서 파출부와 식당 종업원으로 살아야 했던 그녀를 다시 마주한다. 착잡한 마음은 어떻게 말을 꺼내야할지 몰라 당혹스럽다. 혹시나 내 독단적인 결정이 형편이 어려운, 그 때문에 매 순간 치가 떨렸을 그녀에게 상처가 될까 걱정스럽다.

그녀가 일하는 식당에서 식사를 대접받는 마음이 불편하다. 슬픔이 깃든 얼굴에 때가 찌든 앞치마를 벗지 못하는 그녀, 자신은 먹지 않고 내게만 우거지해장국을 먹인다. 마주앉은 내게서 아픈 딸이 보이는지 벌써 우는 얼굴이다. 아니, 울고 있다. 대접이 변변치 못해 죄송하다고, 이거라고 많이 드셨으면 좋겠다고 고개를 조아리는 그녀를 앞에 두고도 반밖에 비우지 못한다. 우거지해장국의 값이 그녀의 월급에서 제해지는 걸까, 밥이 들어가지 않는다. 천천히 수저를 내려놓고 어려운 말을 꺼낸다. 드릴 말씀이 있어 이렇게 찾아왔다고 말하며 눈치를 살핀다. 그녀는 먹먹한 눈으로 나를 바라본다. 그 먹먹한 눈이 괴로움의 크기를 늘린다.

"먼저 죄송하다는 말씀을 드리고 싶습니다. 제가 상의도 없이 영희를 골수이식 대기자 명단에 올렸습니다. 미리 말씀드리지 못해 죄송합니다."

그녀에게 비참했을 현실을 꼬집는 마음이 아프다. 그녀도 마음이 아픈지 고개를 떨어뜨리고는 굵은 눈물을 뚝뚝 떨어뜨린다. 나는 변명을 하는 것처럼 그녀를 달래본다. 허나 세상 무엇도 그녀를 달랠 수 없다.

"골수가 준비되면 수술에 들어가도록 조치해 뒀습니다. 수간호사님께서 그러시더라고요. 영희의 병은 골수이식을 받지 않으면 나을 수가 없다고요. 그래서 그렇게 했습니다. 제 멋대로 결정하고 이렇게 통보하듯 말씀드림을 용서해주십시오."

그녀는 힘없는 목소리로 말한다. 마치 혼잣말을 하는 것처럼 스스로에게 말한다.

"수술을 하려면 돈이 필요할 텐데요"

비참했을 현실이, 겨우 감추고 외면할 수 있었을 현실이 슬픔에 찌든 그녀의 눈물을 값으로 짜낸다. 눈물을 흘리며 때에 찌든 앞치마를 움켜쥔 그녀를 위로할 방법을 나는 모른다. 그래서 외면한다.

나는 그녀가 아닌 허공을 바라보며 나직이 말한다.

"수술비는 제가 지불했습니다. 이제 영희가 수술을 받고 건강해지는 날을 기다리는 일만 남았습니다."

그녀는 화들짝 놀라 눈물이 흐르는 얼굴로 나를 바라본다. 그리고는 무릎을 꿇고 머리를 조아린다. 감사하다고, 감사하다고, 이 은혜를 어찌 갚았으면 좋겠냐고 묻는다. 그런 그녀를 말릴 정신도 없이 돌아가는 버스 안에서 깨어난다. 뭐가 그리 슬픈지 그때까지 울고 있다. 고개를 가로저어도 진득한 슬픔은 털어지지 않는다.

너는 골수이식을 받게 됐다는 소식을 듣고는 더할 나위가 없이 기뻐한다. 환한 웃음, 골수이식만이 유일하게 죽음을 피할 수 있는 방법임을 알고 있었는지, 알고 있었지만 모르는 척했는지, 어쩌면 돈이 없어 죽어야만 한다는 사실도 알고 있었는지, 그런 비극을 모르는 척 묵묵히 감췄다는 사실이 지금 기뻐하는 모습에서 드러난다. 그 무서운 수술을, 소풍을 기다리는 것처럼 설레며 기다린다.

그런 너를 살리고 싶다. 그런 네가 살았으면 싶다. 내 의지로 살고 죽는 게 아니지만 골수이식만 받으면 살 것만 같다. 그런 믿음을 조금도 의심치 않는다.

너의 수술 날짜를 알리는 수간호사의 얼굴은 한구석도 불안하지 않다. 그런 수간호사가 병실을 빠져나가기 전까지 너는 밝은 얼굴이다. 허나 마음에 서리는 두려움은 감춰지지 않는다. 그런 너를 위로해줄 말이 떠오르지 않는다. 어떤 말도 위로가 될 수 없다.

너는 수술을 이틀 앞두고 갑자기 눈물을 흘린다. 그 눈물이 이해되지 않는 것도 아니면서 놀란 나는 우는 이유만 물으며 달래느라 애를 먹는다. 너는 훌쩍이며 소원이 있다고, 수술을 받기 전

에 소원이 있다고 말한다. 그때 나는 뭐든지 이뤄줄 수 있다는 것
처럼 말만하라며 호기를 부린다. 너는 그제야 설핏 웃는다. 내 귓
가에 속삭인다.

업어주세요.

나는 다급함에 졸아든 가슴을 안고 급히 담당 의사를 찾는다.
너를 업어줘도 괜찮겠냐고 묻는다. 대답을 망설이는 담당 의사를
아주 간절한 눈으로 바라본다. 담당 의사는 외출을 허락하지 않는
다. 대신 복도를 걷는 정도는 괜찮겠다고 말한다. 절대로 무리해
서는 안 된다는 당부도 잊지 않는다.

너는 깃털처럼 가볍다. 내게 엎어진 가벼움은 금방이라도 사라
질 것만 같다. 그런 불안감이 마음을 예리한 송곳처럼 찌른다. 말
없이 병실 복도를 걸으며 나는 네 덕에 어른이 된 것만 같은 기분
이다. 너는 궁금한 게 있다고 묻는다.

천사는 누가 되는 거예요?

너의 물음은 뜻밖이었고 어쩐지 불안하다. 정답을 알지 못했지
만 대답을 기다리는 너를 위해 입술을 뗀다. 천사는 너처럼 착하

고 예쁜 아이가 하늘나라에서 되는 거라고 대답한다. 너는 고개를 끄덕이더니 다시 묻는다.

하늘나라에서도 서로를 알아볼 수 있나요?

너의 물음은 엉뚱하지만 진지하다. 동시에 불편하고 불길하다. 의도를 짐작할 수 없어 더욱 그렇다. 나는 고민 끝에 하늘나라에서도 서로를 알아 볼 수 있다고 대답한다. 너는 대답이 마음에 들었는지 까르르 웃으며 다리를 동동 구르기까지 한다.

너는 다시 한번 소원이 있다고 말한다. 밝은 얼굴로, 밝은 목소리로 내가 거부할 수 없도록 강요한다. 소원이 뭐냐고, 무엇이든 들어주겠다고 슬픈 마음으로 대답한다. 너는 내가 무엇이라도 들어줄 것을 알면서도 정말로 들어줄 거냐고 다시 한번 확인한다.

그 순간 나는 왜 불안했던가.

너는 또박또박 분명하게 말한다. 만약 하늘나라에서 천사가 된다면 가장 잘 보이는 곳에서 나를 기다릴 거라고, 그런 자신을 만난다면 꼭 아는 척 해달라고, 하늘나라에서도 지금처럼 업어달라고 말한다. 그럼 너무 행복할 거예요, 라는 너의 목소리가 내게는 가슴을 찢는 통증으로 담겨진다.

나는 대답하지 못한다. 질끈 감은 눈에서 눈물이 흘러내린다. 입술을 깨물고 버텨보지만 흐느낌은 잔인하게 새어나온다. 너에게 들키고 싶지 않다. 이틀 뒤 수술을 받는 너에게 눈물을 보이고 싶지 않다. 결코 어떤 불길한 증조 하나라도 네게 닿아서는 안 된다. 허나 나를 끌어안은 세상에서 가장 연약한 존재는 결코 현실을 부정하지 않는다.

꼭 아는 척 해주세요.

더 이상 눈물을 감출 수가 없다. 담담한 너의 목소리가 너무도 가슴 아파 마치 찢기는 것 같다. 왜! 그런 말을 하니? 왜! 하늘에서 만나자고 해? 오늘도 내일도 날마다 만나면 되잖아, 라고 소리친다. 그래서는 안됐지만 화를 내고 있다. 그런 내가 무섭지도 않은지 너는 눈물로 범벅이 된 내 얼굴을 빠끔히 내다보고는 슬며시 웃는다. 등에 얼굴을 파묻고는 손가락으로 간질인다.

하늘나라에서도 이렇게 업어주세요.

나는 더는 버틸 힘을 잃고 엉엉 울어버린다. 죽음을, 죽음 이후를 생각하고 있는 네가 가엾고 또 그런 현실이 가슴 아파 운다.

하늘에서 만나자는 약속을 내가 지킬 수 있을까.

나는 끝까지 저항한다. 나는 천사가 되지 못할 거라고 말하며 너에게서 죽음을 분리한다. 죽음을 떠올리고 싶지 않다. 그런 내 마음을 모르는지 너는 발을 동동 구르며 떼를 쓴다. 허나 나도 져 줄 마음이 없다. 나는 못나고 심술이 궂어서 천사가 될 수 없다고 말한다. 천사가 된다고 해도 등에 날개가 돋아나 업어주고 싶어 도 그럴 수 없다고 말한다. 말한 뒤 후회한다. 네가 실망했을까 두 렵다.

등에 날개가 달리면요, 우리 손을 잡고 날아다녀요. 그럼 너무 행복할 거예요.

만약 너의 이야기가 소설이라면, 내가 지어낸 이야기에 불과하 다면 결말은 어땠을까. 너는 병이 낫고 예쁘게 자라 행복하게 살 았다고, 그렇게 마침표를 찍었을까. 아니면 내 죽음도 또 누구의 죽음도 아니기에 너를 죽이고 슬픈 여운을 남겼을까. 또 어떤 경 우의 수가 있을까.

현실은 소설을 읽고 덮는 것처럼 같잖게 결말지을 수 없다.

너는 골수이식을 받은 뒤 건강하게 몸을 회복한다. 기적처럼, 정말로 기적처럼 검은 머리카락이 길어 귀를 덮고 얼굴에는 혈색이 돈다. 사랑스럽게 웃는 얼굴은 더 이상 아픈 치료 때문에 일그러지지 않아도 괜찮다. 행복하다며 웃는 너는 봄의 햇살 속에 핀 꽃처럼 예쁘다. 정말로 예쁘다.

그러나 꽃이 지는 것도 이렇게 갑작스러운지 어떤 새벽, 너의 죽음을 알리는 전화를 받아야 했던 나는 더 이상 할 수 있는 게 없어진다. 새벽에 울린 전화 한 통으로 모든 게 끝이 났지만 하늘에서 만나자던 그 약속에 손가락을 걸어주지 못한 스무 살의 나는 소설을 쓰고 있는 스물일곱 살이 돼서도 마음이 아파 눈물을 흘린다. 또 가슴에 묻어야 할 너와의 시간을 소설에, 소설로 써버리는 간사한 소설가가 됐다. 너에게만큼은 비겁한 사람이고 싶지 않았는데, 마음속에 돋친 가시뭉치를 꺼내 글 위에 옮긴다. 허나 마음속 빈 공간에는 더 두껍고 날카로운 가시가 돋아난다.

글쓰기는 돋아나는 가시를 누군가의 마음에 들쑤시는, 그래서 내 마음에도 아픈 상처가 드러나는 것이다.

밤, 버스는 여전히 묵묵한 어둠 속을 달리고 있다. 눈을 감은 채 잠잠하게 가라앉은 기분을 느낀다. 휩쓸리고 싶지 않다. 거대한 아가리는 여전히 나를 삼키려고 곁에서 도사리고 있다. 자꾸만 네가 떠오른다. 네 목소리가 귀를 간질인다. 허나 여전히 못들은 척 고개를 돌리고 외면한다. 계속 눈물이 흘러내린다. 나는 이토록 비겁한 사람이 됐다고 솔직하게 말해주고 싶다. 나는 이만큼 무기력한 사람이라고.

밤하늘을 올려다본다. 달은 어디로 숨었는지 보이지 않는다. 네게 하고픈 말은 더 떠오르지 않는다. 대신 묻고 싶다. 혹시 나는 네게도 상처를 줬냐고, 그래서 너도 상처를 받았냐고. 갑자기 울음이 터져 나온다. 서러운 흐느낌이 아픈 마음을 토해내려고 한다.

나는 누구에게도 상처를 주고 싶지 않았다고, 그러나 내게 돋아난 가시가 날카로워 너희들이 다칠 수밖에 없었다고, 이번만큼은 알량한 변명이 아니라고…….

내게서 돋아난 가시가 바라보인다. 누군가의 가슴을 꿰뚫은 채 핏방울을 매달고 있다. 나는 겁에 질려 바들바들 몸을 떤다. 내가 찌른 게 아니라고, 나는 이 가시를 처음 본다고 말하려는 목소리가 나오지 않는다. 허나 가시는 내 손에 쥐어져 있다. 움켜쥔 손은 가시를 놓지 못한다. 가시는 내 가슴마저 꿰뚫고 있다. 그제야 가시에 꿰뚫린 누군가가 올바로 바라보인다. 내가 사랑한 사람들, 나를 사랑해준 사람들이 가시에 꿰뚫린 채 나를 바라보고 있다.

미안해,

나는 한없이 무기력해지는 그런 미안함을 느낀다. 거짓말처럼 눈물이 멎는다.

버스가 멈춰서고 조심스러운 마음으로 내려선다. 멀리로 금성산의 낙타봉이 낮게, 그러나 하늘을 가린 채 솟아있다. 노안남초등학교라는 이름을 가진 정류장을 잠깐 바라보고는 슬쩍 걸음을 옮긴다. 구름을 밟는 것처럼 조심스러운 발걸음, 희미한 미소가 떠오른다. 내 감정과는 별개의 기분이 겉을 휘감는다. 어쩌면 이리도 변한 것이 없는지 놀라운 마음, 작은 운동장을 가로지르며 과거의 시간으로 스며드는 의식을 겨우 붙든다.

길은 쭉 뻗더니 금방 구불구불 이어진다. 구불구불 이어지는 것으로도 모자라 오르막과 내리막을 반복한다. 여름, 새파란 배경이 익숙하게 펼쳐진다. 그 속에서 내 시간만 흘러간 것 같은 기분을 느낀다. 변한 것이 없는 길을 걸으며 모든 것이 흐릿하게 지워졌다는 사실을 깨닫는다. 변한 것이 없다는 믿음은 착각에 불과하다.

멀리 산등성이로 심어진 몇 그루의 소나무가 바람에 흔들리고 있다. 처량한 광경을 바라보며 발걸음을 옮기자 어느새 차내 마을에 닿는다. 적적하고 고요한 마을은 나를 쉽게 놓아준다. 초록을 새까맣게 물들인 벼는 네모반듯한 무리를 이루고 있다. 아직 알곡을 달지 않은 채 내리쬐는 햇볕을 모조리 삼키는 것처럼 생동감을 뽐낸다. 곧 억새를 두른 저수지와 추수철을 기다리는 방앗간이 조용히 숨을 죽인 채 나타난다.

길은 곧게 뻗지 못하고 굽이돌며 걸음을 더욱 멀게 한다. 그리고 내동 마을에 닿는다. 모든 마을의 끝, 드넓은 대지와 경계하고 있다. 길은 숲과 산으로 이어지며 끝에 닿는다. 야트막한 산을 오르는 걸음이 힘겹다. 잠깐 동안 나를 휩쌌던 별개의 감정이 사라지며 진짜 내 감정이 드러난다.

내 감정, 그늘이 컴컴하게 드리운 것처럼 어둡다. 그만큼 우울하고 슬프다. 그보다 더 아프고 괴롭다.

나는 걸음을 멈추고 가쁜 숨을 몰아쉰다. 털썩 주저앉고 싶지만 얼굴에 흥건한 땀을 훔치며 우두커니 견딘다. 슬쩍 올려다본 하늘,

쨍쨍하게 내리쬐는 태양이 중간쯤 머물러있다. 여름, 더위가 매섭다. 그럼에도 마음은 급격히 얼어붙는다. 사나운 냉기가 사방에서 뿜어지며 모든 것을 얼려버린다.

난쟁아,

나는 난쟁이를 불러본다. 난쟁아, 그 짧은 부름은 차갑게 얼어붙은 마음을 산산이 깨뜨리고야 만다. 난쟁이의 앞에서는 울지 않겠다고 수차례 다짐했지만 아무런 효용도 없이 흐느낌이 새어나온다.

난쟁아,

다시 난쟁이를 불러본다. 그런 순간 난쟁이가 없다는 사실이 깨달아진다. 지금 부르는 난쟁이는 세상 어디에도 없다. 그런 난쟁이의 이름을 되찾아줘야 한다. 더 이상 누구도 난쟁이라고 불러서는 안 된다. 서글픔이 치솟지만 그저 눈물만 쥐어짤 뿐 의식에는 간섭하지 못한다.

난쟁이의 이름은 고은, 곱고 예쁜 그 이름.

나는 고은이 누나를 불러본다. 누나, 그 짧은 부름은 차갑게 얼어붙은 마음을 따스하게 녹여버린다. 그런데 그런 변화가 어쩌면 이리도 슬픈지 흐느낌은 더욱 거칠어진다.

고은이 누나,

나는 목 놓아 고은이 누나를 불러본다. 작은 무덤, 그 속에 누워 있을 내가 사랑했던 그녀를 그리워하며 목 놓아 불러본다.

그런 나는 꽃 한 송이 사오지 않았다.

나는 풀밭 위에 드러누워 하늘을 올려다본다. 무기력한 몸은 금방이라도 땅속으로 꺼져버릴 것만 같다. 그래도 괜찮다고 생각한다. 마음은 고요히 흘러가는 구름을 따라 시간을 거슬러 올라간다. 어떤 순간에 멈춰 선다.

상처가 되는 순간,

고은이 누나는 나를 앞에 놓고 진지한 얼굴이다. 자신의 사랑을 고백하고 싶다고 말한다. 나는 고개를 가로젓는다. 결단코 그 누구도 받아주지 않을 거라는 사실을 알고 있다. 그래서 사실을 알려준다. 사실은 사실이라는 마음, 허나 사실일지언정 진실은 아닐 수 있음을 깨닫는다. 분명하게 드러난 거짓을 서로가 같은 크기와 빛깔로 인지한다면 그 역시도 진실이다. 그때 빤한 거짓이라도 간절했던 아픈 마음을 위로해주지 못한 내가 후회스럽다. 괴로움을 덜어 주거나 달래 줄 수 있었는데, 그러지 못한 내가 원망스럽다.

나는 울부짖는다. 몸을 뒤틀며 가슴을 쥐어뜯는다. 가슴에 돋아난 가시가 거센 통증을 일으킨다. 내가 누군가에게 상처를 줬던 방식 그대로, 너무도 간단하게 고통을 안긴다. 아, 삶은 이토록 괴로워야만 하는지……, 이렇게 견뎌야만 하는지……, 묻고 싶지만 누구도 대답할 수 없다.

짧은 오르막길이 가파르게 이어진다. 왼편으로 감나무와 오른편으로 무궁화나무가 여전히 그 자리를 지키고 있다. 커다랗게 키가 자랐지만 나무에게도 저마다 견디는 세월이 있는지 외로워 보인다. 그때 박하의 향기가 알싸하게 풍겨온다. 그 냄새가 마치 과거의 향수처럼 기억된다. 늘 맡아졌던 냄새, 여전히 잊히지 않았다.

오르막길의 끝에서 왼쪽을 바라본다. 평지길이 곧게 뻗어있다. 고작 열 걸음, 대문이 있던 곳에 수북하게 수풀이 우거져있다. 발걸음을 내딛는 길에서 화석처럼 남아있는 어린아이의 발자국을 발견한다. 그 곁으로 백구의 가지런한 발자국이 남아있다.

그때의 시간이 오늘처럼 바라보인다.

아이는 바가지에 물을 담아오느라 온몸이 젖어있다. 바가지에 담긴 물은 걸음마다 쏟아지며 아이의 옷을 젖게 한다. 아버지는 삽을 들고 모래와 횟가루를 짓이기며 물을 부을 것을 신호한다. 아이는 요령껏 바가지에 담긴 물을 반죽 위에 붓는다. 그래서 적당한 찰기를 지니게 된 반죽이 시골, 작은 집으로 이어지는 흙길 위에 부어진다. 기다란 나무로 틀을 만들어 가둔 안에 반죽은 조금씩, 그러나 금방 차오른다.

아이는 반죽이 마를 때까지 길을 돌아서 다녀야 한다. 앞으로 열흘, 그러나 며칠을 남겨둔 깊은 밤, 자정이 가까운 시간에 아버지는 아이에게 심부름을 시킨다. 가로등도 없이 어두운 대나무숲을 지나 논에 물이 얼마나 찼는지를 보고 오라고 한다. 열 살, 겁이 많은 아이는 은행나무 곁에서 대나무숲을 바라본다. 새까만 어둠이 당장에라도 삼켜버리겠다고 으르는 것 같다. 겁을 집어먹자 대나무숲으로 나아갈 용기를 잃는다. 아이는 아직 굳지 않은 반죽 위에 슬쩍 발을 얹어본다. 단단하게 말라있는 바닥, 허나 몇 걸음을 내딛자 푹푹 꺼지기 시작한다. 되돌아갈 수도 없는 진퇴양난, 그런 아이를 뒤따랐던 백구는 벌써 길을 지나 멀리에서 기다리고 있다. 다음날, 아이는 반죽에 발자국을 냈다고 호되게 매타작을 당한다. 억울한 매타작을 그저 견딘다.

날 때릴 거야? 그럼 때려.

앞을 가로막은 벽을 바라본다. 더 이상 앞으로 나아갈 수 없다. 시골, 작은 집은 오랜 세월 그저 방치됐는지 잡목들이 자라나 창살을 만들고 가시달린 수풀이 그 속을 채우고 있다. 대문이 있던 자리를 벽처럼 가린 채 걸음을 허락하지 않는다. 정말로 벽처럼 느껴지게 해 엄두를 사라지게 한다.

우두커니, 너머로 바라보이는 시골, 작은 집을 살핀다. 왜인지 발걸음을 돌리고 싶지 않다. 늘 도망치기 바빴던 비겁한 습성에서 이번만큼은 예외이고 싶다. 손을 뻗어 벽을 밀어본다. 앞을 가로막은 벽이 아닌 마음이 맞닥뜨린 커다랗고 두꺼운 벽을 밀어본다. 날카로움이 나를 덮친다. 각처에서 할퀴고 깨물며 이유도 없이 고통을 안긴다. 마치 나를 삼키려는 아가리처럼, 그러나 너 역시도 이빨이 없는지 작은 생채기밖에 남기지 못한다. 쓰라리고 피가 흐르지만 모두 견딜 수 있다.

시골, 작은 집을 마주한다. 오랜 세월이 무겁게 내려앉아 그 무게에 서서히 허물어지고 있다. 처마는 군데군데 쏟아지고 기둥은 기울었다. 토방은 곳곳에 금이 가고 모서리가 깨져있다. 온통 낡고 삭아 위태로움이 도사린다.

그때 시간은 허물어지는 시골, 작은 집을 고쳐준다. 잡목과 수풀은 아예 없던 것으로 사라지고 감나무와 자두나무는 쏟은 열매와 이파리를 고스란히 주워 담으며 어려진다. 과거를 향해 내달리던 시간은 더는 물러나지 않고 멈춰 선다. 다시 보통의 속도로 나아가지 시작한다.

얼굴이 희고 작은 입술이 붉은 아이, 마루에 누워 새근새근 잠을 자고 있다. 내쉬는 숨결마다 작은 가슴이 들썩인다. 물끄러미, 그 모습을 바라보며 점점 나를 잊는다. 감각은 마비되고 의식은 흐려진다. 시간의 흐름마저 무뎌진다.

그때 멀리에서 낯익은 발소리가 들려온다. 걸음을 느릿하게 옮기며 발을 길게 끄는 발소리가 조금씩 가까워진다. 그렇다고 믿어진다. 그러자 어떤 위기감에 휩싸인다. 어떤 불안감에 휩싸인다. 어떤 공포감에 휩싸인다. 얼른 아이를 돌아보지만 보이지 않는다. 방금 전까지 마루에 누워 새근새근 잠을 자던 아이가 보이지 않는다. 마루와 토방과 마당을 살피지만 어디에도 없다.

그사이 가까워진 발걸음은 대문 앞에 멈춰 선다. 커다란 몸뚱이가 대문에 부딪히며 우당탕 소란을 일으킨다. 대문의 경첩을 부수듯이 밀고 들어온 사람은 아버지……, 커다랗고 무서운 아버지가 자신의 몸조차 가누지 못한 채 비틀비틀 서있다. 신발을 신지 않은 발에는 상처가 많고 진물과 피가 흐르고 있다. 그 상처투성이 발바닥은 힘겹게 땅바닥을 내쓸며 걸음을 옮긴다. 마당과 토방을 지나 마루를 딛고 올라선다. 그리고는 기우뚱 중심을 잃고 꼬꾸라진다. 머리가 마루에 부딪히며 퍽, 커다란 충격음을 낸다.

그때 안방의 문이 살며시 열린다. 열린 문틈으로 아이가 얼굴을 내민다. 잔뜩 겁에 질려 핏기가 사라진 얼굴, 벌벌 떨며 쓰러진 아버지의 곁으로 다가가 앉는다. 그런 아이의 부축을 받아 몸을 일으킨 아버지는 위태롭게 비틀거리며 안방으로 들어간다. 곧 둔탁하게 부딪히는 충격음이 커다랗게 들려온다. 아이의 마음이 너무도 아프다.

초여름, 아버지는 냉랭한 방바닥에 누워 잠들어 있다. 같은 방한편에서 양반다리를 하고 앉아있는 얼굴이 희고 작은 입술이 붉은 아이, 파리의 똥이 잔뜩 말라붙은 밥솥을 멍하니 바라본다. 방안을 가득 채운 고약한 냄새, 술에 취한 아버지의 버거운 채취를 견디며 아버지가 잠에서 깨지 않기를 간절히 바란다. 그러나 그런 마음은 언제나 산산이 부서져야만 하는지 아버지는 커다란 주먹으로 방바닥을 내리친다. 둔탁한 소리가 일지만 주먹이 아프지도 않는지 아버지는 여전히 잠 속, 이를 갈며 험한 꿈을 겉으로 내색한다.

"수울-."

아버지는 잠꼬대를 하는 것처럼 수울- 을 찾는다. 대바늘처럼 두껍고 뻣뻣한 수염에 뒤덮인 입술이 수울- 을 찾는다. 아이는 놀란 눈으로 아버지를 바라보며 잠에서 깨어났는지를 가늠하느라 어떤 반응도 보이지 못한다. 아버지의 푹 꺼진 눈동자가 슬그머니 아이를 쳐다본다. 응시, 불을 머금은 눈동자가 너무도 매섭다.

"술!"

아버지, 이제는 수울- 하지 않고 술! 이라고 고함치며 분명하게 재촉한다. 아이는 재빨리 일어나 부엌으로 종종걸음을 친다. 속을 텅텅 비운 소주 됫병들이 잔뜩 널브러진 사이를 뒤져 내용물이 담긴 병을 찾아 품에 안아들고 대접 하나를 작은 손에 찾아 쥔다. 조심스러운 발걸음, 차마 두려운 아버지는 쳐다보지도 못하고 그 곁에 소주 됫병을 놓고 냉장고에서 김치를 꺼내 마저 곁에 놓는다. 정적, 아버지는 어떤 말도 행동도 없이 눈을 감은 채 누워만 있다. 아이는 그 곁에서 어떻게 해야 할지 몰라 눈치만 보며 서있다.

아버지는 옅은 잠속을 헤매는지 나직이 수울- 수울- 자신의 어린 아들이 옆에 놓아둔 술만 찾는다. 그러다 벌떡 일어나 대접 한 가득 독한 소주를 부어 단번에 들이켠다. 한 대접, 두 대접, 세 대접, 네 대접. 아이가 품에 안아들기도 버거웠던 소주 됫병이 겨우 대접에 네 번 옮겨져 삼켜진다. 그것으로도 모자랐는지 아버지는 생기를 되찾고 곁에 서있는 아들을 매섭게 노려본다.

"술을 더 가져와라."

아이는 부엌으로 가 소주가 담긴 됫병을 찾는다. 술병을 품에 안아들고 막 안방으로 들어설 때 위태롭게 휘청거리는 아버지를 발견한다. 가슴이 철렁, 내려앉지만 할 수 있는 게 없다. 아버지는 대접에 소주를 부어 단번에 들이켠다. 그 쓰디쓴 소주가 뭐가 맛있다고 몇날며칠 곡기를 끊고 마셔대는 아버지가 너무나도 두렵고 또 낯설다. 소주를 됫병으로 두 병이나 비웠음에도 잠들지 못하고 감은 눈으로 보이는 누군가를 욕하고 있다. 그 욕지거리가 누구에게로 향하는지 알 수 없지만 거기에 섞인 감정의 한 조각이 읽혀진다. 서글픔, 아버지는 커다란 주먹으로 방바닥을 내려치기 시작한다. 아무리 내려쳐도 아프고 부러지는 쪽은 방바닥이 아니라 자신의 뼈와 살이라는 사실을 모르는 것처럼 미련하게 스스로를 부서뜨린다. 방바닥보다 더 두껍고 단단한 세상을 향해 자신을 내던졌던 사내는 서글픈 노랫말을 흘린다. 곁에서 겁에 질린 채 벌벌 떨던 아이의 얼떨떨한 머릿속으로 그 노랫말이 외워진다.

삼각지 로타리에 궂은비는 오는데 잃어버린 그 사랑을 아쉬워하며 비에 젖어 한숨 짓는 외로운 사나이가 서글피 찾아왔다 울고 가는 삼각지.

삼각지 로타리를 헤매 도는 이 발길 떠나버린 그 사랑을 그리워하며 눈물 젖어 불러보는 외로운 사나이가 남 몰래 찾아왔다 돌아가는 삼각지.

얼굴이 희고 작은 입술이 붉은 아이, 그 노랫말이 얼마나 서글픈지 알지 못해 곧잘 흥얼흥얼거린다. 그러다 벼락같은 고함을 맞는다. 그 노래는 그렇게 부르는 게 아니라고 고함치며 아버지는 빠드득 이를 간다. 아이를 죽일 것처럼 노려본다. 그래서 아이는 머릿속에 외워진 서글픈 노랫말을 잊는다.

새벽, 아이는 곤히 잠들어있다. 이불도 펴지 않은 냉랭한 방바닥에 엎드려 누운 채 조용하게 숨소리를 낸다. 풀벌레 우는 소리가 선연하게 시골, 작은 집을 울타리 두르고 있다. 달은 둥근지 별은 밝은지 방 안에서는 알 수가 없다. 다만 죽은 것처럼 누워있던 아버지의 입술이, 검은 수염 속에 감춰진 입술이 들썩인다. 들썩이며 수울– 을 찾는다.

수울—

　얼굴이 희고 작은 입술이 붉은 아이, 번쩍 눈을 뜨더니 몸을 일
으킨다. 허나 어둠 속에서는 커다란 아버지의 형체가 묽은 수채화
처럼 뭉개진다. 벽에 붙은 형광등을 켜 방 안의 어둠을 밀어낸다.
아버지를 살피는 눈이 질려있다. 겁에, 질려있다.

　아버지는 식은땀에 흠뻑 젖은 채 수울— 수울— 마치 잠꼬대처럼
술을 찾는다. 여위어 홀쭉해진 얼굴이 식은땀에 젖어 반들거린다.
아이는 현실감을 되찾고는 부엌을 밝힐 오십 촉 전구를 켜고 빈 술
병들 사이를 뒤진다. 그러나 내용물이 담긴 술병을 찾을 수가 없어
아득해지는 정신을 놓아버린다. 텅 빈 머릿속은 그저 가슴만 졸이
며 아랫입술만 잘근잘근 깨물게 한다.

　술!

　아버지는 술기운을 잃는 만큼 잠에서 깨어나며 더욱 간절하게
술을 찾는다. 이제는 수울— 하지 않고 술! 이라고 분명하게 고함
을 지른다. 아이는 겁에 질려 발발 떨더니 서둘러 신발을 꿰어 신
고 멀리 가로등이 애처롭게 불빛을 내쏘는 길을 내달린다. 귀뚜라

미가 울고 하루살이가 가로등 불빛에 모여든 그 길을 힘껏 내달린다.

아이는 가게의 문을 열어보지만 지금은 시간을 짐작하기 어려울 만큼 깊은 새벽, 굳게 닫혀있다. 그러나 머뭇거리지 않고 문을 두들긴다. 지금 이 순간, 오직 아버지의 소주 됫병만이 소중하다. 미닫이문이 작은 주먹에 얻어맞아 요란하게 들썩인다. 그 소란에 잠에서 깨어난 개들이 여기저기에서 짖기 시작한다.

아저씨! 아저씨! 술을 좀 파세요! 술을 좀 파세요!

아이의 억척스러운 극성에 커다란 잠자리 안경을 쓴 가게 주인이 아직 잠을 쫓지 못한 얼굴로 미닫이문을 연다. 새벽, 단잠을 깨웠다는 미안함도 없이 아이는 대번에 쏘아붙인다.

"아저씨! 술, 술을 좀 파세요!"

아이는 자신을 내려다보는 눈에 서린 동정과 아니꼬움을 모른 척 한다. 그런 아이를 탓하지는 못하고 밀린 외상값에 얼굴을 일그러뜨리던 가게 주인, 사정을 아는 탓에 어쩔 수 없이 술을 내준다. 아이는 욕심껏 소주를 됫병으로 네 병을 짊어지고 힘겹게 집으로 향한다. 연약한 다리는 비틀거리며 잠시라도 방심했다가는 냅다 고랑창에 처박겠다고 위협한다. 멀리서는 아버지의 힘겨운 외침이 아이를 재촉하고 있다.

술!

아이는 벌써 두려움에 사로잡혀 손을 떨며 소주 됫병을 아버지의 곁에 놓는다. 그리고는 대접과 김치도 마저 곁에 놓는다. 아버지는 식은땀에 흠뻑 젖은 채 벌떡 몸을 일으키더니 매서운 눈으로 아들을 노려본다. 마치 아이에게 잘못이 있다는 것처럼. 이내 시선을 거두지만 아이의 졸아든 마음은 이제 본래대로 돌아오지 않는 것 같다. 아버지는 소주를 대접에 가득 부어 급히 들이켠다. 그런 아버지를 곁눈질하던 아이는 아랫입술을 잘근잘근 깨물며 머릿속으로 그 서글픈 노랫말을 흥얼거린다. 잊은 줄 알았던 노랫말이 여전히 머릿속에서 살아있다.

삼각지 로타리에 굿은비는 오는데 잃어버린 그 사랑을 아쉬워하며 비에 젖어 한숨 짖는 외로운 사나이가 서글피 찾아왔다 울고 가는 삼각지.
삼각지 로타리를 헤매 도는 이 발길 떠나버린 그 사랑을 그리워하며 눈물 젖어 불러보는 외로운 사나이가 남 몰래 찾아왔다 돌아가는 삼각지.

아이는 아버지가 술을 마시는 이유를 알지 못한다. 이해할 수도 없다. 누군가는 삼삼오오 모여앉아 웃는 얼굴로 술잔을 기울인다 지만 아버지가 마시는 술은 그런 술이 아니다. 자신을 내버린 세상을 잊으려고 마시는 술이다. 그래서 아무리 독해도 그 효용이 부족하다. 모든 곡기를 끊은 채 마시는 술이지만 됫병으로 열 병을 비워도 부족할 수밖에 없다.

술에 취한 아버지, 낄낄거리며 웃는다. 아이가 바라봤던 세상에서 제일 듬직한 사내는 술에 취하더니 간사하게 낄낄거리며 헛소리만 잔뜩 늘어놓는다. 그런 아버지를 바라보는 마음이 너무도 괴롭다. 차라리 외면하고 싶지만 그럴 수가 없는 현실에 계속해서 고통 받는다. 술에 잔뜩 취한 채 여기저기 술을 마시러 다니는 아버지의 뒤를 온종일 쫓아다녀야만 한다. 그런 시간이 몇날며칠 이어진다.

아이의 영웅, 아이가 사랑했던 남자는 술에 취해 걸음조차 제대로 걷지 못하고 비틀비틀, 그러다 철퍼덕 쓰러지더니 그대로 잠들어 버린다. 탱자나무 밑, 아버지의 몸 곳곳에 서슬 퍼런 탱자나무의 가시가 박힌다. 팔과 옆구리와 허벅지에서 붉은 피가 흐른다. 그리고 관자놀이에도 가시 하나가 깊숙이 박혀있다. 아이는 작은 손을 벌벌 떨며 그 가시를 빼내려고 안간힘을 쓴다. 전력을 다해도 쉽지가 않다. 마음이 울컥, 눈물을 쏟는다.

아이는 손에 들린 가시를 물끄러미 바라본다. 그리고 그 눈으로 쓰러져 잠든 아버지를 바라본다. 그러자 숨통이 조여드는 질식감이 느껴진다. 저 커다란 존재가 숨이 막힐 만큼 부담스럽다고 느낀다. 그만큼 자신의 무기력함이 절실하게 깨달아진다.

아! 나는 왜 이리도 어린지, 왜 이리도 나약한지,

아이는 진정으로 한탄한다. 그때 길을 지나던 사람들, 어른들, 아버지의 오랜 친구들과 선배 후배들도 고개를 돌린 채 외면한다. 그 외면을 이해한다. 자신만큼 저들에게도 아버지의 변한 모습이 낯설겠지, 생각하지만 이런 현실이 서럽고 또 못내 서운하다.

"아버지, 일어나셔요……. 집에 가서 주무셔요……."

아이는 벌벌 떨며 아버지를 불러본다. 허나 어떤 간절함도 아버지를 잠에서 깨우지 못한다. 아버지는 몸에 박힌 가시가 고통스러운지 인상을 구긴 채 신음한다. 잠 속에서 욕지거리를 뱉으며 커다란 주먹으로 땅바닥을 탕탕 내리친다. 제아무리 질기고 단단한 피부라도 견디지 못하고 찢기고야 만다.

아이는 눈물을 흘리며 피가 흐르는 그 주먹을 두 팔로 안아본다. 제발 그만하라고, 더 이상 스스로에게 고통을 주지 말라고 외치고 싶다. 허나 목소리는 나오지 않는다. 아버지의 팔 하나 감당할 힘이 없어 빌빌거리다 놓치고야 만다. 아이의 마음은 이미 오래전부터 벙어리나 다름이 없다. 이제 드르렁 코를 고는 아버지, 그 곁에서 하늘을 올려다보며 무릎을 꿇고 앉은 아이는 지금의 현실이 꼭 지옥 같다고 생각한다. 그래서 흐느껴 운다. 왜 자신의 세상은 지옥이냐고 따져 묻고 싶다. 허나 멀리 바라보이는 하늘조차 고개를 돌린 채 외면한다.

아이는 아버지의 가슴에 얼굴을 파묻고 서러운 흐느낌을 참아낸다. 자신의 마음을 전부 차지하고 있는 진짜 아버지를 떠올려본다. 아버지는 자신을 향해 미소 짓는다. 아들, 다정하게 부르며 번쩍 하늘로 안아 올린다. 있는 힘껏 껴안고는 얼굴을 비빈다. 뻣뻣한 수염이 쓰라리지만 기분이 좋다. 아버지의 품안에서 배시시 웃는다. 감출 수 없는 웃음이 새어나온다. 아버지의 행복한 얼굴이 자신에게는 행복으로 변한다. 즐거움으로 변한다. 기쁨으로 변한다. 그런 아버지에게 속삭인다. 미안하다고.

아버지는 잠에서 깨어나더니 아픈 머리를 쥔다. 술에 중독된 몸은 어서 술을 내놓으라고 스스로를 자해하며 입을 강제로 벌린다.

"수울—."

아이는 소주 됫병을 대접과 함께 아버지의 곁에 놓는다. 입에 대는 법이 없는 배추김치를 냉장고에서 꺼내 마저 곁에 놓는다. 소주를 대접에 가득 부어 마시는 아버지를 바라보는 가슴이 콩콩콩 뛴다. 감히 그만 마시라고 말할 수 없는 입술이, 작고 붉은 입술이 꾹 다물어진다.

아버지, 언제나 잔뜩 웅크린 채 잠에 든다. 그 커다란 몸은 웅크린다고 조금도 작아지지 않았지만 자신의 팔을 베고 옆으로 누운 채 웅크린 모습은 어쩌면 이리도 가여운지 바라보는 것만으로 눈물이 왈칵 치민다. 허나 천장을 바라보고 누운 아버지는 잠들지 않는다.

다리를 밟아라.

아이는 아버지의 다리 위에 올라선다. 각목처럼 뻣뻣하게 말라붙은 다리 위를 오르내리며 눈치를 살핀다. 그 시간이 십 분, 이십 분, 삼십 분……, 한 시간, 두 시간……. 하염없이 흘러간다. 아득해지는 정신을 몇 번이고 간신히 붙잡는다. 아버지의 허락 없이는 절대로 내려설 수 없다.

아이는 꿈을 꾼다. 그것은 악몽, 아주 좁은 사각의 방, 그래서 더욱 커다랗게 느껴지는 아버지가 숙은 늦이 누워있다. 그런 아버지의 다리 위를 오르내리는 자신의 모습을 천장에서 내려다본다.
어둡고 먼지가 가득한 방, 벽에 달린 네모난 환풍기가 천천히 돌
아간다. 그러나 맑음은 조금도 스며들지 않는다. 그런 꿈이 아이
를 괴롭힌다. 자주, 또 오랫동안 괴롭힌다. 꿈에서조차 아버지의
다리 위에서 내려오지 못한다.

　새벽, 아이는 여전히 아버지의 다리 위를 오르내리며 아득해지
는 정신을 간신히 붙든다. 비참한 현실, 술에 취한 아버지의 다리
위에서 내려올 도리가 없다. 어지러운 머리를 견디며 무심히 잠든
아버지의 얼굴을 내려다본다.

　그때 검은 수염에 뒤덮인 입술이 들썩이며 수울– 을 찾는다. 술
기운이 떨어졌는지 서서히 식은땀에 젖어든다. 아이는 아버지의
다리 위에서 내려선다. 걸음을 내딛을 수 없을 만큼 다리가 아프
지만 서둘러 부엌으로 향한다. 소주 됫병을 찾으며 꽉 막혔던 숨
통이 조금 트이는 기분이다.

　아버지는 소주를 대접에 가득 부어 들이켠다. 새벽까지 자신의
다리를 밟던 아들이 얼마나 고통스러웠는지조차 모르는지 무심한
얼굴이다. 아주 좁은 사각의 방에서 아버지의 다리를 밟는 악몽에
골백번도 더 시달렸다는 사실도 모른다. 그러나 그런 아버지가 조
금도 원망스럽지 않다. 얼굴이 희고 작은 입술이 붉은 아이, 원망
할 대상은 아버지가 아닌 삶이라는 사실을 알고 있다. 잔인한 세상

이라는 사실을 분명하게 알고 있다. 애꿎은 원망으로 세상에게 내버리진 외로운 사내에게 서글픔마저 보태고 싶지 않다.

아버지가 자신을 버림으로 더 행복해질 수 있다면 기꺼이 그러라고 말해주고 싶다. 혹시라도 아버지가 짊어진 삶의 무게에 자신이 보태졌을까 생각하면 두렵고 차라리 죽고 싶다.

나는 아이의 마음에 새겨지는 상처를 바라본다. 아무런 대응도 방비도 할 수 없는 그저 받아들여야 하는 현실이 상처를 입힌다. 아버지의 상처, 삶에 짓눌린 채 고통 받는 그 아픔이 아이에게 상처가 된다. 사랑하는 존재의 상처가 내게도 상처가 된다.

그때 내가 자각된다. 아버지와 아이를 그저 바라보던 내가 자각된다. 지금 어디에 존재하는지, 이 존재는 실재가 맞는지조차 알 수 없는 영역에 소속돼 있다. 그 아픔과 눈물을 바라보며 어쩌면 태연할 수 있었는지 뒤늦게 믿기지 않는다.

아이는 방 모서리 구석에서 웅크린 채 두려움을 견디고 있다. 멀리에서 들려오는 아버지의 발소리가 너무도 두렵다. 지금 느끼는 두려움은 정당하지 않다고, 너무 혹독하다고 생각한다. 그런 아이의 손을 붙들고 도망치고 싶다. 시골, 작은 집이 아니라도 아이는 어른으로 자랄 것이고 세상 어디라도 이곳보다는 상처가 석을 섯이다. 허나 붙들 수 없다. 아무리 소리를 질러도 듣지 못하는지 운명을 피하지 못한다. 아니, 피하지 않는다.

아이는 지금의 순간이 얼른 지나가기를 바란다. 연약하고 무기력하기만한 지금의 시간이 빨리 지나기를 바란다. 어른이 된다면, 그래서 연약하지도 무기력하지도 않으면 모든 게 괜찮아질 거라고 믿는다.

그래, 나는 그렇게 믿었었다.

시간은 더욱 멀리 되돌아간다. 아이가 기억하는 그 시간이 눈앞에서 선명하게 비쳐진다. 슬픔과 우울의 빛을 띤 그 시간 속에서 아이는 너무도 무기력하다. 세상에게 외면당한 아버지는 필사적이지만 아무런 소용도 없이 허망하다.

아버지는 두 병자를 수발드는 탓에 사랑하는 여자가 아닌 주제에 맞는 여자를 아내로 맞는다. 그리고 그 여자는, 아이의 어머니는 현명한 사람이 아닌지라 아버지의 당부를 거듭 잊는다. 사기꾼의 감언이설에 넘어가 되돌려 받을 수 없는 돈을 빌려주고 보증을 서고 물건을 사들이며 아버지의 모든 재산을 탕진한다. 그러고도 커다란 빚을 짊어진다. 아버지는 어머니와 이혼하며 모든 빚을 자신의 몫으로 감당한다. 그래서 얼굴이 희고 작은 입술이 붉은 아이에게는 어머니에 대한 이야기가 없다. 존재하지 않는다.

아버지는 자신의 형제들을 만나기 위해 서울로 향한다. 세 명을 차례대로 만난 뒤 시골, 작은 집으로 돌아온다. 그리고는 술을 마시기 시작한다. 평생 술을 모르고 살아온 탓에 마시는 법도 몰라 대접으로 술을 마신다. 생을 포기해서라도 삶을 지키려고 했지만 그마저도 허용되지 않아 억울해서 마신다. 정작 자신은 존재하지 않는 삶을 지키기 위해 생을 내놓았지만 세상은 그것으로는 부족하다고 야멸치게 거부한다.

아버지의 형제들은 모든 재산을 잃고 큰 빚까지 떠안은 아버지를 외면한다. 시골 작은 집을 자신의 명의로 달라는 간곡한 부탁에 돈이 적더라도 팔아서 나눠야 한다고 못을 박는다. 아직 어린 아들과 살만한 집이 없다는 그 호소가 산산이 부서진다.

아버지는 시골, 작은 집에 대한 미련을 버린다. 떠나기로 결심한다. 그럼에도 할아버지의 유산을 저들끼리 나눠 가졌던 자신의 형제를 탓하지 않는다. 도리어 자신의 아들에게 우애를 가르친다. 아버지 자신은 끝까지 우애한다. 아들을 위해서.

시간은 더욱 멀리 되돌아간다.

아버지의 삶은 환하게 빛난다. 모두가 부러워하며 인정한다. 근엄한 얼굴로 법복을 입은 모습은 더없이 멋지다. 판사라는 드높은 지위를 얻었지만 조금도 변하는 것이 없는 곧은 사람, 미래는 더욱 밝게 빛난다.

그런 때 할머니는 병자가 돼 드러눕는다. 뼈 관절이 녹아드는 몹쓸 병에 걸려 고통 받는다. 또 심한 노망으로 정신마저 잃는다. 그런 할머니를 막내 고모가 수발든다. 아버지는 급여의 절반을 부쳐준다. 그러나 얼마 지나지 않아 막내 고모마저 같은 병으로 병자가 돼 할머니의 옆에 드러눕는다. 아무도 병자가 된 둘을 돌보려고 하지 않는다. 할아버지의 재산을 저들끼리 나눠가졌던 모두가 책임을 회피한다.

아버지는 시골, 작은 집으로 내려온다. 웃는 얼굴로 병자가 된 둘의 수발을 들겠다고 자처한다. 자신의 형제들이 그것에 미안함을 느끼지 않도록 하기 위해 희생이 아닌 자발이라고 모두를 속인다. 자신도 함께 속인다. 완벽하게 속였는지 두 명의 병자를 먹이고 입히고 씻기고 똥오줌을 받아내면서도 불평 하나 내놓지 않는다.

두 명의 병자는 자리를 아주 오랫동안 보존한다. 할머니는 십오 년, 막내 고모는 십 년을 드러눕는다. 그 긴 세월 아버지는 묵묵히 자신을 희생한다. 그래서 판사의 지위를 잃고 농부가 된다. 허나 그러지 말아야 했다. 판사의 지위를 보존하고 삶의 안위를 지켰어야 했다. 행복을 안길 수 있는 여자를 만나 사랑을 하고 가정을 꾸렸어야 했다. 세상에게 외면 받지 않고 행복하게 살아야 했다. 내가 아닌 다른 누군가가 아버지의 아들이 됐을지라도 그랬어야 했다. 허나 그러지 못했기에 청춘을 잃고 삶의 빛도 잃는다. 미래는 더없이 우울해진다.

막내 고모는 세상을 떠나기 전 아버지의 손을 붙들고 말한다. 오빠, 고마워. 아버지는 그 감사를 아주 오랫동안 잊지 못하고 축축한 감정에 젖어든다. 잘해주지 못해 미안하다고 되뇐다. 만약 그때 막내 고모가 십 년간 자신을 수발든 아버지에게 오빠 미안해, 라고 말했다면 얼마나 긴 세월 홀로 가슴 아파했을는지 고맙다는 그 말이 다행스럽다.

할머니, 단정하게 꿇어 앉아 무릎 위에 갓난아기를 올려놓고 바라본다. 주름진 손으로 다정스럽게 쓰다듬는다. 그때 고된 일을 마치고 시골, 작은 집으로 돌아온 아버지가 그 광경을 목격한다. 그리고는 귀신을 본 것처럼 경악을 금치 못한다. 믿기지 않는 현실에 허벅다리를 꼬집는다. 할머니는 그런 아버지를 차분하게 부른다. 그리고는 말한다.

이 아이는 커서 영감님이 될 거란다.

할머니는 갓난아기를 요람에 내려놓고 자리에 가 눕는다. 마치 아무 일도 없었다는 것처럼 다시 병자의 신세로 돌아간다. 아버지가 아무리 애가 타게 불러도 단정한 모습은 다시 볼 수 없다. 그리고 삼 일 뒤, 세상을 떠난다. 갓난아이에게 유언을 남기고는 허무하게 떠난다. 그래서 얼굴이 희고 작은 입술이 붉은 아이, 과자를 곧잘 얻어먹는다. 가게에서 먹고 싶은 과자를 가리키며 헴헴, 헛기침을 하면 어른들은 좋다고 기꺼이 값을 대신 치러준다. 판사가 뭔지도 모른 채 선심 쓰듯이 나중에 판사가 되면 냉장고를 사주겠다고 호기를 부린다. 자신을 대신해 사탕을 쥐어줄 누군가를 보낸 할머니의 선물, 허나 아버지가 술에 취하고 가세가 기울자 유언의 효용도 사라진다.

그런 아버지에게 큰아버지 셋은 시골, 작은 집을 팔아 나눠야지 결코 줄 수 없다고 못을 박는다.

시간은 올바로 나아간다.

아버지는 도통 괴로워하며 정신을 차리지 못한다. 술을 마시는 고통보다 술을 마시지 않는 고통이 몇 배쯤 커다란지 식은땀에 흠뻑 젖은 채 짐승처럼 울부짖는다. 몇날며칠 곡기를 끊고 마셔댔던 독한 소주는 이리도 처절하게 삶을 받아내는지 그 모습을 바라보던 아이는 조마조마한 가슴을 움켜쥔다. 술에서 깨어나기 위한 사투는 처절하지만 하루가 다르게 정상으로 되돌아온다. 아이가 사랑했던, 경외했던, 닮고자 했던 과묵한 사내가 되돌아온다.

아버지는 아이의 곁을 떠날 준비를 한다. 얼굴에 비누를 칠하고 면도칼로 검은 수염을 밀어낸다. 대소변이 삭고 썩어 고약한 악취를 풍겼던 옷을 모두 벗고 정갈하게 몸을 씻는다. 그런 모습이 수척하고 야위었지만 금방 건강하고 건장한 사내로 되돌아올 것을 믿는다.

아버지는 시골, 작은 집을 떠난다. 언제 돌아오겠다는 말도 남기지 않은 채 떠나간다. 아이는 홀로 시골, 작은 집을 지킨다. 매일 장독대에 앉아 멀리를 바라보며 아버지를 기다린다. 하염없이 기다리지만 도통 소식이 없다. 그때까지 아이는 굶고 있다. 시골, 작은 집에는 먹을 만한 음식이 없다. 더는 아버지를 기다릴 수 없어 쌀독을 열어본다. 날개 달린 벌레가 우르르 날아오른다. 검은 바구미가 잔뜩 몰려들어 쌀을 파먹고 있다.

아이는 작은 솥단지에 쌀을 퍼 담은 뒤 수돗가로 가져가 씻는다. 물 위로 둥둥 떠오르는 벌레를 걸러내고 박박 문지른다. 물이 뿌옇게 뜨지 않을 때까지 반복한다. 어디에서 봤는지 팔목까지 잠기도록 물을 맞추고는 가스레인지 위에 올린다. 불을 켜고는 가만히 지켜본다. 보글보글, 끓기 시작한다. 허나 밥 짓는 법을 몰라 가만히 바라보기만 한다. 타는 냄새를 맡은 뒤에야 불을 끈다. 뚜껑을 열어보자 밥의 테두리가 새까맣게 타있다. 그러나 개의치 않는다. 굶주림을 모면하는 게 우선이다.

아이는 밥을 뒤로 하고 집을 나선다. 남의 밭에서 깻잎을 따 주머니가 볼록하도록 담는다. 그 광경을 목격한 주인아저씨가 다가와 묻는다. 왜 깻잎을 따느냐고. 아이는 솔직하게 대답한다. 반찬을 만들어 먹으려고요. 어두운 저편에 놓여있는 마음을 겉으로는 내색하지 않는다. 웃고, 있다. 주인아저씨는 더는 묻지 않고 발걸음을 돌린다.

아이는 주머니에서 깻잎을 꺼내 프라이팬에 담는다. 불을 켜고는 다짜고짜 볶기 시작한다. 깻잎에서 알싸한 향이 피어오르고 숨이 죽었지만 그것을 반찬이라고 할 수 있을는지, 정작 아이도 모르겠다. 그때 된장을 넣어야겠다는 생각이 떠오른다. 그래서 장독을 열어본다. 새까만 파리가 우르르 날아오른다. 통통하게 살이 오른 구더기가 잔뜩 몰려들어 된장을 파먹고 있다. 된장에서 구더기를 걸러낸 뒤 깻잎과 함께 볶는다. 군침이 삼켜진다.

아이는 솥단지와 프라이팬을 앞에 놓고 숟가락을 손에 든다. 밥에 깻잎을 얹은 뒤 입에 넣고 꼭꼭 씹는다. 그사이 식어버린 밥은 딱딱하게 굳어 삼키기가 힘겹다. 허나 텅 빈 위장은 뭔가가 채워진다는 사실만으로도 기쁨을 느낀다. 먹어야 한다. 더는 굶주릴 수 없다.

그때 아이의 나이는 일곱 살, 홀로 밥을 해먹는 일에 익숙해진다. 여전히 밥 짓는 법을 모르지만 이제는 태우지 않고 조금 설익힌 채 먹는다. 누구도 뜸을 들이는 방법을 가르쳐주지 않는다. 가끔은 장독대나 마루 위에 먹을 것이 놓여있다. 카스텔라 빵이나 떡, 우유나 귤이 아이의 손에 쥐어진다. 맛있게 먹는다. 자신이 모르는 사이 아버지가 다녀갔다고 믿는다.

장독대에서 수돗가로 이어지는 작은 담 밑에 서있던 깐난이, 아이를 발견하고는 손을 뒤로 감춘다. 갑작스러운 마주침에 놀란 마음이 기분을 상하게 했는지 아이는 팩 토라져 가버린다. 그런 모습이 귀엽고 또 가여워 웃던 얼굴에 그림자가 드리운다. 깐난이의 손에는 카스텔라 빵과 우유가 들려있다. 아이가 알아차리지 못하도록 살금살금, 발걸음을 조심하며 토방을 지난다. 마루 한편에 카스텔라 빵과 우유를 놓고는 밀린 빨랫감을 챙겨든다. 그때 아이에게는 하늘에서 만나자는 약속도 필요 없이 천사가 곁을 지키고 있다.

아버지는 한 달, 혹은 두 달에 한 번 불쑥 시골, 작은 집을 찾는다. 그럼에도 이곳에는 화가 날 일만 눈에 가득한지 그때마다 아이를 혼내고 나무란다. 마당을 쓸지 않았다고, 마루를 걸레질하지 않았다고, 방을 어질렀다고 윽박지른다. 아이는 서운함을 느끼지만 아버지를 이해한다. 시골, 작은 집에 버려진 채 몇 년을 홀로 끼니를 해결하고 겨울이면 추위에 덜덜 떨며 잠을 청했지만 그 시간이 아버지에게는 몇 곱절로 가혹하고 혹독했을 거라고 짐작한다.

아버지는 또다시 술을 마셨다.

늦은 밤, 곤히 잠들었던 아이는 번쩍 눈을 뜬다. 몸을 일으키고는 콩콩콩, 뛰는 가슴에 살며시 손을 얹어본다. 아버지의 발소리가 멀리에서 들려온다. 불길한 발소리가 점점 가까워진다. 그렇다고 믿어진다. 그러자 어떤 위기감에 휩싸인다. 어떤 불안감에 휩싸인다. 어떤 공포감에 휩싸인다.

술에 취한 아버지의 커다란 몸이 대문에 부딪히며 소란을 일으킨다. 마루의 끝에서 대문을 내다보고 있던 아이는 얼른 달려가 두 손을 앞으로 모은 채 꾸벅 허리를 숙인다. 인자오세요, 이제 오시냐는 그 인사가 가슴을 서글픔으로 채운다.

아버지는 드러누운 채 잠에 든 것처럼 눈을 감는다. 허나 얼마 지나지 않아 수울— 을 찾는다. 자신의 아들이 이제는 울지도 못하는 병신이 됐다는 사실도 모른 채 연신 수울— 만 찾는다. 아이의 눈에 바라보이는 아버지의 서글픔, 세상에 대한 분노와 삶의 고통, 생의 잔인함이 마음을 졸아들게 만든다. 졸아들다 못해 새까맣게 타버려 재로 변했다.

아버지는 다리를 밟으라고 말한 뒤 잠에 든다. 정말로 잠에 들었는지 두 눈을 감은 채 미동이 없다. 아이는 아버지의 다리 위를 오르내리며 벽에 걸린 괘종시계만 힐끔힐끔 쳐다본다. 새벽 두 시, 아버지는 드디어 수울— 을 찾는다. 아이가 곁에 내려놓는 소주 됫병을 단숨에 들이켠 뒤 비틀거리는 몸을 일으켜 밖을 나선다. 지금이 시골, 작은 집을 떠나는 순간이라는 사실을 아이는 모른다. 그래서 작별인사조차 하지 못한다.

아버지는 화물자동차에 아이를 태우고 운전대를 잡는다. 화물자동차는 새벽, 구불구불 이어지는 사십 리 길을 내달린다. 시와 광역시의 경계를 넘어 장록 마을을 지나 황룡강 다리를 건너 급하게 좌측으로 운전대를 꺾는다. 그리고는 멈춰 선다. 그때까지 아이는 한순간도 안위에 대한 위태나 염려를 느끼지 않는다. 아니, 자신과 아버지를 태운 화물자동차가 무언가에 부딪혀 찌그러지고 터져 불길에 휩싸인다고 해도 두렵지 않다.

얼굴이 희고 작은 입술이 붉은 아이, 생을 포기한 채 그저 삶을 견디고 있다.

이곳은 신덕 마을, 아이의 생에 가장 우울한 곳. 작고 조용한 마을에서도 가장 후미진 곳에 위치한 외딴방, 평평한 양철에 각목을 대고 못을 박아 만든 허술한 문을 빤히 바라본다. 그러다 문득 어떤 얼굴을 해야 할지 몰라 맞은편에 우뚝 솟은 금호타이어 공장으로 시선을 옮긴다. 거기에서 매캐한 매연이 치솟아 코끝을 간질인다.

그때까지 마당과 토방, 마루가 있는 시골, 작은 집에서 살았기에 마당도 토방도 마루도 없는, 햇볕이 들지 않아 어두컴컴한 외딴방에는 감히 들어가 볼 엄두가 나지 않는다. 마당에 심어진 자두나무와 은행나무가 얼마나 복에 겨운 것인지 뼈저리게 깨닫는다. 마당과 토방과 마루가 얼마나 커다란 호사였는지 양철로 만들어진 허술한 문, 삐져나온 못에 찔린 발을 부여잡은 채 깨닫는다.

주린 배를 채우기 위해 남의 밭에서 깻잎을 땄던 아이의 작은 손은 외딴방에서도 깻잎을 따야만 한다. 토란의 줄기, 고운대를 벗기고 솔을 털어 한 관을 맞춰야만 한다. 면도칼을 들고 돌나물을 캐며 여린 살에 저미는 날카로운 생채기를 피할 방법이 없다. 결코 지워지지 않던 풀물이 여전히 마음의 한 귀퉁이를 시퍼렇게 물들이고 있다.

오늘도 맞은편 금호타이어 공장에서 매캐한 매연이 치솟아 외딴방을 덮친다. 아이는 양철로 만들어진 허술한 문 앞에서 고운대를 벗기며 금호타이어 공장을 바라본다. 아버지가 저곳의 노동자였다면 얼마나 좋았을까, 생각한다.

아버지는 부쩍 늙어간다. 삽자루를 곁에 놓고 밭고랑에 앉아 허공을 바라보는 눈에 총기가 없다. 청춘의 때가 완전히 가버린 것 같다. 햇볕에 검게 그을린 얼굴에 드리운 서글픈 그림자는 온전히 자신의 몫, 농사를 짓겠다는 희망으로 외딴방 옆 빈 땅에서 돌을 골라내는 모습이 그저 가엾다. 아버지에게 남은 건 인내와 견딤 뿐, 뭔가를 바랄 수 없는 현실 속에서 희망을 잃은 채 하루하루 연명하듯 살아간다. 그런 운명을 받아들인 아버지는 이제 더 이상 웃지 않는다.

아버지는 또다시 술을 마셨다.

아이는 학교가 파하고 곧장 집으로 되돌아온다. 개간한 빈 땅에 심은 참깨가 오밀조밀 새싹으로 돋아난 유월이었다. 그런 수고가 아깝지도 않은지 아버지는 또다시 술을 마셨다. 어떤 전조도 없던 일이었기에 아이는 양철로 만들어진 허술한 문 앞에서 우두커니 믿기지 않은 현실을 마주한다. 변변찮은 살림살이들이 나뒹굴고 연탄이 무더기로 쏟아져있다.

아이의 얼굴에서 핏기가 가신다. 눈물이 뚝뚝 떨어진다. 입술을 질끈 깨물고 두 주먹을 움켜쥐어도 소용이 없다. 질끈 감은 눈으로 흘러내리는 눈물은 결코 변하지 않는 생의 업을 원망하고 있다. 자신에게 주어진 삶은 이런 것이라고 생각한다. 잔인한 운명이라도 받아들이자 마음이 편해진다. 살금살금 발소리를 죽여 방으로 들어간다.

아버지는 엉망이 된 방 가운데서 잠들어 있다. 그 모습을 내려다보는 마음이 무거운 저 밑으로 하염없이 가라앉는다. 그렇게 닿게 된 밑바닥에서 담담하게 묻는다. 그렇게 잠에 들면 삶의 고통이, 짊어진 무게가 조금이라도 줄어드느냐고. 만약 그렇다면 얼마든지 마시라고 술을 곁에 놓아주고 싶다. 얼마든지 때려 부수라고 살림살이를 쥐어주고 싶다. 허나 아이는 그럴만한 용기를 조금도 갖지 못한 나약하고 연약한 생물이라서, 아버지의 소산이자 소유인 아들이라서 털썩 주저앉아 넋을 잃을 뿐이다.

아이의 눈이 벽에 묻은 붉은 선혈을 바라본다. 서서히 굳어가는 그 피가 아버지의 입가에도 묻어있다. 사람이 피를 토할 수 있다는 사실은 알고 있었지만 자신의 아버지, 자신이 사랑하는 아버지의 입에서 피가 토해졌다는 지금의 현실이 믿기지 않는다. 머릿속이 아득해진다. 어떤 생각도 근심도 잊히고 시간은 감각되지 않는다.

어두운 밤이 짧은 찰나에 들이닥친다. 그 속에서 아이는 혼잣말처럼 중얼거린다. 눈물이 주르륵 뺨을 타고 흘러내린다.

"아빠, 저 공부 열심히 할게요."

그때 아버지는 벌떡 일어나더니 기쁜 얼굴로 말한다.

"그래? 그렇다면 아버지가 뭘 해주기를 바라느냐!"

아버지, 학구열이 강했던 아버지, 그렇게 술에 취한 와중에도 귓전에 흘러드는 공부를 열심히 하겠다는 아들의 목소리를 듣고 벌떡 일어나 술에 깬 것처럼 되묻는다. 그런 아버지를 등진 채 아들은 말한다.

"아무것도, 아무것도 해주지 마세요."

아버지에게 바란다고 얻을 수 있는 것이 없다는 사실을 알기에, 자신이 바란 만큼 세상에 외면당한 아버지가 더욱 고달프고 외로워진다는 사실을 알기에 저 말에는 추호의 거짓도 담기지 않았다. 허나 아이는 그곳 신덕, 보증금 없이 월 삼만 원 하던 외딴방에서도 아버지의 곁에 소주 됫병을 놓아야 한다. 그리고 새벽, 구멍가게의 문을 두드려 가게 주인의 곤한 잠을 깨워야 한다. 공부를 하고 싶지만 그보다는 먼저 일을 해야 하고 여기저기 밭으로 끌려다녀야 한다. 그러나 자신을 궁지로 내몰고 시험하는 나쁜 세상과의 다툼에서 지고 싶지 않아 새벽, 졸린 뺨을 후려치며 책을 읽고 또 외운다.

그때 얼굴이 희고 작은 입술이 붉은 아이는 그만큼 어렸던 아버지와 겹쳐진다. 결코 공부를 포기할 수 없었던 아버지와 겹쳐진다. 고난스러운 삶에서 공부는 그나마 패배하지 않았다는 알량한 자존심이기에 아버지는 판사가 되고 그의 아들은 서울대학교 의과대학의 학부생이 된다. 그러나 지금은 그런 과거와 미래의 중간쯤이라서 다시 그곳 신덕, 보증금 없이 월 삼만 원하던 외딴방으로 되돌아가야 한다.

아주 조그맣고 파릇하던 참깨의 새싹은 단단한 줄기로 자라나 꽃을 틔운다. 개간지의 척박함에도 불구하고 외로운 사나이와 얼굴이 희고 작은 입술이 붉은 아이를 위해 잘 자라줬다. 허나 아버지는 그때까지 술에 취해있어 잘 자란 참깨는 꼿꼿하게 선 채로 말라붙는다. 그것이 안타까웠는지 아버지는 위태롭게 비틀거리는 몸을 겨우 가누며 깨를 벤다. 그런 아버지의 뒤에서 아이도 손에 낫을 들고 깨의 밑동을 베어내 단으로 묶는다.

결코 거짓이 아닌 진실. 개간지는 겨우 삼백 평, 그러나 훗날 삼만 평의 기름진 대지에서의 농사보다 수확한 참깨의 양이 더 많다. 바닥에 천막을 깔고 바짝 마른 깨의 대를 막대기로 두드리면 소낙비처럼 우수수 쏟아지던 굵고 실한 참깨를 기억한다. 아무리 털고 털어도 흥부의 박처럼 계속해서 보물을 쏟아낸다. 그런 참깨를 아버지의 빚은 모조리 가져간다. 그 소중한 참깨를 한 톨도 남기지 않고 가져가 버린다. 허나 그때까지 참깨만을 가져간 것이 아니라서 아이는 덤덤히 현실을 받아들인다.

아이는 그곳 신덕, 보증금 없이 월 삼만 원 하던 외딴방을 벗어나지 못한다. 이듬해에도 벗어나지 못하고 그 다음해마저 떠나지 못한다. 중학 삼학년을 마친 겨울이 닥쳐서야 외딴방은 아이만 홀로 놓아준다. 서울에 소재한 고등학교로의 입학이 결정돼 떠나야만 한다. 아버지는 자신의 품을 떠나는 아들에게 겨우 공부를 열심히 하라고 말한다. 그 말 뒤로 삼켜지던 그래서 나처럼 설움당하지 말고 살아라, 라는 우울함에 잠긴 목소리가 또렷하게 들려온다. 아이는 아버지가 정성스럽게 다림질한 교복을 단정하게 입은 채 꾸벅 머리를 숙인다. 반드시 고난스러운 삶과의 다툼에서 이겨보겠다고 마음으로 말한다.

아버지를 남겨두고 떠나는 마음이 우울하다. 허나 고난스러운 삶과의 다툼은 여전히 이어지고 있어 고속도로 위를 달리는 버스에서조차 편히 앉지 못하고 과학영어를 암기하고 있다. 암기해야만 한다. 그리고 주말이면 큰아버지 셋의 집을 찾아간다. 넓고 좋은 집의 문을 두드리며 바드득 이를 간다. 여전히 얼굴이 희고 작은 입술이 붉지만 날카로움을 잔뜩 머금고 있다. 내쏘는 눈빛은 난쟁이의 매서움 못지않다.

아이는 단호한 태도로 아버지에게서 뺏어간 할아버지의 유산을 내놓으라고 한다. 두 병자를 수발한 세월은 당연한 도리라고 접어 둬도 도둑질을 당한 할아버지의 유산은 꼭 되돌려 받아야겠다고 바득바득 우긴다. 큰아버지 셋은 아이를 혼내고 달래지만 소용이 없다. 외딴방에 홀로 남겨진 아버지를 혼내고 달래지만 소용이 없다. 아이의 고집도 세다.

결국 큰아버지 셋은 후미진 곳의 땅을 포기한다. 값어치 없는 땅이 아버지의 앞으로 이전된다. 허나 값을 매길 수 없는 후진 땅이라서 아버지를 괴롭히는 빚을 조금도 갚아주지 않는다. 빚은 여전히 혹독한 노동으로만 삶을 받아낸다. 그래서 아이는 실망한다. 그만큼 슬퍼하지만 더 이상 할 수 있는 일이 없다.

아버지는 삶의 고난을 묵묵히 견뎌낸다. 그런 시간은 값어치 없는 땅을 금으로 바꾸는 마술을 선물한다. 아들이 되찾아준 그 땅 위에 농공단지가 들어서고 백 곱절로 값어치가 오른다. 허나 아버지는 돈으로 바꾸지 않고 더욱 외딴곳의 버려진 땅과 맞바꾼다. 바보 같은 선택이라고 모두가 혀를 찼지만 백 곱절로 덩치를 키운 그 땅 위에 혁신도시가 들어선다. 그제야 아버지는 땅을 비싼 돈으로 바꾼다. 허나 그것에는 어떤 기쁨도 없다. 땅이 금으로 변하는 긴 세월, 그 속에서 아버지는 오로지 고된 노동으로만 빚을 모두 청산

한다. 삶의 고난은 티끌만큼도 감면받지 못한다. 수백억 원의 재산을 가진 부자가 됐지만 딱 그만큼 건강을 잃는다.

그러나 지금은 그런 미래가 보이지 않는 암울한 때라서 다시 그곳 신덕, 보증금 없이 월 삼만 원하던 외딴방으로 되돌아가야 한다.

아이는 여전히 작은 손에 면도칼을 들고 돌나물을 캐고 있다. 깻잎을 따 묶고 있다. 솔을 털어 덤으로 이백 그램을 더 얹은 사 킬로그램, 한 관을 맞추기 위해 저울에 달아보고 있다. 고운대의 껍질을 벗기며 간지러운 손바닥을 긁고 있다.

잊지 않았다고 해도 너는 어쩔 수 없이 지나가버린 시간. 그러나 아직 그곳에 그대로 남아 있었구나.

나는 무너져 내린다. 더 이상 가만히 지켜볼 수가 없다. 거칠게 흘러내리는 눈물을 훔치며 여기가 어디인지를 바라본다. 허나 보이는 것이 없다. 외딴방의 허름한 문 앞에서 쭈그려 앉아 고운대의 껍질을 벗기고 있는 아이만 바라보인다. 손을 뻗지만 닿지 않는다. 외치지만 미치지 않는다. 어떤 노력으로도 보이지 않는 창살을 깨뜨릴 수 없다.

어서! 고운대만 벗기지만 말고 여기 나를 좀 바라봐!

사실은 분명하게 깨달아진다. 지금 그곳 외딴방의 양철로 만들어진 허술한 문 앞에 앉아 모든 고난을 마음에 켜켜이 쌓으며 견디고 있는 네가, 아니 내가 결코 지금의 나를 올려다보지 않을 것을 알고 있다. 나를 바라본다고 해도 너는, 아니 나는 결국 내가 된다는 사실을 알아채지 못할 것을 알고 있다. 그러니 견뎌라. 내가 될 때까지. 너는 행복할 수 없다. 아무리 견뎌도 행복은 오지 않는다.

삶은 이토록 냉정하다.

지나간 시간을 바라보던 마음의 눈이 감긴다. 그러자 내가 드러난다. 우두커니, 주저앉아 엉엉 울고 있는 내가 드러난다. 잡목과 수풀이 우거진 채 허물어지는 시골, 작은 집 그 속에서 울고 있다. 그런 사실이 자각되자 의식이 깨어나는 기분이다. 눈물을 가득 머금은 눈으로 주변을 살핀다. 얼굴이 희고 작은 입술이 붉은 아이가 보이지 않는다. 마루에도 없고 토방과 마당, 장독대에도 없다. 몸을 일으켜 더욱 샅샅이 찾는다. 날카로움에 상처를 입으면서도 어디에도 없는 아이를 찾고만 싶다.

나는 단 하나의 생채기도 없는 소설이기를 바랐던 마음을 이해한다. 내 마음이 그제야 이해된다. 그저 앞으로 나아가는 것인 줄만 알았던 삶에서 어떤 순간, 어떤 시간은 여전히 거기에 그대로 존재하고 있다. 현실감이 되돌아오자 살결에 스민 생채기가 쓰라리기 시작한다. 온통 날카로움이 도사리는 속을 지나며 내려앉은 생채기가 가득하다. 이제 다시는 아이를 만나지 못할 것 같은 기분이다.

나는 은행나무 앞에 선다. 아이는 자신이 태어난 날을 기념해 심어진 나무라고 믿었지만 사실은 막내 고모가 태어난 날을 기념해 심어진 나무다. 그렇다고 해도 그때 은행나무를 바라보던 흐뭇한 마음은 지금도 유효하다. 너무 오랫동안 찾지 않아 외로웠을 은행나무에게 미안함을 느끼며 손바닥으로 쓰다듬어준다. 그때의 감촉, 여전히 내 안에 살아있다.

작은 담 너머를 바라본다. 문득 대나무숲에 살았던 깐난이가 떠오른다. 지금 휩싸인 기분이 뭔지 모르겠다. 왜인지 여전히 거기에 깐난이가 있을 것만 같다. 그런 기분이 대나무숲으로 발걸음을 향하게 한다. 질척이는 흙길을 지나며 하고픈 말이 있다고 생각한다. 깐난이에게 해주고픈 말이 있다. 아이를 너무 사랑하지 말라고, 사랑할수록 상처만 깊어진다고 일러주고 싶다.

대나무는 빼곡하게 들어차 있다. 좁은 틈 사이를 어렵사리 지나며 깐난이를 찾지만 어디에도 없다. 초가집의 흔적조차 보이지 않는다. 그저 서늘한 바람만 불어온다. 그 바람을 맞으며 대나무숲이 이토록 가슴을 청량하게 위무하는 줄 미리 알았다면 얼마나 좋았을까, 생각한다. 그랬다면 시골, 작은 집을 이렇게 버려두지는 않았을 거라고 실없이 믿어본다. 지금의 기분이 언젠가는 그리울 것 같다는 예감을 느낀다. 그때가 언제일지는 모르지만 반드시 그럴 것 같은 예감이다.

그때 인기척이 느껴진다. 조용한 발걸음이 천천히 다가온다. 깜짝 놀라 뒤를 돌아보니 얼굴이 희고 작은 입술이 붉은 아이가 내 앞에 서 있다. 놀란 마음도 잠시, 지금의 상황이 이해된다. 이곳은 아이가 한 번도 존재하지 않았던 공간, 그럼으로 우리는 서로를 바라본다. 두려움에 한 번도 발걸음을 못했던 대나무숲으로 나를 만나기 위해 와줬다. 얼굴이 희고 작은 입술이 붉은 아이, 웃는 얼굴로 속삭인다.

"나를 위해 행복하세요."

나는 고개를 끄덕여준다. 허나 감정이 벅차올라 흐느낌을 참아낼 수가 없다. 스물일곱 살, 아이가 그토록 간절히 바랐던 어른이 된 나는 못난 모습만 보이고 있다. 듬직하고 멋진 모습으로 바라보이기를 바라는 마음이 창피하다.

"너도 부디 행복하렴."

나는 실언을 깨닫는다. 아이를 기다리고 있는 상처를 모두 알면서도 저런 말밖에 해줄 수 없는 내 자신이 너무도 밉다. 아이는 행복할 수 없다. 지금의 내가 될 때까지 온통 상처투성이로 살아야 한다. 그럼에도 아이가 행복하기를 바란다. 진정으로 그러기를 바란다. 단 하나의 생채기도 없는 소설이기를 바라는 마음은 그런 바람을 전하고픈 간절한 시도였다. 상처가 많지만 그만큼 너를 사랑해준 사람이 많다고 말해주고 싶다. 깐난이와 난쟁이는 너를 사랑해준 사람, 그리고 네가 사랑했던 사람이라고 일러주고 싶었다. 나도 너를 정말로 사랑한다고 할 수만 있다면 안아주고 싶다.

얼굴이 희고 작은 입술이 붉은 아이, 이미 알고 있는지 웃고 있다.

작업실로 돌아온다. 근래의 며칠이 몇 년처럼 길게만 느껴진다. 피로와 허기를 느끼지만 그보다 먼저 해야 할 일이 있다. 허나 서랍을 모두 뒤져봐도 찾는 것은 보이지 않는다. 그래도 괜찮다고 생각하며 육인용 탁자에 앉는다. 서두를 필요도 과장할 필요도 없다. 진지해야만 한다.

원고지를 앞에 놓고 연필을 쥔다. 이곳에서 삼백 킬로미터가 떨어진 어느 도시, 아무도 살지 않는 빈 땅으로 향할 편지를 쓴다. 누구,라는 익명의 뒤에 스스로를 감춘 당신에게 보낼 편지를 쓴다.

상처를 잊지 못하고 살아가는 사람에게.

삶, 그 속에 가득한 상처를 잊은 채 살아가는 사람과 잊지 못한 채 살아가는 사람이 있다면 저는 잊지 못한 채 살아가는 사람입니다. 그럼에도 당신이 어떤 상처를 받았는지 알지 못하겠습니다. 설핏 알 것 같은 느낌에 안다고 믿는 실수를 다시 저지르고 싶지 않습니다. 저는 당신이 어떤 상처를 받았는지 도무지 모르겠습니다. 다만 그 때문에 아파한다는 사실은 알고 있습니다.

당신은 나를 사랑해준 사람, 그래서 상처를 받은 줄 압니다. 나도 당신을 사랑하고 있습니다. 그러나 몇 장의 편지는 당신이 누군지 떠오르게 하지 않습니다. 떠오르는 누군가를 당신이라고 쉽게 믿고 싶지 않습니다. 분명하게 드러난 사실만을 말하고 싶습니다.

저는 여기에 있습니다. 소설을 쓰기 위해 마련한 그곳에 여전히 있습니다. 당신이 만약 내게 더 이상 소설을 쓰지 말라고 한다면, 그래서 당신의 상처가 아물 수 있다면 기꺼이 그렇게 하겠습니다. 내가 얼마나 소설을 사랑하는지 알고 있으리라 믿습니다. 당신은 나를 잘 아는 사람이니까요. 제게는 소설보다도 당신이 소중합니다. 당신이 상처 받지 않고 더는 죽겠다는 결심을 버릴 수 있다면 기쁜 마음으로 그렇게 하겠습니다. 당신이 행복하기를 바랍니다.

당신이 읽어보지 못한 소설이 있습니다. 오직 당신에게만 이 소설을 읽도록 하고 싶습니다. 나를 사랑해준 사람들, 내가 사랑했던 사람들의 이야기입니다. 그리고 많은 상처가 담겨 있습니다. 저와 당신의 이야기입니다.

나는 편지에 조금의 과장도 꾸밈도 없기를 바란다. 익명의 누군가와 내게 진실하고 싶다. 더 이상 소설을 쓰는 것처럼 알량하게 삶을 대할 수 없다. 삶, 결코 속일 수 없는 진실 앞에서 한없이 부끄러워진다. 스스로를 속이고 속이는 그 악순환에서 벗어난다면 부끄러움은 조금이라도 덜어질까, 묻지만 답은 알 수 없다. 답을 알기 위해서라도 삶의 무게를 짊어져야 한다. 비록 감당하기가 버겁더라도 견뎌야 한다. 다시금 스스로를 속임으로 진실을 잃어서는 안 된다.

이곳은 예술의 거리, 소설을 쓰기 위해 마련한 곳. 이름만 예술의 거리일 뿐 온통 고시학원으로 가득한 거리. 고시학원에 다니는 원생들로 언제나 북적이는 거리에 들어서자마자 왼쪽으로 꺾어 들어가면 나오는 삼층 건물의 이층이 내 작업실. 나는 여전히 그곳에 있다.

나는 그녀를 부를 이름을 고민한다. 그녀는 본인에게 무척 잘
어울리는 단정한 이름을 갖고 있지만 결코 그 이름을 드러낼 수 없
다. 그래서 그녀를 부를 이름을 고민한다. 고민하는 시간이 길어
진다. 그런 시간이 초조하게 느껴지는 마음은 그만큼 여유가 없는
탓이다. 그래, 나는 늘 너에게 그런 마음이었다.

그래 너, 너를 부를 이름은 없다. 너라고 부르면 그만이다.

너는 여름의 초입에서 내 앞에 나타났다. 그때까지 나는 여전히
소설을 썼고 버겁게 차오른 비곗덩어리 같은 권태를 겨우 견디고
있었다. 너는 내 앞에 나타나기 전에 내가 쓴 소설을 읽고 느낀 의
문을 논리정연하게 정리해 전자우편으로 보냈다. 너의 영민함을
어렵지 않게 발견할 수 있었다. 너는 이야기를 꿰뚫고 작가의 의
도를 파악하는 빼어난 능력을 지녔다. 내가 경험한 사람 중에 가장

탁월한 능력이었다. 나는 쓰는 사람이라서 더 이상 읽는 사람이 어떻게 느낄지를 도무지 짐작할 수 없게 돼 그 간지러움을 해소하고픈 욕망에 늘 시달렸다. 그래서 너의 손에 미리 인쇄해둔 소설 원고를 쥐어줬다. 너라면 그 소설을 진지하게 읽어볼 것 같았다. 너는 누런 종이봉투에 담긴 소설 원고를 품에 안고 작업실을 빠져나가며 꾸벅 고개를 숙였다. 그리고는 고맙다고 말했다.

고맙습니다.

나는 멋쩍게 웃었다. 고마움을 느껴야 할 사람은 오히려 나라는 사실을 알고 있었다. 또 고마움을 느끼고 있었기에 멋쩍은 웃음이 나왔다. 소설을 읽을 네가 어떤 감정에 휩싸일지 궁금함과 동시에 걱정됐다. 그러나 정말 걱정해야할 일은 너와의 두 번째 만남이었다. 무심코 쥐어준 소설 원고는 우리가 다시 만날 타당한 이유가 됐다.

너는 너를 아름답다고 말하는 나를 믿지 않았다. 그때까지 너 자신이 얼마나 아름다운지를 모르고 살았는지 믿지 않다. 그런 너에게 아름다움을 설명하는 일이 얼마나 어려운 숙제였는지, 너는 모른다.

그런 너는 키가 백칠십사 센티미터였다고, 그러나 몸무게는 오십 킬로그램을 넘은 적이 없다고 말하는 것이 얼마나 투박한 설명인 줄 모르지 않지만 너를 객관적으로 설명하지 않고 뭉뚱그린다면 앞으로 맞닥뜨릴 어떤 사건, 혹은 문제들을 같은 방식으로 뭉뚱그리며 넘어갈까 염려돼 그렇게 할 수밖에 없다.

광대뼈가 조금 도드라진 갸름한 얼굴, 눈썹은 숱이 모자라지 않고 검었으며 외까풀의 눈은 둥글고 옆으로도 길어 눈썹과의 조화가 좋다. 코는 반듯하니 높고 갸름한 얼굴에 어울리는 크기로 짜맞춘 것 같다. 입술은 색조화장이 필요 없을 만큼 붉고 이루는 선이 흰 살결과 곱게 나뉜다.

그런 너를 뒤에서 바라볼 때 몽롱한 감정에 곧잘 휩싸인다. 군살 없이 잘록한 허리와 곧고 평평했던 등으로 부채처럼 펼쳐진 기다란 머리카락은 새까맣고 매끈했다. 숱이 많고 두꺼워 움켜쥐면 한주먹을 꽉 채우는 그 머리카락을 뒤에서 손으로 빗질하며 너는 참 아름답다고 생각했다.

너는 삶에 충실하고 열심이었다. 어쩌면 출근을 기꺼이 받아들일 수 있는지 아침, 잠에서 깨는 일에 불만이 없고 그만큼 퇴근을 즐거워했다. 일하는 시간이 괴롭지 않도록 조절하는 능력이 뛰어났고 어떤 상사도 네게 과중한 업무나 책임을 전가하지 못할 만큼 처세가 올발랐다. 너는 사무를 보는 직원이었지만 공산품의 생산 공장이 근무지라서 업무 중에는 늘 작업복을 입어야 했다. 너는 작업복 차림의 모습을 내게 보이고 싶어 하지 않았지만 나는 일부러 점심시간에 맞춰 너를 보러갔을 만큼 그 모습이 귀엽고 또 예뻤다. 물론 너는 믿지 않았지만 그때 귀엽고 예쁘다는 말은 진심이었다. 퇴근을 한 너는 기다란 다리로 걷는 빠른 걸음으로 오 분이면 닿을 수 있는 지하철을 타고 내가 기다리는 예술의 거리로 달려왔다. 그때까지 나는 부지런히 소설을 썼고 너는 그것을 읽는 것을 인사로 생각했다. 네가 읽어줬기에 더욱 열심히 소설을 썼다. 너는 내 힘, 또 열정이었다.

그러나,

사랑은 아니었다. 다시 말하지만 너는 아름다운 사람이다. 또 얼마나 여성스러운지 물끄러미 바라볼 때면 늘 그런 감상에 젖어들고는 했다. 너는 참 여성스럽구나, 그러나 너는 여성스럽다는 말을 듣고는 식겁을 하며 고개를 가로저었다. 얼굴마저 붉히고는 들어서는 안 될 말을 들었다는 것처럼 목소리가 격앙됐다.

오빠! 날 놀리지 마.

그러나 나는 진심이었고 또 고집이 강한 탓에 너의 마음을 헤아리지 않고 성을 냈다. 그때 나는 막다른 골목에 몰린 생쥐라서 내게로 향하는 어떤 손이라도 깨물어 버릴 수밖에 없었다.

내가 거짓말만 하는 줄 알아?

내가 웃지 않고 말하자 너는 금방 수그러들며 입술을 삐쭉 내밀었다. 그 모습은 너처럼 아름다운 여자에게는 어울리지 않는 굴종이었지만 나는 마음의 여유가 없는 탓에 자꾸만 너의 도도함을 꺾기 바빴다. 너는 아름다운 여자라서 네게 호감을 품은 남자들이 많았지만 그만큼 도도했기에 누구도 쉽게 말을 걸지 못했다. 말을 걸었다고 친절한 대답이 기다리는 것도 아니었다. 그런 너는 내게 항상 져줬고 자존심도 도도함도 모두 스스로 꺾었다. 허나 나는 미련한 남자였기에 본래 그런 줄로 믿고 계속해서 타박하기를 즐겼다. 너의 하나하나를 마땅치 않게 여기며 지적하고 나무랐다. 특히나 남자를 곧잘 흉내 내는 너를 몹시 마뜩찮아 했는데 그럼에도 아주 오랫동안 해오던 습관이라서 쉽게 고쳐지지 않았다. 일부로 목소리를 굵게 내고 거칠게 행동하려는 너는 그런 것과는 무척 어울리지 않았다. 너는 여성스러운 너 자신을 받아들이는데 오랜 시간을 필요로 했다.

또 엉뚱한 것을 두려워하며 살았다. 이를테면 배꼽, 너는 사람의 배꼽을 들여다보는 것만으로도 경기를 일으키는 두려움을 가졌고, 소리에 무척 민감해 익숙하지 않은 소리가 길게 이어지면 귀를 막고 비명을 질렀다. 너의 말을 빌리자면 학창시절부터 앓았던 공황장애라고 했다. 그러나 나는 도저히 배꼽을 무서워하는 너를, 길게 늘어지는 소리가 두렵다는 너를 이해할 수 없었다. 그래서 너의 손을 붙잡아 억지로 내 배꼽에 푹푹 찔렀다. 너는 경기를 일으키며 우악스러운 손아귀에서 벗어나려고 했지만 힘이 모자라 그럴 수 없었다. 그때 나는 두려움에 발발 떠는 너를 어이없다는 눈으로 쳐다보며 다그쳤다.

봐! 하나도 안 무섭지?

나는 너의 손을 붙들고 내 배꼽을 푹푹 찌르면서 봐! 하나도 안 무섭지? 라고 거듭 다그쳤다. 그러나 너는 배꼽이 무섭다는 너 자신이 거짓이 아니라고 주장하는 것처럼 좀처럼 이제 무섭지 않다는 대답을 하지 못했다. 나는 배꼽을 무서워하는 너를, 아니 배꼽을 무서워하는 사람을 도무지 이해할 수 없었기에 듣고 싶은 대답이 나올 때까지 너의 손을 붙들고 나의 배꼽을 푹푹 찔렀다.

오빠, 이제 무섭지 않아.

너는 더 이상 몸을 떨지 않았다. 내게 붙들린 손이 배꼽을 깊게 찌른 채였지만 너는 태연한 모습으로 드디어 듣고 싶은 대답을 했다.

봐! 하나도 안 무섭지?

나는 이제 무섭지 않다는 말의 진위를 짐작한 뒤 믿기로 결정하고 손을 놓아줬다. 너는 나로 인해 더 이상 배꼽을 무서워하는 바보가 아니게 됐다. 너의 눈에 혹시라도 생색을 내는 것처럼 보일까 염려해 내색은 하지 않았지만 그때 무척 만족스러웠다.

너는 나를 사랑한다고 말했다. 그러나 나는 믿지 않았다. 허나 내게 아까운 여자가 사랑을 이유로 자신의 전부를 내던졌다는 사실은 알고 있었다. 그것이 마음에 무척 안타까웠다. 또 두려웠다. 나는 그때 다른 사람을 사랑하고 있었다. 그리고 그 사람도 사랑을 이유로 자신의 전부를 내던졌었다. 그 때문에 깊은 상처를 입었고 너도 그렇게 될까 두려웠다. 너는 불안한 내 삶을 충분히 위로하는 존재였지만 나는 매순간 그 사람을 그리워했다. 너는 그때까지 그 사람에게 다른 여자를 만난다는 죄책감을 느끼게 하는 존재였다.

네가 읽은 소설에도 등장하는 그 사람.

그때는 이천십일 년, 가을의 어떤 밤. 나는 초행이었던 길에서 약속장소를 찾지 못하고 한참을 헤맸다. 본래 시간약속을 어기는 것을 질색했기에 촉박해지는 시간에 점점 초조해졌다. 다닥다닥 늘어선 상가들과 좁은 통로를 지나는 인파들 틈에서 찻집 하나를 찾아내는 일은 결코 쉽지 않았다. 그래서 마주 오는 아무나를 붙잡고 약속장소를 물었다. 물음을 마칠 때까지 붙잡은 아무나의 성별도 나이도 얼굴도 차림새도 알지 못했다. 물음을 마치고 똑바로 바라본 아무나는 여자였고 앳되나 눈빛이 강렬했다. 나는 약속도 잊은 채 그 사람을 빤히 바라봤다. 모자를 푹 눌러쓴 얼굴이 작았다. 쌍꺼풀이 진했고 커다란 눈은 연한 갈색의 동자를 담고 있었다. 오뚝한 코와 두툼한 입술은 정말이지 탐스러웠다. 그 사람도 아름다운 사람이었다.

나는 갑자기 청력을 잃은 것처럼 그 사람의 목소리를 들을 수 없었다. 바로 눈앞에서 손짓을 해가며 길을 설명하는 목소리가 들리지 않았다. 오직 그 사람만이 눈에 들어왔다. 검고 기다란 속눈썹의 개수조차 셀 수 있을 것만 같은 순간이었다. 그 사람은 대꾸가 없는 나를 의아한 얼굴로 바라봤다. 미간을 약간 구기는 것으로 넋이 나간 나를 깨웠다. 나는 뜬금없는 물음을 던졌다.

키가 몇이에요?

그 사람은 잠깐 놀랐지만 이내 미소를 떠올렸다.

백칠십칠이요.

나는 그 순간부터 키가 백칠십칠인 여자를 가장 좋아하게 됐다.

이름이?

그 사람은 자신의 이름을 기꺼이 알려줬다.

박혜민이에요.

나는 그 순간부터 이름이 박혜민인 여자를 가장 좋아하게 됐다.

그러나 그 뿐이었다. 그 사람은 가볍게 머리를 숙이고는 기다란 다리로 나를 지나쳐 가버렸다. 그 뒷모습을 끝까지 바라보며 쫓아가야겠다는 마음도 느끼지 못했다. 나는 그만큼 바보였다.

며칠이 더 지나서야 그 사람이 떠올랐다. 그때부터는 내 곁을 떠나지 않고 끈질기게 괴롭혔다. 그때 나는 소설을 쓰고 있었다. 용진마트가 등장하는 소설이었다. 소설에 등장하는 최동학이라는 인물은 절대 그럴만한 인물이 아니지만 억지로 길을 잃게 해 마주오는 아무나를 붙들고 길을 묻게 했다. 그 사람은 소설 속에서도 여전히 키가 백칠십칠이었고 이름은 박혜민이었다. 나는 최동학을 바보로 만들면서까지 그 사람을 그리워했다. 그러나 그 사람을 다시 만날 수 있을 거라는 기대는 없었다.

그때는 봄이었다. 삼성동에 위치한 코엑스에서 스물세 살이었던 나는 막 굿네이버스와 백혈병어린이재단과 협약을 맺고 빈곤가정 아동을 지원하는 사업을 시작했다. 불우한 아이들의 수술비를 마련하는 사업은 그때의 나를 뜨거운 열정 안에 가두고 또 환란과도 같은 꿈에 부풀게 했다. 사람들에게 사례아동을 소개하고 기부를 독려하고 책을 선물하는 단순한 일과 속에서 기다란 다리로 빠르게 걸어가는 그 사람은 단번에 눈을 끌어당겼다. 나는 누군가를 응대하는 중에도 그 사람을 포착했고 놓치지 않기 위해 바라봤다. 책을 집어 들고 무작정 달려갔다. 그 사람의 손목을 낚아 챘던 무례함은 이성 바깥의 어떤 의지였다. 그 사람은 손목을 붙들린 채 미간을 찌푸렸지만 이내 나를 알아봤는지 설핏 웃었다. 나는 얼굴을 붉히며 말했다.

소설 안에 당신이 담겨있어요.

그 사람은 놀랐는지 눈썹을 꿈틀거렸다. 쌍꺼풀이 진한 눈으로 나를 빤히 바라보며 조용히 말했다.

글을 쓰시나 봐요.

나는 글을 쓰는 사람이었지만 글을 쓴다는 그 말이 쑥스러워 붉어진 얼굴을 떨어뜨렸다. 그 사람에게 연락처를 묻고 싶었다. 묻고 싶은 마음은 뜨거운 돌을 얹은 것처럼 안절부절 못했다. 어렵사리 연락처를 묻자 그 사람은 기꺼이 알려줬다.

다음 날, 비행기를 타고 그 사람을 만나러 갔다. 그 사람은 멀리 떨어진 지방도시에 살고 있었다. 허나 그 거리가 멀다고 생각되지 않았다. 가을, 첫 마주침에서 내가 그 사람에게 물었던 그 찻집에서 우리는 만났다. 첫 만남이었다. 마주침과는 다른 진짜 만남이었다.

그날은 유난히 추웠다. 한겨울처럼 날이 추워 애써 목도리를 하고 길을 나섰다.

나는 말을 무척 잘하는 사람이고 수다스러운 면도 있지만 그 사람을 마주하고 있다는 사실에 주눅이 들어 벙어리로 전락했다. 또 말을 하면 할수록 바보가 되는 미끄덩한 수렁에 빠져 허우적댔다. 미지근하게 식은 커피처럼 어색한 시간은 놀랍게도 빠르게 지나갔다. 벌써 창밖이 어둑했다. 그 때문에 놀란 것은 그 사람도 마찬가지였는지 시간을 확인하고는 어색하게 웃었다. 잔에 남은 커피는 고작 한 모금이라 아쉬운 마음에 꿀떡 삼켰다.

우리는 찻집을 나섰다. 햇볕이 걷힌 것만으로도 피부에 느껴지는 한기가 확 달랐다. 그때 가방 속에 넣어둔 목도리가 떠올랐고 그 사람이 추울까봐 애써 목도리를 꺼내 내밀었다. 그 사람은 얼굴을 붉히며 사양했다. 그 때문에 조금 민망했지만 바람이 차가워 화끈거리는 얼굴은 금방 가라앉았다. 우리는 인파 속을 걸었다. 역시나 시답잖은 대화를 주고받았다. 도무지 지금 어떤 말을 꺼내야 하는지를 알 수가 없었다.

그때 누군가가 다가와 오천 원짜리 지폐를 내밀며 천 원짜리로 바꿔줄 수 있겠냐고 물었다. 이상할 것이 없는 상황이었다. 마침 잔돈이 많아 지갑이 두툼했었다. 그런데 지갑이 없었다. 가방 안을 아무리 뒤져봐도 없는 지갑이 나타날 리 없었다. 나는 뭔가를 잃어버리는 성격이 아니라서 더욱 당혹스러웠다. 아무래도 찻집을 나서며 목도리를 꺼낼 때 같이 흘러버린 것 같다고 짐작했다. 애써 태연한 척 웃었지만 당혹감은 감출 수 없었다. 그런 내게 그 사람은 자신의 지갑 안에 담긴 돈을 모두 꺼내 내밀었다. 그 손을 바라보며 정신이 멍해지는 순간을 경험했다.

저 손을 감싸 쥐고 싶다.

그 사람은 기어이 내 손에 돈을 쥐어줬다. 그 돈을 손에 쥐고 나는 바보 같은 물음을 던졌다.

일주일 용돈이 얼마에요?

물음이 우스웠는지 그 사람은 피식 웃었다.

육만 원이요.

육만 원, 나는 나직이 중얼거리며 손에 쥔 돈이 얼마인지를 확인했다. 사만팔천 원이었다. 나는 다시 한번 바보 같은 물음을 던졌다.

용돈 없이 어떻게 지내려고 그래요?

그 사람은 다시 한번 피식 웃었다.

괜찮아요. 오늘 커피 사주셨잖아요. 다음에도 커피를 사세요.

그러면서 손을 쫙 펴 보였다.

저도 얼마 전에 친구들과 맞췄던 반지를 잃어버렸거든요. 그래서 지금 얼마나 속이 상할지 잘 알아요. 기운내세요.

그 사람의 위로에 지갑을 잃어버린 당혹감은 가볍게 털어내졌다. 가방 속에는 잃어버린 지갑 말고도 따로 신용카드를 담아두는 지갑이 있었기에 다시 비행기를 타고 집으로 되돌아왔다. 나는 계속해서 그 사람을 생각했다. 방금 헤어졌지만, 그 사람의 앞에서는 바보처럼 말도 제대로 하지 못하면서 벌써 그리웠다. 내 마음은 계속해서 같은 말을 반복했다.

나는 저 사람을 사랑하고 있어.

나는 그 사람을 너를 만난 그때까지도 사랑하고 있었다. 그러나 불안한 삶을 위로하는 네가 필요했기에 감추는 방법으로 속였다. 나는 계속 글을 썼고 너는 읽었다. 읽어주는 네가 얼마나 큰 힘이 었는지 나는 무척 많은 소설을 완성했다.

너는 늘 불안에 떨었다. 언제나 주눅이 든 채 내 눈치를 살피며 초조한 기색을 감추지 못했다. 나는 너를 반가워하지도 않았고 또 너와 뭔가를 함께하고픈 욕구도 느끼지 못했다. 시큰둥한 얼굴로 너의 단점을 지적하고 질책하기에 바빴다. 어떤 사람도 완벽할 수 없음으로 너는 많은 빈틈을 고스란히 드러냈다. 다른 작가의 소설을 읽고 좋았다고 말하는 너를 타박하기도 했다. 나는 쓰는 사람이라서 늘 좋은 소설을 쓴 타인을 질투했기에 너는 좋은 소설을 읽었다는 이유로도 내게 혼이 났다. 유치하고 억지스러운 이유로 혼이 났지만 너는 군말이 없었다. 정말로 자신이 잘못했다는 듯이 고개를 떨어뜨린 채 반성하는 얼굴이었다.

너는 내게 무조건 순종했다. 그것은 굴종이었다. 허나 내가 바라는 것이 아니었다.

나는 자꾸만 너를 밀어냈다. 너는 매일 내 곁을 지키며 이러쿵 저러쿵 잡담들을 늘어놓고 혼자 웃기를 잘했다. 그러나 너는 본래 웃음이 많은 사람이 아니라서 내가 호응이 없는 탓에 그 웃음은 젖은 짚에 붙은 불처럼 힘없이 꺼져버렸다. 그럼에도 너는 포기하지 않고, 아니 좌절하지 않으려고 계속해서 나를 껴안았다. 나는 날카로운 가시가 잔뜩 돋아난 사람이라서 고집스럽게 견디면 견딜수록 더 깊이 찔릴 수밖에 없었다. 그런 사실을 알면서도 너는 나를 있는 힘껏 끌어안았다. 그러나 그때 내가 정말로 두려워했던 것은 네가 고백하는 그 사랑에 종속되고 붙들리는 것이었다. 그게 두려웠다. 너의 사랑이 변하게 할 내가 두려웠다.

책을 읽는 나를 몇 시간이고 바라보던 너. 글을 쓰는 나를 몇 시간이고 바라보던 너. 너의 무릎을 베고 잠든 나를 몇 시간이고 내려다보던 너. 내가 손을 잡아주면 몇 시간이고 정처 없는 걸음이라도 함께 걸어주던 너.

나는 오랫동안 잠을 이룰 수 없는 몹시 심한 불안증에 시달리

고 있었다. 잠자리에 누우면 환청이 들렸고 불을 끄면 헛것이 보
였다. 낄낄낄, 웃는 목소리가 밤이 새도록 뒷머리를 간질였다. 그
러나 너의 무릎을 찾아 머리를 맡기면 곤히 잠들 수 있었다. 너는
다리에 감각이 사라질 때까지, 사라져도 내색하지 않고 잠에 든 내
가 깨어날 때를 묵묵히 기다렸다. 나는 가끔 눈을 감고만 있었다.
기분 좋은 포근함에 잠겨들었다. 그때 너는 혼잣말처럼 중얼거렸
다. 혼잣말이었다.

오빠는 내가 바보인 줄 알지?

나는 대답하지 않았다. 대답해서는 안 되는 물음이라고 생각했
다. 지금 너의 무릎에 머리를 맡긴 채 흘려보내는 시간이 좋았다.
나는 늘 미안한 마음뿐이었다. 너의 사랑을 받을 만한 자격도 능
력도 환경도 갖추지 못했다고 생각하며 늘 그만큼의 부담감에 시
달렸다. 묵묵히 곁을 지켜주는 너라는 존재가 얼마나 나를 위로했
는지, 너는 모른다.
　늘 네가 보고 싶었다. 왜인지 너와의 만남을 하루라도 거르면 심
통이 난 어린아이처럼 불만에 가득 찼다. 너는 그런 나를 위해 회
사의 회식도 빠져버리고 친구들과의 약속에도 불참하며 내 곁을
지켰다. 그럼에도 불구하고 어쩔 수 없이 하루를 걸러야 하는 때

가 닥치면 다음 날 유치한 나의 화풀이도 묵묵히 견뎌줬다. 그때 너는 시무룩한 목소리로 미안해, 라고 말했다. 미안해. 너는 내게 미안할 것이 조금도 없는데 미안하다고 말했다.

미안해, 사랑한다는 말의 다른 표현.

나는 알고 있었다. 배시시 웃던 얼굴 뒤에 감춰진 눈물을 알고 있었다. 허나 모른 척 했다. 너를 잃고 싶지 않았기 때문에 그럴 수밖에 없었다.

너는 엄마를 이해하고 돕던 큰딸이었다. 너의 집은 유복하지는 않지만 늘 화목한 웃음이 끊이지 않는 행복이 깃든 곳이었다. 너의 여동생 둘은 공손하고 또 예의가 바른 아가씨였다. 때가 묻지 않고 제 몫을 다하는 당찬 아가씨이기도 했다. 사람들은 딸이 셋이라고 하면 그 중 셋째가 제일이라는 흔하고 재미도 없는 농을 곧잘 던졌다. 그러나 너를 통해 맏이가 제일이라는 사실을 깨달았다.

너는 책임감이 강했고 속이 깊었다. 내 앞에서 바보처럼 얼굴을 붉히고 말을 얼버무렸지만 누구나 칭찬을 하는 똑똑한 맏딸이었다. 그저 유치하고 수준이 낮은 나를 사랑했기에 그보다 더 바보스러워야 했을 뿐이었다.

너는 다니던 대학을 그만뒀다. 너는 다니던 고등학교에서 손가락에 꼽았던 우등생이었으나 가정에 보탬을 하기 위해 대학을 그만두고 직장에 다녔다. 또 착실히 저축을 하며 미래를 준비하고 있었다.

너는 손재주가 좋아 바느질이든 뜨개질이든 척척 해냈고 내 작업실 창에 꼭 맞는 커튼을 직접 만들어 걸어줬다. 너는 내가 몬드리안을 좋아한다고 생각했는지 빛을 받으면 파스텔 빛으로 은근하게 물드는 천을 색마다 예쁘게 배치했다. 그 솜씨는 정말이지 놀랄 만큼 뛰어났지만 나는 몬드리안이 아닌 파울 클레를 좋아했다. 내가 파울 클레를 좋아했다고 말했지만 파울 클레의 그림보다 네가 만든 커튼이 좋았다. 동이 터 정오가 될 때까지 넓은 네 개의 창으로 스미는 빛은 너무 강했고 그래서 눈이 시렸다. 네가 직접 만든 커튼은 빛을 가릴뿐더러 은은하게 빛나니 늘 마음에 흐뭇하고 흡족했다.

직접 눈으로 본 적은 없지만 너는 재봉틀도 무척 잘 다뤘고 요리나 청소, 빨래 등의 살림에도 능숙했다. 키가 크고 늘씬한 너는 외까풀이 없는 얼굴이 무척 도도했기에 그 누구도 그럴 것이라고 예상하지 못했다. 너의 겉으로 드러나는 분위기는 유복하고 귀하게 자란 막내딸을 연상케 했다. 그러나 그런 분위기는 스스로의 어떤 면을 감추려는 연출된 가면에 지나지 않았다. 너는 무척이나 속이 깊고 억센 여자였다.

너는 내가 다른 사람을 사랑하고 있다는 사실을 모르지 않았다. 그러나 모른 척 했다. 그래서 나는 네가 둔하고 어수룩하다고 속았다.

나는 너에게 갖고 있던 곰인형 몇 개를 선물했다. 너는 무척이나 기뻐했다. 좁은 일인용 침대 위에 커다란 곰인형을 줄줄이 늘어놓고는 함께 잠들었다. 처음 며칠은 좁은 침대에서 밀려나 바닥으로 떨어지는 일이 곧잘 있었다. 너는 곰인형의 손을 붙잡고 잠들면 침대에서 떨어지지 않는다고 말했다. 아침까지 그 손을 놓지 않는다고 웃으며 말했다. 허나 나는 믿지 않았다. 설사 그 말이 거짓이라고 할지라도 믿었어야 했는데 그러지 않았다. 그러나 그 말은 사실이었다. 너는 정말로 곰인형의 손을 붙들고 잠에 들었고 잠에서 깨어날 때까지 그 손을 놓지 않았다.

오빠, 더 많이 사랑하는 자가 약자래.

너는 소파에 앉아 기다란 다리를 늘어뜨린 채 내가 쓴 시를 읽고 있었다. 한손에 잡히는 폭이 좁고 장이 많은 뚱뚱한 공책에 나는 곧잘 시를 썼었다. 더 많이 사랑하는 자가 약자라고 말하는 너의 목소리는 무척이라는 과장조차 쓰지 못할 만큼 담담하고 건조했다. 어떤 시를 읽었는지는 모르지만 나는 결단코 그런 말을 쓴 적이 없었다. 그때까지 그런 생각을 해본 적이 없었다. 그러나 그 진부한 표현이 얼마나 잔인한 마음의 학대 속에서 뱉어졌는지가 섬뜩하게 깨달아졌다. 너는 가끔 저 말을 읊조렸다. 그 목소리는 마찬가지로 무척 담담하고 건조했다.

오빠, 더 많이 사랑하는 자가 약자래.

나는 감정의 동요를 감췄지만 너는 알고 있었다. 내가 저 말에 고통을 느낀다는 사실을 알고 있었다. 너에게 느끼는 어떤 죄책감이 마음을 불편하게 만들고 가시를 돋게 해 찌른다는 사실을 알고 있었다. 더 많이 사랑하는 자가 약자라는 말을 대면할 때면 늘 더듬고 헤맸다. 화제를 돌리기 위해 애를 쓰는 모습은 어색할 수밖에 없었다. 그런 나를 바라보던 너의 눈은 깊었다. 검은 눈동자가 그윽하게 나를 바라봤다.

눈은 거짓말을 하지 않는다.

너는 나로 인해 얼마나 아프고 고통스러운지를 알리려고 노력했다. 그것은 원망하려는 시도가 아닌 그저 자신을 온전히 바라봐주기를 바라는 마음이었다. 그런 애타는 마음을 알면서도 모른 척 했던 나는 정말로 비겁했다. 나무토막과 다를 것이 없는 남자였다. 너는 내게 아주 기본적인 것을 바랐지만 나는 단 하나도 들어줄 수 있는 게 없는 천치였다. 이렇게 말한다면 너는 허탈한 얼굴로 한숨을 내쉬겠지만 아주 기본적이고 사소한 것들이 내게는 정말이지 어렵고 또 불가능했다. 결코 거짓으로 사랑한다는 말을 하고 싶지 않았다. 나는 너를 사랑한다고 믿지 않았다. 너를 사랑하지 않았다.

나는 그때 그 사람을 사랑하고 있었다. 그 사랑을 배신하고 싶지 않았다.

너는 변하지 않는 나를 체념하고 단념했다. 그만큼 달라졌다. 너는 본래 똑똑하고 야무진 모습을 되찾은 것에 불과했지만 내게는 참 낯설고 새로웠다. 그런 너는 나를 떠나야 한다는 사실을 알면서도 외면했다. 사랑 때문에.

허나 그때 떠났어야 했다.

과거의 시간을 말하는 것이 가끔은 어처구니없을 만큼 무책임하게 느껴질 때가 있다. 지금이 바로 그런 순간이다. 너는 떠나지 않았다. 밤새 울며 괴로워하면서도 떠나지 않았다. 너는 더 많이 사랑하는 자가 약자가 되는 잔인한 다툼에서 처음부터 패자였기에 몰래 우는 것 말고는 내 앞에서 바보처럼 웃을 수밖에 없었다.

너는 바보인 척 하지 않고는 견딜 수 없었을 것이다.

너는 나에게도 너에게도 상처로 기억될 시간이 지나간다를 시작으로 우리가 올라야할 언덕과 봄의 햇살, 환상과 형제를 모두 읽었다. 또 미래에서를 읽었고 의식의 흐름마저 읽었다. 너는 오탈자와 비문으로 가득한 초고를 읽으면서도 불만이 없었다. 그런데 봄의 햇살을 읽고는 이상한 질투에 사로잡혔다. 나는 그것이 몹시 못마땅했지만 불타오르는 질투는 어떤 수단으로도 진화되지 않았다. 질투의 대상은 지승이었다. 소설에 등장하는 지승이 아닌 그런 소설을 쓰게 만든 현실에 존재하는 지승을 질투했다. 나는 신경질과 화를 내며 우스운 질투를 찍어 누르려 했다.

나는 지승에 대해서 설명했다. 질투할 만한 사람이 아니라고 말하며 두 눈에 쌍심지를 켰다. 허나 너는 눈시울을 붉히며 불만을

토했다. 불만이라고 해봐야 그냥 싫다고 우기는 것뿐이었다. 무턱
대고 우기는데 달래줄 방법이 없었다. 나는 도무지 방법이 없다고
생각했다. 그런 너를 이해한다고 따뜻하게 안아줄 수도 있었지만
나는 그런 너를 결코 이해할 수 없었다. 이해할 수 없어서 기가 차
고 또 마음이 답답했다. 그럴수록 너는 눈시울을 붉힌 채 고개를
푹 떨어뜨렸다. 두 갈래로 갈라져 앞으로 쏟아진 기다란 머리카락
뒤로 드러난 뒷목의 울퉁불퉁한 척추 뼈는 그보다 초라한 것이 없
을 정도로 보기에 안타까웠다. 고개를 좀 들어보라고 말해도 너는
도통 듣지 않았다. 늘 순종적이고 고분고분하던 너에게서는 좀처
럼 보기 힘든 반항이었다.

너는 그냥 지승이가 싫다고 말했다.

소설에 나오는 지승이도 싫고 현실 어딘가에 존재하는 지승이
도 싫다고 말했다. 죽이고 싶다고 했다. 그 말은 진심이었다. 어떤
면에서는 그런 질투가 새롭고 귀엽게 느껴지기도 했다. 허나 나는
아량이 없는 사람이라서 결국 너의 눈물바람으로 질투 사건은 막
을 내렸다. 그러나 진실을 말하건대 지승은 네가 질투할 만큼 예
쁘지도 또 선량하지도 않은 여자다. 겉은 화려하나 늘 마음의 허
기에 시달리는 빈곤한 여자다. 자신의 이상향이 뭔지 알지 못하면

서 어설프게 흉내 내려는 여자다.

그날 너는 작업실 문밖에서 새벽까지 울었다. 내게 의심을 사지 않기 위해 밝은 얼굴로 작업실을 나서고는 그대로 주저앉아 새벽까지 울었다. 너는 지승 때문에 운 것이 아니다. 나 때문에 운 것이다. 더 많이 사랑하는 자가 약자이기에 네가 우는 것이다.

너는 작가의 의도를 파악하는 능력이 뛰어난 독자임으로 소설 봄의 햇살에 담긴 내 마음을 옳게 읽었을 것이다. 그래서 울지 않고는 견딜 수 없었을 것이다. 언젠가 나는 너를 옆에 앉혀놓고 앞에 성경책을 펼쳤다. 때는 정오쯤이었다. 창문을 가린 커튼이 은근하게 물들어 너와 나를 휩싼 분위기는 곱고 참했다. 나는 창세기를 펼쳐놓고 다른 말을 먼저 꺼냈다.

혹시 이런 말 들어본 적 있어? 여자는 남자의 갈비뼈로 만들어졌다는 말. 사람들이 흔하게 하는 말이야. 여자는 남자의 갈비뼈로 만들어졌으니 남자에게 순종하라는 우스갯소리 말이야.

너는 고개를 끄덕였다. 내가 무슨 말을 하려는지 전혀 감을 잡지 못한 얼굴이었다.

내가 생각하는 가장 아름다운 사랑이야기야. 하나님은 먼저 남자를 만들었어. 최초의 남자인 아담은 에덴동산에서 부족한 것 없이 살고 있었어. 그런데 하나님이 보시기에 아담이 외로워 보이더래. 그래서 아담을 잠들게 한 뒤에 갈비뼈 하나를 빼냈어. 그 뒤에 아담을 만든 것과 같은 방법으로 흙으로 빚고 코로 숨을 불어넣어 최초의 여자인 하와를 만들었지. 그리고는 하와에게 아담에게서 빼낸 갈비뼈 하나를 넣어줬어. 이게 무엇을 상징하느냐면, 남자를 불완전한 존재로 만든 거야. 그리고 그 불완전한 부분을 여자에게 주신 것이고. 그래서 남자와 여자가 만나 완전한 하나가 된다고 말씀하셨어. 어때? 나는 이 이야기가 정말이지 세상에서 가장 아름다운 사랑이야기라고 생각해.

너의 얼굴은 발그레 물들었다. 내 말이 정말인지 확인하려고 성경책을 들여다봤다. 그러나 쑥스러움을 들키지 않으려는 시도였음을 그때 나는 알지 못했다. 기분이 흐뭇했을 너에게 나는 웃는 얼굴로 엉뚱한 말을 하기 시작했다.

친한 친구의 권유로 교회에 처음 갔던 날이었어. 무료한 마음에 성경책을 떠들어보다가 우연히 남자와 여자가 만나 완전한 하나가 된다는 구절을 읽게 됐는데, 기분이 흐뭇했어. 그날 친구가 어떤 여자아이를 소개했는데, 그 순간 왜인지 저 아이가 내 짝이라는 생각을 했어. 나와 똑같은 열아홉 살이었는데 앳된 얼굴은 흠잡을 구석 없이 예뻤어. 이름이 세영이었는데, 어쩐지 내 갈비뼈를 그 아이가 갖고 있을 것 같다는 강한 믿음을 느꼈어. 그날 나는 시를 썼어. 제목이 갈비뼈인 시를 써서 그 아이에게 전했어. 유치한 내용이었어. 당신은 서영이었습니다. 그리고 나는 세영이었습니다. 하나님은 나를 잠들게 하사 갈비뼈 하나를 취해 서영이었던 당신에게 줬습니다. 그래서 세영이었던 나는 서영이 됐고, 서영이었던 당신은 세영이 됐습니다. 그냥 성경에 빗대어 우리가 짝이라는 식의 시였어. 이름에 작대기 하나를 옮길 수 있는 우연을 이용한 유치한 시였지. 퍽이나 순진한 마음이었겠다.

나는 추억에 잠겨 비실비실 웃었다. 그때 나는 아둔하고 이기적인데다 눈치까지 없어 여전히 성경책에 고개를 처박고 있는 네가 어떤 감정에 휩싸였는지 조금도 알지 못했다. 그러나 너는 조금도 내색하지 않았다. 내색했더라도 무딘 나는 알아채지 못했을 것이지만, 또 알아챘더라도 기껏해야 신경질을 부리고 화를 냈을 것이었다. 지금 텔레비전을 켜면 나오는 세영의 아름다움으로 내 곁에 머무는 너를 누추하게 만들고픈 마음의 시도였는지도 모른다.

너는 누추해지지 않고 비참해졌다. 그러나 지승에게 했던 것처럼 세영을 죽이고 싶다고는 말하지 않았다. 너는 지승을 소설에 썼던 지나간 시간 속에 존재하는 나를 사랑했지만 아주 먼 과거 속에서 갈비뼈를 시라고 썼던 나는 사랑하지는 않았다.

우리는 분명히 끝을 알고 있었다. 모른 체 했을 뿐.

오늘은 그 사람을 만나기로 약속했던 날이었다. 그래서 너를 떼어낼 궁리를 했다. 합당한 이유를 찾으려 했지만 쉽지 않았다. 그때 너는 조심스러운 목소리로 친구들을 오랫동안 만나지 못했다고 말했다. 또 그동안 회사의 회식에 참석하지 않아 단단히 눈치를 받았다고 말했다. 그래서 오늘은 회사의 회식에 참석한 뒤 친구들을 만나고 싶다고, 그래도 되겠냐고 물었다. 그때 나는 그저 잘됐다고만 생각했다. 그 사람을 만날 생각에 들떴다. 그런 나처럼 너도 아주 들떴다. 회사의 회식에도 참석하고 친구들도 만나라는 내 허락에 진심으로 고마움과 미안함을 표시했다.

나는 그 사람을 만났다. 그곳은 성신여대를 마주보는 삼층에 위치한 찻집이었다. 그 사람은 볼일이 있어 서울에 왔다고 말했다. 아니, 한 달 전쯤 서울에 갈 예정을 말하며 정말로 가게 된다면 커피를 마시자고 제안했다. 나는 그러자고 승낙했다. 그 사람과의 만

남은 아주 긴 시간을 사이에 두고 이뤄졌다. 밥을 먹고 차를 마시면 계절은 쉽게도 바뀌었다.

그 사람은 여전히 아름다웠다. 나는 계단을 오르다가 그만 숨이 멎을 것 같은 순간에 직면했다. 무심한 얼굴로 창가에 앉아 밖을 내다보는 그 사람은 무언가에 비유할 수 없을 만큼 아름다웠다. 봄의 햇살이 온통 그 사람에게만 쏟아지는 것 같았다. 의자에 비스듬히 앉아 턱을 받힌 채 까딱이는 기다란 손가락, 창밖 멀리를 바라보며 초점을 잃은 쌍꺼풀이 진한 두 눈, 허연 이마를 가리는 몇 가닥의 머리카락과 어깨 위로 쏟아져 내린 기다란 갈색 머리. 그 사람의 갈색 머리카락은 염색을 한 인위적인 빛이 아니었다. 숱이 많고 가느다래 햇볕에 물드는 자연스러운 색이었다. 인위적인 약으로는 흉내 낼 수 없는 보드랍고 살랑거리는 빛이었다.

그 사람과 나는 배시시 웃을 뿐 많은 말을 주고받지는 않았다.

그 사람과의 대화는 고작 그동안 어떻게 지냈냐는 정도의 수준에서 시작되고 마무리됐다. 헤아려보니 봄에 만나고 가을에 만나고 다음해의 여름에 만나고 가을에 만나고 그리고 지금 봄에 만나는 것이었다. 만남과 만남 사이의 공백이 멀어 당연히 어떻게 지내는지를 물을 수밖에 없었다. 사실 물을 것도 없이 아주 잘 지낸

318

다는 사실을 알고 있었다. 어떤 것에도 아쉬움이 없는 성격 탓이었다. 잠을 충분히 잤고 끼니를 거르지 않고 잘 챙겨먹었다. 좋아하는 만화를 꼬박꼬박 챙겨봤고 영화관에도 자주 갔다. 또 친한 친구들이 많았고 모두 여자였다.

너는 왜 나를 만나?

오랫동안 묻고 싶었던 물음이었다. 나를 일 년에 한 번, 혹은 두 번을 꼭 만나려는 그 사람이 이해되지 않았다. 아주 오래 전부터 이해되지 않았지만 굳이 묻지 않았었다. 대답은 간단했다.

그냥 어떻게 변했을지 궁금해서요.
어떻게 변한 거 같아?
그대로네요.

밤은 금방 찾아왔다. 밤이 깊어가는 것도 금방이었다. 밤이 깊을 때까지 그 사람과 겨우 커피를 한 잔 마시고 저녁식사를 하고 다시 커피를 한 잔 마셨을 뿐이었다. 헤어짐은 조금 어색했다. 아주 오랜만의 만남이었기에 그만큼 짙은 아쉬움이 어색함이라는 색을 입었다. 아니, 함께 있고 싶다는 마음을 나도 그 사람도 고백할 수 없는 현실의 애석함이었다.

나는 그 사람을 보내고 너를 마중하러 갔다. 너는 오늘 회사의
회식에 참석하고 친구들을 만나는 것이 몹시도 미안하고 또 마음
에 불편했는지 계속해서 미안하다고 메시지를 보냈다. 정작 너 몰
래 그 사람을 만난 나는 미안함을 느끼지 않았다. 또 미안하다는
너의 말이, 그 감정이 너무나도 생경해 꼭 마취제가 투여된 살이
꼬집히는 기분이었다. 미안하다는 그 말에 잡아먹히지 않기 위해
얼굴 가죽이 두꺼워졌다.

자정에 가까운 시간이었다. 너는 너를 마중하러 오는 나를 마
중 나와 있었다. 웃고 있었다. 너의 웃는 얼굴은 인파 속에서 금
방 찾을 수 있도록 도왔다. 작업실이 아닌 길 위에서 바라본 너는
조금 달리 보였다. 그런 너는 나를 발견하고는 손을 번쩍 들고 달
려와 안겼다. 아니, 나를 안았다. 너는 내 품에서 잇따라 자꾸 나
를 불렀다.

오빠, 보고 싶었어.

너는 언제나 조바심을 느끼는 얼굴이었다. 그래서 그토록 무구
하게 웃는 얼굴이 낯설었다. 너는 기분이 무척 좋아보였다. 아니,
좋았다. 너를 마중 나온 나 때문에 기분이 좋았다. 그러나 나는 네

320

가 마신 맥주 몇 잔 때문이라고 믿었다. 너는 술을 마셨다고 술내를 풍기는 여자가 아니었지만 나는 술내를 맡았다. 내 지독한 코는 네가 마신 맥주 몇 잔이라는 단서만으로도 나지 않는 술내를 맡았다.

너의 손을 꼭 쥐었다. 그래야만 내 품에서 빠져나올 것 같았다. 내가 택시를 잡으려고 하자 너는 싫다고 고집을 부렸다. 걷고 싶다고 말했다. 나는 네가 신은 신발을 가리키며 안 된다고 말했다. 그때 내 얼굴에 서린 빛은 무척 단호하고 냉담했다. 멍청한 나는 네가 굽이 있는 구두를 신고 두 시간 거리를 걸어가자고 우긴다고만 생각했다. 걷다가 다리가 아프면 그때 택시를 잡아타도 된다는 사실을 몰랐다.

너는 내 팔을 붙들고 매달리며 그럼 저기까지만 걷자고 멀리를 가리켰다. 나는 어쩔 수 없이 그러자고 했다. 그때 나는 지금 내가 너를 위하고 있다고 믿었다. 구두를 신은 너의 발이 아플까봐 염려해 화를 내는 거라고 믿었다. 허나 너는 술에 취하지 않았다. 내가 술에 취했다고 믿기 때문에 그런 척을 하는 것이었다. 술에 취한 척 속에 담은 말을 꺼냈다.

오빠는 내가 얼마나 인기가 많은지 몰라.

너는 남자들이 흑심을 품게 할 만큼 아름다운 여자였다. 단지 나를 사랑한다는 이유로 바보 취급을 당할 뿐이었다. 너는 직장에서도 친구들 사이에서도 인기가 많았지만 나는 그런 너를 바보라고 생각했다.

너는 계속해서 걷자고 고집을 부렸다. 저기까지만 걷자고 말했던 그 곳에 다다르면 또 저 멀리를 가리키며 저기까지만 걷자고 애교 섞인 고집을 부렸다. 그럴 때마다 나는 번번이 화를 냈다.

너 지금 구두를 신고 발이 아파서 어떻게 걸어가려고 그래!

그때 나는 구두를 신은 너의 발이 아플까봐 오직 그것만이 염려스러웠다. 지독스럽게도 바보 같은 아집은 두려움을 근원으로 됐다. 나를 사랑한다는 이유로 자신의 전부를 내던진 네가 두려웠다. 아무리 밀어내도 내 마음 안으로 슬금슬금 다가서는 네가 두려웠다. 네가 말하는 사랑이 두려웠다. 그래서 기어코 화를 내고야 말았다. 나는 아주 간단하게 다 끝내자고 말했다.

아니, 악을 썼다.

나는 사랑도 믿지 않고 너의 사랑은 더더욱 믿지 않으니 사라지라고, 꺼지라고 악을 썼다. 그때까지 기분이 좋아 바보처럼 웃던 너는 두 손을 가슴 앞에 모은 채 바들바들 떨었다. 내게 왜 그러냐고 묻지도 못했다.

오빠, 더 많이 사랑하는 자가 약자래.

나는 일방적으로 단교를 선언한 뒤 택시를 잡아타고 예술의 거리, 그 작업실로 돌아왔다. 아니, 작업실을 향해 달리던 택시를 너의 집 방향으로 꺾었다. 쓸쓸한 거리였다. 새벽이었고 저만치 멀리에서 불을 밝히고 있는 가로등만이 그때의 세상을 바라보는 유일한 눈이었다. 그 밑에서 너를 기다렸다. 그러나 너는 오지 않았다. 네가 집으로 들어갈 거라고 생각한 머리는 얼마나 단순하고 또 멍청한지 모른다. 나는 너를 기다리다 지쳐 작업실로 돌아왔다. 새벽이 깊었지만 조금도 피곤하지 않았다.

그저 네게 미안했다.

나는 소파에 멍하니 앉아 있다가 잠에 들었다. 잠에서 깨어난 뒤에야 읽지 못한 메시지를 발견했다. 시간을 짐작하니 막 작업실에 도착했던 그 즈음이었다.

오빠, 나 지금 작업실 앞 공원에 와있어. 나는 바보라서 지금의 상황이 이해되지 않아. 오빠가 왜 화가 났는지 내 어떤 면이 오빠를 그토록 화나게 만드는지 모르겠어. 제발 알려줘! 나 기다릴게. 오지 않는다면 정말로 끝이라고 받아들일게. 오빠! 사랑해.

한 시간 뒤 너는 두 번째 메시지를 보냈다.

오빠, 나 너무 무서워.

나는 여전히 너의 마음을 읽지 못했다. 오빠, 나 너무 무서워, 라는 메시지는 밤이 무섭다는 말이 아니라, 갑자기 나타날지도 모르는 불한당이 무섭다는 말이 아니라 내가 떠날까봐 무섭다는 말이었다.

나는 두려움에 사로잡힌 채 식은땀을 흘렸다. 그러는 동시에 지금 나를 괴롭히는 마음의 불안을 외면하려고 애썼다. 시간은 정오에 가까웠지만 작업실 앞 공원을 확인해야만 했다. 네가 없는 것을 확인해야만 마음의 불안을 떨쳐버릴 수 있을 것 같았다. 발걸음은 아주 느릿했다. 모르는 사람이 봤을 때 내가 태평하다고 느낄 만큼 천천히 걸었다. 그런데 너는 여전히 거기에 있었다. 벤치에 앉아 두 다리를 모아 올리고 무릎 위에 이마를 얹은 채 잠들어 있었다. 그때 나는 슬펐다. 도무지 네가 왜 그래야만 하는지를 납득할 수 없었다. 너는 똑똑하고 귀한 여자였다. 그런데 왜 기다란 머리카락을 앞으로 쏟은 채 초라한 꼬락서니로 밤을 지새웠는지 이해할 수 없었다. 또 얼마나 무서웠을지, 또 얼마나 위험한 시간이었을지 나는 너무 화가 났다.

그래! 나는 갑자기 너무 화가 났다. 화가 치솟았다.

나는 너를 향해 버럭 소리를 질렀다.

여기서 뭐하는 거야!

너는 깜짝 놀라며 고개를 들었다. 그리고는 웃었다. 두 눈에 쌍심지를 켜고 화를 내는 나를 올려다보며 웃었다. 너는 벌떡 일어나 나를 끌어안았다. 내 몸통을 끌어안고 잇따라 자꾸 나를 불렀다.

오빠, 사랑해.

내 가슴을 내찌르는 날카로운 송곳 같은 말, 그 말이 나를 얼마나 외소한 사람으로 찌그러뜨리고 깔아뭉갰는지 나는 말을 잃고 잠자코 서있었다. 너는 나를 탓하지도 않고 기뻐했다. 너처럼 나도 긴 밤을 괴로움으로 지새웠다고 생각하는지 되레 미안해했다. 그러나 나는 잠을 잘 잤고 네가 없는 것을 확인하기 위해 여기에 왔을 뿐이었다. 그런 나를 너는 다시금 사랑한다고 말했다. 그때 너는 얼마나 울었는지 벌겋게 물든 눈은 며칠이 지나도록 그대로였다.

눈은 거짓말을 하지 않는다.

너는 붉은 눈으로 시를 읽었다. 내가 쓴 시는 허무맹랑하고 어설플 뿐인데 너는 좋다며 곧잘 읽었다. 시가 좋다는 말을 정작 시를 쓴 사람인 나는 믿지 않았다. 시에는 문외한인데다 그렇게 쓴 시가 좋을 리가 없었다. 그러나 너의 손에 들린 시는 내 마음에 얼마나 불안한 것이었는지 모른다.

오빠는 시도 잘 쓰네.

너는 배시시 웃으며 마음에 드는 시가 있는지 낭독했다. 나는 부끄러움에 낯을 붉혔다. 왜인지 화가 나지는 않았다.

어둠이 내려앉을 때 저는 희망에 부풀어 오릅니다. 창 너머 세상을 밝힌 불빛 점들이 이제는 너무 멀리 떨어져 만날 수 없는 그대와 나를 이어주는 길처럼 보입니다. 그때 제 다리 길어져 저 불빛 점들 하나하나 밟아 건너고 있습니다. 그대를 만나고픈 내 마음만 같다면 저 불빛 점들 모두 밟아 건널 수 있을 것 같습니다. 그래도 찾지 못한다면 하늘의 별들까지 하나하나 밟아 건널 수 있습니다. 그대는 가장 빛나는 별에서 나를 기다리고 있습니다.

너는 말했다.

시를 쓰던 오빠의 마음이 느껴져. 그래서 좋은 시야. 내게는.

너는 작가의 의도를 꿰뚫는 능력이 뛰어난 독자였다. 시는 형편없지만 저런 시를 쓸 수밖에 없었던 그리움은 정말이지 간절하고 또 애달팠다. 나는 그 사람이 정말로 그리웠다. 어둠이 내려앉은 창밖을 바라볼 때면 지금 그 사람은 어느 가로등 밑을 지나고 있을까, 생각했다. 어쩌면 나와 함께 지났던 가로등 아래일지도 모른다는 생각에 얼굴을 붉히기도 했다. 또 당장에라도 저 무수한 불빛들 전부를 헤아려 만나고픈 마음이었다.

너는 그런 나의 마음을 읽은 것이다.

그때 나는 온통 그 사람을 생각하며 하루를 보냈다. 굿네이버스와 백혈병어린이재단과 협약을 맺고 진행하는 사업으로 신경 쓸 일이 많고 바빴지만 첫 번째는 분명하게 그 사람이었다. 그 사람은 온종일 내 곁을 떠나지 않았다. 꿈에서도 보았고 생시에서도 보았다. 그러나 좀처럼 다음 만남은 이뤄지지 않았다. 무엇보다 내가 바빴다. 그때는 성공에 대한 꿈이 있었다. 이뤄내는 성취에 만족했다. 그러나 이런 만족보다도 그 사람에 대한 그리움이 간절했다.

아! 그것은 사랑.

그 사람을 마주하자 사랑을 확신했다. 자연스럽게 손을 잡았다. 보드라운 손이었다. 어깨가 부딪힐 만큼 가까운 사이를 두고 걸었다. 그 사람은 살짝 웃었다. 쌍꺼풀이 진한 두 눈이 슬며시 감겼다. 그때 나는 스물세 살, 잡은 손의 주인은 스무 살이었다.

나는 그 사람을 결코 포기할 수 없었다.

나는 그 사람을 만나기 위해 노력했다. 온 마음을 바친 노력이었다. 우리가 함께 머물 수 있는 방을 구했고 가구를 들였다. 그것은 어려운 일이 아니었다. 그 사람의 마음도 나와 같아서 다행이었다. 같은 마음이 아니었다면 결코 그 난리를 참아줄 수 없었을 것이었다.

그 사람과 함께하는 시간은 날이 갈수록 늘어났다. 결국 새벽 두 시나 세 시까지 서로를 부둥켜안은 채 견뎠다. 허나 외박은 하지 않았다. 새벽, 그 사람을 집까지 바래다준 뒤 돌아와 짧은 잠을 잤다. 두 시간 혹은 세 시간, 잠은 부족했지만 동이 트면 저절로 눈이 떠졌다. 시간을 지체하지 않고 곧장 마중을 나갔다. 그 사람은 졸린 눈을 부비며 내게 안겼다. 그렇게 동이 틀 무렵에 만나 새벽까지 하루를 함께했다.

봄은 금방 가버리고 점점 더워졌다. 그 사람은 더위를 잘 견디지 못했다. 어떤 것에도 아쉬움이 없는 느긋한 성격이라서 더위처럼 이유 없는 고난에 더욱 힘겨워하는지도 몰랐다. 그런 더위를 핑계 삼아 자주 옷을 벗었다. 완전한 알몸이 되는 것을 좋아했다. 그 사람은 몸매의 균형이 빼어났다. 가슴은 한손에 담을 수 없을 만큼 풍만하고 보드라웠다. 또 그만큼 탐스러운 엉덩이와 잘록한 허리는 스물세 살의 나를 늘 달아오르게 만들었다. 기다란 다리, 그 사람의 다리는 길고 매끄러웠다.

그리고 처녀였다.

나는 그 사람을 온전히 소유했다는 믿음으로 마음의 안정을 얻었다. 결코 섹스 때문이 아니었다. 결코 나를 떠나지 않을 것이라는 믿음 때문이었다. 매일 하루의 대부분을 함께했지만 조금도 지루할 틈이 없었다. 그 사람은 수더분한 성격이었지만 서로의 곁에 머문다는 사실 하나만으로도 특별한 흥밋거리가 필요하지 않았다. 그렇다고 장난이 없던 것도 아니었다. 그 사람은 짐작할 수 없는 엉뚱함을 갖고 있었다. 의외로 노래를 아주 잘 불렀고 춤을 추는 몸이 유연했다. 신나게 노래를 부르고 춤을 춰놓고는 쑥스러움에 얼굴을 붉혔다. 쑥스러움을 느낄 때면 내 옆구리에 얼굴을 파묻었다. 그럴 때면 킁킁 내 살내를 맡았다. 그 사람은 내게서 맡아지는 특별한 살내가 있다고 말했다. 코를 대고 킁킁거리기를 좋아했다.

너처럼.

그러나 여름이 다 가기도 전에 심각한 문제에 직면했다. 그것은 일상에 관한 문제였다. 동이 틀 무렵부터 새벽까지 하루의 대부분을 함께했기에 일상적인 부분을 모두 포기해야만 했다. 가볍게 여겼던 일상의 부재는 점점 커다란 문제를 야기했다. 어쩌면 그때까지 서로의 일상을 포기했다는 사실조차 느끼지 못했는지 의아스러웠다. 그 사람은 학교에 거의 나가지 못했고 나는 굿네이버스와 백혈병어린이재단과의 협약에 충실하지 못했다. 나의 빈자리를 친구가 메우고 있었지만 해결해야할 문제가 산더미처럼 밀렸다. 그래서 우리는 약속했다. 만나는 시간을 줄이고 마땅히 해야 할 일들을 하자고. 또 그것이 당연한 것이니 서로에 대한 마음을 의심하지도 말자고. 그 사람은 과묵하게 고개를 끄덕였다. 그러나 약속은 번번이 깨졌다. 그 사람은 문제없이 일상으로 되돌아갔지만 나는 그러지 못했다. 오전을 견디지 못하고 그 사람에게 달려갔다. 그러면서 괴로워했다. 내가 청춘을 걸고 이루고자 했던 꿈이 시작 단계에서 망가지고 와해되는 것을 지켜봐야 했다. 그런 중대한 문제 앞에서 나는 그 사람이 보고 싶다고 매일 달려가는 것에만 바빴다. 그런 내게 실망한 사람들은 견디지 못하고 하나둘씩 떠나갔다. 그런 실책이 모두 그 사람의 탓이라고 생각했다. 결코 그 사람의 탓이 아니었지만 마음에 미움을 품었다.

그 사람이 정말로 미웠을까?

나는 그 사람을 괴롭히기 시작했다. 마음에 품게 된 미움은 지능적으로 그 사람을 괴롭혔다. 괴롭힘을 위해 사랑을 이용하는 악랄함도 서슴없이 발휘했다. 나는 사랑을 속삭인 뒤 별안간 너는 내 인생을 망치는 존재라고 악을 쓰며 비난했다. 너 때문에 오랜 시간 고생해 준비한 꿈이 박살났다고 욕지거리를 쏟았다. 이상하게도 그 순간만큼은 모든 잘못이 그 사람에게 있다고 믿어졌다. 그 사람이 최대한 고통 받고 아파하도록 최선을 다했다. 할 수 있는 날카로운 말들을 모두 쏟아내고 고함을 지르고 험악한 분위기를 연출했다. 그 사람은 갑자기 변해버린 나에게 도통 적응하지 못했다. 나는 기분이 좋았다가도 아주 사소한 것을 트집 잡으며 괴팍하게 돌변했다. 예를 들자면 얼굴의 빛이 좋지 않다는 식의 걱정으로도 시작됐다.

무슨 일 있어? 안색이 어두워.

그 사람은 벌써 벌벌 떨기 시작했다. 학습효과 때문이었다. 어떤 대답도 소용없이 악다구니를 썼다. 너 때문에 모든 것이 망가졌다고 욕지거리를 서슴없이 뱉었다. 그 오물덩어리를 뒤집어 쓴 그 사람은 얼마 지나지 않아 울음을 터뜨렸다. 도대체 왜 그러냐고,

자신이 무엇을 잘못했냐고, 마음에 들지 않는 부분이 있다면 말을 해달라고, 뭐든지 하겠다고 호소하며 간절히 빌었다. 마음이 아프다며 자신의 가슴을 때리고 쥐어뜯으며 굵은 눈물을 뚝뚝 떨어뜨리던 모습은 정말이지 무고하고 가여웠다. 허나 상처를 주겠다고 결심한 내 마음에는 조금도 와 닿지 않았다.

그 사람이 가장 고통스러워했던 말은 너는 나를 사랑하지 않는다는 냉소적인, 혹은 절망적인 단정이었다. 나는 다양한 표정과 모습을 연출한 뒤 너는 나를 사랑하지 않는다고 말했다. 그 말을 들은 그 사람은 펄쩍 뛰며 아니라고 팔을 내젓다가 하늘을 올려다본 채 으아앙 울음을 터뜨렸다. 좀처럼 그치지 않던 서러운 울음이었다. 그 모습을 어쩌면 냉담한 마음으로 지켜볼 수 있었는지, 그때의 나를 설명할 수 있는 말이 없다.

나는 너를 사랑해. 떠나라는 말은 모두 거짓이야. 그러니까 아무리 내가 떠나라고 해도 절대 가지마. 나를 안아줘. 그럼 화가 풀릴 거야.

나는 그 사람에게 이렇게 말했다. 그 사람은 고개를 끄덕였다. 그리고 내 말을 지키려고 최선을 다했다. 내가 아무리 화를 내고 당장 내 눈앞에서 사라지라고 악다구니를 쓰며 죽인다고 을러도 떠나지 않았다. 두려움에 발발 떨면서도 눈물을 뚝뚝 떨어뜨리면서도 필사적으로 견뎠다. 사실 사랑한다는 말조차 더욱 커다란 아픔을 주려는 수단에 불과했다. 그럼에도 자신만만했다.

결코 변하지 않을 사랑을 믿었다.

나는 그 사람과 마주앉아 기타를 연주하는 법을 가르쳤다. 그 사람은 손가락이 길고 깃든 힘이 좋아 줄을 누르는 기술이 부쩍부쩍 좋아졌다. 그래서인지 기타를 가르치는 일이 즐거웠다. 양반다리를 하고 앉아 한쪽 허벅지에 기타를 얹고 악보를 내려다보는 그 사람은 참 예뻤다. 마음에 가득 차오를 만큼 예뻤다. 그런데 갑자기 그 때문에 화가 났다. 너는 이토록 예쁜 사람이라 언젠가는 나를 떠날 것이라는 게 화를 내는 이유였다.

그 사람은 기타를 품에 안은 채 한참을 울었다. 눈물 앞에서도 나는 조금도 약해지지 않았다. 내가 잠깐 자리를 비운 사이 그 사람은 몰래 집을 빠져나갔다. 내가 아무리 화를 내도 결코 떠나지 말아달라는 말을 무시한 채 가버렸다. 나는 오직 네가 가버렸다는 사실만을 괘씸하게 생각했다. 창문을 열고 밖을 내다보니 그 큰 사람이 고개를 푹 숙인 채 빠른 걸음으로 멀어지고 있었다. 노란색 원피스를 입고 있었다. 그제야 그 사람이 입고 있는 노란색 원피스가 눈에 들어왔다. 언젠가 길을 걷다 네가 입으면 참 예쁘겠다고 말하며 가리켰던 그 노란 원피스였다. 그 사람은 연락을 받지 않았다.

이제 연락을 그만했으면 해요. 죄송합니다.

그 사람에게서 보내진 메시지였다. 이제 연락을 그만했으면 한다는 말 속에 담긴 아픔과 상처가 고스란히 느껴졌다. 그리고 깨달았다. 정말 끝이라는 사실을. 아! 이 사람과 정말로 끝이 났구나, 하는 현실이 가슴을 강하게 때렸다. 아찔한 현기증에 눈을 질끈 감았다. 거칠어진 호흡과 몸의 떨림은 좀처럼 멎어들지 않았다. 자리에 앉아 멍하니 허공을 바라봤다. 머릿속이 아득해지더니 점점 무기력해졌다. 그대로 화장실에 달려가 속에 든 것을 모두 게워냈다. 도무지 정신을 차릴 수 없을 만큼 몸이 아팠다. 그저 눕고 싶은 마음뿐이었다. 그래서 퇴근 시간을 어기고 자동차에 올랐다. 허나 운전을 할 수 있을 만큼 상태가 좋지 못했다. 꼭 수수깡처럼 나약해진 다리는 걷기조차 버거워했다. 택시를 잡아타고 반쯤 정신이 나간 채로 집에 도착했다. 추웠다. 마치 지금 몸이 떨리는 이유가 추위 때문이라고 생각해 한여름에 보일러의 온도를 잔뜩 올리고 두꺼운 이불을 뒤집어썼다. 얼른 잠에 들어 이 고통에서 벗어나고 싶었지만 그때는 대낮이었고 마음 가득 차오른 슬픔은 망각이라는 도피를 허락하지 않았다.

나는 고통 속에서 밤새 울었다. 그제야 그 사람이 흘렸던 눈물이 얼마나 뜨거웠는지가 깨달아졌다. 또 얼마나 아픈 마음에서 새어 나왔는지도 알게 됐다. 나는 그 사람을 놓아주기로 결심했다. 그것이 그때 내가 할 수 있는 유일한 배려였고 고통을 덜어주는 일이었다. 그러나 그 사람에게서 내 이름이 완전히 지워지는 것은 두려웠다. 내 이름이 언제까지나 그 사람의 마음속에 남아있기를 바랐다. 그래서 훗날 우연히 들린 서점에서, 혹은 누군가의 손에 들린 책에서 내 이름을 만났을 때 저 남자가, 나서영이라는 남자가 너를 많이 사랑했었다고 기억해주기를 바랐다. 나로 인해 살며시 웃어주기를 바랐다. 그렇게 커다란 상처를 줘놓고는 뻔뻔스럽게도 그런 낭만을 바랐다.

내가 실제로 아팠기에 소설, 봄의 햇살에서 실연당한 지승이 그것을 이유로 갑작스럽게 아플 수 있었다. 내가 아프지 않았다면 소설 속 누구라도 사랑을 잃는 것으로 아프지 못했을 것이다.

시간이 많이 흐른 어느 날, 그 사람에게서 먼저 연락이 왔다. 무척이나 기분이 좋아보였다. 그 사람의 목소리를 들으니 내 기분도 단번에 좋아졌다. 단지 잘 지내는지가 궁금해서 전화를 걸었다고 말했다. 나는 잘 지내고 있다고 대답했다. 맡은 일을 열심히 하고 있다고, 또 방송촬영을 앞두고 있다고 근황을 전했다. 그것에 대한 대답은 짧았다. 다행이네, 그 사람은 배시시 웃으며 다행이라고 말했다. 그러나 그런 분위기와 말투가 우울했다. 허나 나는 알아채지 못했다.

그 뒤로도 종종 연락을 주고받았다. 안부를 묻고 답하는 것이 전부였다. 먼저 만남을 청하자 흔쾌히 응해줬다. 분위기는 아주 편안했다. 나는 많이 웃었고 어떤 것으로도 화가 나지 않았다. 그 사람은 여전히 아름다웠다. 어쩐지 나이가 들수록 성숙해지며 더욱 아름다워지는 것 같았다. 여전히 어떤 것에도 아쉬움이 없었고 친구들과 어울리며 즐거운 나날들을 보내고 있었다. 그날 연말에 공연을 보러가기로 약속했다. 내가 음치인지 의심하는 휴일이 형의 공연이었다. 그 사람에게 기타를 가르치며 사용했던 교제는 대부분 휴일이 형의 노래였다. 나는 노래를 불러줬었다.

내가 어떻게 이 바다 위에서 살아남을지 나도 궁금해/ 수많은 새들이 날아오는 섬 하지만 나에겐 거짓말 같은 배/ 화려한 것들이 결국 다 날아가 버려도 외롭진 않겠네/ 니가 내 곁에 남아있으니/ 이젠 나의 어깨 위에서 바른말은 아니어도 속삭여주는 짧은 머리 앵

무새/ 부산이 고향이면 멀리서 날아왔구나 내말만 따라해 그럼 널 사랑해줄게/ 지난날이 많이 아쉬워 바른말도 못하는 날 다 들어주는 짧은 머리 앵무새/

그 사람은 부산이 고향이었다. 허나 공연에는 함께 갈 수 없었다. 분주했던 연말, 그 사람은 갑작스럽게 만남을 청했다. 단순한 만남쯤으로 생각한 나는 가벼운 마음으로 약속장소에 나갔다. 그 사람은 입가에 살짝 미소를 머금으며 입구에 들어서는 나를 향해 손을 들어 보였다. 마주앉아 역시나 소소한 이야기를 주고받았다. 그러다 돌연 그 사람의 안색이 어두워졌다. 아둔하고 무딘 내가 알아챌 수 있을 정도였다. 그 사람은 울기 시작했다. 그러나 울지 않으려고 미리 결심을 했었는지 훌쩍이면서도 몇 번이고 애써 웃었다. 마치 억지로 웃으면 울음이 그칠 것이라고 믿는 것처럼. 아니, 내 눈에 우는 것으로 보이지 않는다고 생각하는 것처럼.

그 사람은 눈물을 뚝뚝 떨어뜨리면서 작은 상자 하나를 탁자 위에 올려놓았다. 그 상자 안에는 내가 선물한 목걸이와 시계, 그리고 내 소식이 담긴 신문기사와 잡지의 인터뷰를 스크랩한 것들이 담겨있었다. 나는 그 사람을 똑바로 쳐다봤다. 할 말이 없었다. 가슴이 시큰해지더니 곧 나도 울기 시작했다. 넋을 잃은 얼굴에 눈물이 주르륵 흘러내렸다.

울지 마.

나는 울지 말라고 했다. 그러자 그 사람은 설핏 웃었다. 왜 웃는지 알 수 없었다. 쌍꺼풀이 진한 커다란 눈에서는 계속해서 눈물이 주르륵 흘러내렸다. 닦아주고 싶었지만 그럴 수 없었다. 나는 그만큼 변변찮은 사람이었다. 그 사람은 처음으로 내게 존댓말을 하지 않았다.

나 이제는 정말로 너를 정리를 하고 싶어. 그동안 이런 것들을 품에 안고 얼마나 울었는지 몰라. 나는 아직도 너를 사랑하는데, 조금도 변한 게 없는데 이런 이유로 고통 받는 거 이제는 싫어. 너 주려고 가져왔어. 친구들은 전부 버리라고 난리였지만 결코 버릴 수 없었어. 그래서 가져왔어. 네가 가져가. 제발, 부탁이야. 너를 잊을래. 너에게 미안해하지도 않을 거야.

나는 고개를 끄덕였다.

그리고 공연 말인데, 나는 가지 못할 거 같아. 다른 사람하고 가. 미리 말해줘야 귀한 표를 버리지 않지.

나는 다시 한번 고개를 끄덕였다. 그리고 말했다. 정말로 빤한 말밖에는 할 수 있는 말이 없었다.

꼭 성공해서 찾아갈게.

그 사람은 고개를 가로저었다.

아니, 성공하면 찾아오지 마. 하다가 잘 안되고 힘들고 실패하면 그때 찾아와.

그 사람은 나를 바라보며 설핏 웃었다.

나를 찾아올 일 없을 거야. 너는 성공할 거니까.

나는 지금 실패했는데.

나는 그러마고 단단히 다짐했다. 그 사람에게서 완전히 사라져야만 했다. 허나 열렬히 사랑하는 마음은 버릴 수가 없었다. 그런때 너를 만난 것이다. 너도 나를 사랑한다고 말했지만 내게 사랑은 유일하게 저 하나가 전부였음으로 결코 진실이 될 수 없었다.

너는 사랑을 이유로 끊임없이 고통 받았다.

그러나,

나도 고통 받았다.

언젠가는 나도 너를 사랑한다고 속였다. 너를 속임과 동시에 나를 속였다. 이제는 그 사람을 잊었다고 믿었다. 믿고 싶었다. 너는 어디에서나 사랑받는 사람이었다. 누구나 소중하게 대하는 사람이었다. 어쩌면 그런 사실을 모를 수 있었는지 서서히 깨달아가며 경악스러움을 금할 길이 없었다. 그런 이유만으로도 충분히 사랑할 수 있었다. 그럴 수 있다고 믿었다.

너를 위해 그 사람에 대한 기억을 지우려고 노력했다. 간직했던 모든 물건을 처분했다. 그러자 마음이 가벼워졌다. 마지못한 선택이었지만 너로 인해 그 사람을 완전히 떠나보낼 수 있었다. 어쩌면 그때 나에게 그 사람을 사랑했다는 그리움은 지독한 망령이었는지도 모른다. 그래서 고통스러웠고 사랑한다는 말에 간담이 서늘해지는 날카로움을 껴안았다. 너는 그런 망령에서 나를 해방시

켰다. 그제야 너의 사랑한다는 고백이 마음에 달콤하고 따스하게
다가왔다.

오빠, 사랑해.

너는 이토록 웃음이 많은 사람이었는지 처음 알았다. 매일 너
를 집까지 바래다줬다. 걸음으로 삼십 분이 걸리는 그 길을 걷는
내내 너는 키득키득 웃었다. 내 손을 꽉 그러쥐었다가 내 팔을 꽉
끌어안았다가 내 몸통을 끌어안고 매달렸다. 나를 너무 사랑한다
고, 온전히 갖고 싶다고 속삭였다. 내 아둔한 머리가 아닌 심장이
듣도록 가슴에다 대고 속삭였다. 그런 너를 집으로 들여보내고 돌
아오던 길에 마음이 얼마나 쓰라렸는지 가누기가 어려웠다. 나는
나를 온전히 네게 주려고 했다. 그러고 싶었다. 짧은 한때였지만
진짜 사랑인 것처럼 조금의 모순도 느껴지지 않았다. 너를 사랑한
다고 믿었다.

그러나,

그 사랑은 진짜가 아닌 탓에 나중에 지불해야할 눈물과 아픔이
정말이지 혹독하고 잔인했다.

나는 너의 일기를 훔쳐봤다. 일기를 감추는 네가 수상하고 묘하게 호기심을 불러일으켰다. 그렇게 해서 상처받을 너를 도무지 헤아리지 못했다. 너의 가방에서 몰래 일기를 꺼내 감췄다. 너는 그런 사실을 모른 채 순진하게 웃으며 집으로 돌아갔다. 홀로 남은 작업실에서 나는 일기를 펼쳤다. 그때까지 너는 순진한 바보였고 나만 사랑하는 해바라기였기에 입가에 여유로운 미소가 떠올라 있었다. 일기의 첫 장에는 나와의 첫 만남이 기록되어 있었다. 나를 만나고부터 쓰기 시작한 일기였다. 너는 아주 담담한 문체로 마음을 옮겨놓았다.

그는 자신을 작가라고 소개했다. 그러면서는 작가라고 불리는 것에 질색했다. 어쩌면 진저리인지도 모른다. 나는 당혹스러움을 감추느라 애를 썼다. 그러나 곧 그런 그가 온전히 이해됐다. 그는 작가라는 스스로의 삶을 그만큼 사랑하고 아끼며 지키려는 것 같았다. 그래서 스스로를 작가라고 소개하면서도 작가라고 불리는 것에 질색하는 것이다. 시간이 흐를수록 이 생각은 옳았다고 판단됐다. 그는 삶을 아름답게 보내고픈 허기를 느끼는 사람이었다. 그러나 작가라는 자신의 숙명 때문에 비좁은 책상 위를 벗어날 수 없었다. 허나 그의 삶은 충분히 아름답다. 적어도 내 눈에는 그렇다. 단지 날카로운 것을 손에 쥔 아이처럼 위태로울 뿐이다.

자신을 다치게 하고 곁에 있는 나를 다치게 한다. 그쯤은 견딜 것이다. 날카로운 것을 손에서 놓을 때가 올 거라고 믿는다. 설사 오지않거나 그 날이 아주 멀다면 내가 손에서 뺏어 감출 것이다. 스스로에게 아픔을 주는 못된 행동을 그만두게 하고 싶다.

일기의 첫 장을 읽은 뒤 정신이 멍해졌다. 부지불식간에 나를 덮친 두려움과 충격은 도통 털어낼 수도 흡수할 수도 없었다. 타인의 눈에 비친 내가 글이라는 형태로 종이에 스며있었다. 그때의 내가 사라지지 않고 박제의 형태로 보관되고 있었다. 지나간 시간, 쪼갤 수 없는 찰나의 합일이 하나의 덩어리로 기록돼 있었다. 나는 입술을 깨물었다. 커다란 충격을 받았지만 그것은 분노에 기인한 감정이 아니었다. 어쩌면 하나의 깨달음이 형태를 이룬 것인지도 몰랐다. 너무나 매섭게 나를 깨우쳤다.

그때 네가 나타났다. 작업실의 문을 열고는 육인용 탁자에 앉아있는 나를 바라봤다. 얼마나 서둘렀는지 땀에 젖은 채 가쁜 숨을 헐떡이고 있었다. 너는 분노에 휩싸인 채, 또 견디기 힘든 수치심 속에서 몸을 떨었다. 마음의 성역을 침범당한 너는 도무지 이성적일 수가 없었다. 곧은 글씨로 일기를 썼던 마음은 열렬한 사랑의 열기에 화상을 입은 아픔이었다. 사랑하는 존재가 자신을 사랑하지 않는다는 사실을 알면서도 어쩔 수 없이 사랑할 수밖에 없는 아픔 속에서 너는 그 일기에 모든 마음을 털어놓았던 것이었다. 그런 일기를 들킨 순간이 얼마나 치욕스러웠을지 짐작할 수조차 없는 아둔한 나는 도리어 피해자인 것처럼 원망이 담긴 눈으로 너를 바라봤다.

너는 거친 동작으로 내 앞에 놓인 일기를 주워들었다. 너의 눈시울은 새빨갈 정도로 붉었고 눈물이 거침없이 흘러내렸다. 울음을 터뜨렸다. 얼굴은 일그러지고 눈물과 콧물로 범벅됐다. 서러운 흐느낌과 비명은 한참동안이나 계속됐다. 나는 그때까지도 내가 피해자인 것처럼 행세하며 외면했다.

읽지 않았어.

나는 허공에 대고 말했다. 일기를 읽어놓고는 읽지 않았다고 거짓말을 했다. 그런데도 그 거짓이 진실이라고 믿고 있었다. 일기를 전부 읽지 않고 극히 일부분인 첫 장만을 읽었다는 해명이 고작 읽지 않았다는 거짓말로 둔갑했다.

미안해.

너는 울음을 그친 뒤 무너지듯 주저앉았다. 무릎을 껴안은 뒤 그 위에 얼굴을 파묻고는 미안하다고 말했다. 미안하다는 말을 내가 아닌 네가 했다. 입장이 바뀐 그 말을 듣고도 나는 화를 풀지 않았다.

가버려.

나는 무심히 잔인한 말을 내뱉었다. 그때까지 바들바들 떨리던 너의 몸은 그 순간 숨이 멎은 것처럼 굳었다. 너의 목소리가 들려왔다. 그 목소리는 너와 나를 연결한 어떤 줄을 타고 곧장 내 가슴으로 스며들었다. 너와 나는 무언가에 단단히 연결돼 있었다.

오빠, 더 많이 사랑하는 자가 약자래. 그래서 나는 항상 약자야.

너는 눈물이 범벅된 얼굴로 일어나 웃었다.

오빠, 나 그만 갈게. 나는 오빠를 많이 사랑해. 정말이야.

나는 그때까지도 너를 외면한 채 화가나 있었다. 이토록 억지스러운 화는 도대체 어디서 나오는지, 나는 이리도 심술궂은 사람이어야 하는지 서글펐다. 너는 밝은 얼굴로 작업실을 빠져나간 뒤 밤새도록 눈물을 흘렸다. 그러나 너는 분명히 오늘을 까맣게 잊고 내일은 웃을 것이었다.

너의 사랑을 한순간도 의심한 적 없었다. 오히려 너무도 분명하고 확실히 믿는 탓에 더욱 두려웠다. 믿음대로 너는 어제를 잊고 오늘은 행복하게 웃었다. 너의 망각 덕분에 나는 죄책감을 면제받았다.

나와 너는 밤이 깊도록 나란히 누운 채 천장을 바라봤다. 옷을 입지 않은 나체의 상태였다. 은근하게 졸음이 몰려오는 것 같은 몽롱함이 우리를 감쌌다. 그 속에서 너는 내 어깨에 머리를 얹고는 잠에 든 것처럼 조용했다.

오빠, 행복한 이야기를 듣고 싶어. 행복한 이야기를 들려줘.

너의 목소리에는 어떤 날카로움도 담기지 않았다. 그래서 어떤 의심도 없었다. 마냥 자장가를 불러달라고 칭얼거리는 어린아이처럼 귀엽게 느껴졌다.

나는 행복한 이야기를 들려주기 위해 이야기를 지어내기 시작했다. 그러나 아무리 애를 써도 행복한 이야기를 들려줄 수 없었다. 계속해서 함정에 빠지듯 불행과 죽음이 불쑥 고개를 치켜들었다. 내색하지는 않았지만 나는 몹시 당황한 상태였다. 어떤 초조함에 쫓겼다. 지금 내가 중얼거리는 이야기가 결코 행복하지 않다는 사실을 받아들이고 나서야 괴로웠던 이야기가 멈췄다.

나는 입술을 굳게 다물었다. 치욕스러운 정적이 흘렀다. 아니, 순식간에 휩쌌고 너는 곧바로 말했다. 다급한 것 같았지만 너의 말은 느렸고 또 여유로웠다. 조금의 놀람도 없이 차분하고 침착했다.

오빠, 나는 알고 있었어. 오빠는 행복한 이야기를 들려줄 수가 없어. 행복을 모르는 사람이니까. 그렇지만 꼭 행복해져서 그만큼 행복한 이야기를 쓰기를 바라. 첫째로는 오빠 자신이 행복해서 좋고 둘째로는 그 글을 읽을 누군가가 행복해지니 좋잖아. 언젠가는 행복한 이야기를 꼭 써줘.

너의 말은 조금도 틀린 것이 없었다.

오빠의 곁을 지키는 사람이 나라서 행복할 수 없는 거야.

너는 가슴 아픈 말을 내 가슴에 대고 속삭였다. 그리고는 천천히 일어나 옷을 입고 작업실을 나섰다. 그러나 너와 나의 끝은 아직도 멀게만 남아있다. 숱한 눈물과 상처가 내게서 네게로 쏘아져야만 한다. 나는 너를 본격적으로 괴롭히기 시작했다. 너는 매일 비참해졌다. 그럼에도 사랑한다는 이유 하나만으로 자꾸만 어제를 잊었다. 오늘을 지우고 다른 내일을 맞이하기 위해 노력했다. 그러나 나는 기어코 지옥 같았던 어제를 오늘에 반복시켰다. 그래서 내일도 오늘과 같을 수밖에 없었다.

내가 먼저 떠날 준비를 했다. 너를 위한 선택이었다. 너무도 힘겨워 포기했던 일이었지만 이것 외에는 너를 떠날 방법이 없는 것 같았다. 굿네이버스에서는 사례아동을 선정해 보내왔다. 이름은 태민이었다. 태민이는 하루에 버스가 네 번밖에 다니지 않는 외진 곳에 살고 있었다. 할머니와 아버지, 그리고 두 명의 여동생과 작은 집에서 살았다. 태민이의 팔은 꺾여있었다. 팔꿈치가 전면에서 보일만큼 장애가 심했다. 그런 장애를 갖게 된 계기는 오 년 전쯤 달리기를 하다 넘어져 팔꿈치가 부러진 탓이었다. 아니, 부러진 팔에 깁스붕대를 감을 돈 이만 원이 없었기 때문이다. 태민이에게 필요한 수술비는 이백만 원이었다. 오 년이라는 긴 시간동안 어떤 집단과 개인도 팔이 거꾸로 자라는 태민이를 위해 이백만 원이라는 돈을 내놓지 않았다. 일 년에 육백억 원 이상을 지원받는 굿네이버스조차 돈 이백만 원이 없다고 사람들에게 태민이를 팔아가며 구걸을 하고 있었다. 먼저 지원한 뒤 모금하는 것이 순서라고 생각됐지만 누구도 손해를 볼 마음이 없었다. 그래서 내가 태민이를 도왔다. 꿈을 핑계로, 일을 핑계로 너에게서 멀어지려고 했다. 허나 조금 더 빨랐어야 했다. 그 날은 결코 오지 말았어야 했다.

늦은 새벽이었다. 나는 우울한 기분으로 글을 쓰고 있었다. 늘 누군가가 죽어야만 끝이 나는 우울한 이야기를 형식과 이름을 달리하며 계속해서 쓰고 있었다. 졸음이 눈꺼풀을 무겁게 짓눌렀다. 몇 줄만 더 쓰고 일어나자는 마음으로 갈무리를 하고 있었다. 그 때 너는 작업실의 문을 두드렸다. 비밀번호를 알면서도 굳이 문을 두드려 나를 불러냈다. 늦은 새벽이었고 심상치 않은 전조들이 가득했지만 나는 어떤 것도 깨닫지 못한 채 짜증스러운 얼굴로 문을 열었다. 지금 문을 두드리는 사람이 너라는 사실만은 확실하게 알고 있었다.

역시나 너였다.

그러나 내가 알던 너는 아니었다.

너는 얼마나 술을 마셨는지 만취한 채 몸을 비틀거렸다. 간신히 중심을 잡고 서있는 모양새였다. 힘겹게 고개를 들어 게슴츠레한 눈으로 나를 바라봤다. 비죽비죽 웃는 얼굴에 서린 낯선 빛이 얼마나 날카로운지 마음이 댕강댕강 잘려나가는 것 같았다. 나는 말을 잃었고 눈물이 차오른 눈을 깜박일 수조차 없었다. 충격적이었다.

너는 기다란 머리카락을 노랗게 물들이는 것으로도 모자라 꼬불꼬불하게 파마를 했다. 또 허연 펄이 잔뜩 들어간 외투를 걸치고 통굽이 높은 구두를 신어 나와 눈높이가 같았다. 그때까지 너는 너무도 단정한 사람이었기에 눈앞에 서있는 네가 도무지 믿기지 않았다.

너는 술에 취해 가눌 수 없는 몸을 비틀거리며 잔뜩 신이난 목소리로 오빠! 오빠! 오빠! 나를 불렀다. 나는 벌벌 떨며 그저 눈물만 흘려댔다. 서글픈 눈물이 계속해서 볼을 타고 흘러내렸다. 너는 이토록 나를 잘 알고 있는 사람이었다. 내가 싫어하는 모습 그대로 자신을 변화시킨 뒤 내 앞에 서있었다.

오빠, 오빠는 이런 거 싫어하지? 값이 싸 보이고 헤픈 여자를 싫어하잖아. 그런데 내가 그런 꼴로 앞에 서있네. 오빠! 지금 내 모습을 기억해줘. 나는 이런 여자야. 이렇게 헤픈 여자야. 그러니까 나 잊고 좋은 사람 만나. 내게 미안해할 필요도 없어. 언젠가는 나처럼 누군가를 사랑하게 될 거야. 그리고 꼭 행복해져야 돼. 나는 그거면 충분해.

나는 그제야 눈앞에 서있는 존재가 얼마나 고귀한지를 깨달았다. 그러나 그런 존재는 나로 인해 나락으로 떨어진 채 웃고 있었다. 이미 나를 떠났다는 사실을 깨달았다. 사랑만 남긴 채로 떠나갔다. 어쩌면 이렇게라도 끝을 맞았다는 사실이 차라리 다행스럽게 여겨졌다.

오빠, 나 부탁이 있어. 나를 요만큼이라도, 손톱만큼이라도 생각한다면 내 이야기는 절대로 소설에 쓰지 말아줘. 제발 부탁할게. 오빠는 행복한 소설을 쓰지 못하니까 나도 불행한 모습일 게 아니야. 더 이상 불행해지기 싫어. 소설이더라도.

나는 그러마고 고개를 끄덕였다. 결코 너를 소설에 쓰지 않겠다고 약속했다.

오빠, 나를 위해서라도 꼭 행복해.

너는 그렇게 가버렸다. 그런 너를 붙잡을 수 없었다. 이제는 보내줘야 했다. 하염없이 눈물이 흘러내렸다. 곧 날이 밝았다. 그러자 너를 위해 해줄 수 있는 일이 떠올랐다. 사라져주는 것이었다. 그날부로 작업실을 폐쇄했다. 옮길 수 있는 작은 짐은 소포로 붙이고 커다란 가구와 집기는 아까워하지 않고 버렸다. 그곳을 떠났다. 너에게 내가 할 수 있는 유일한 배려였다.

그리고,

다시 겨울이었다.

늦은 밤, 너의 집을 찾아갔다. 허연 입김이 뿜어질 만큼 추웠지만 불어오는 바람이 없어 얼굴은 시리지 않았다. 그때 나는 꽤 많은 시간이 흘렀다고 느꼈지만 지금 생각해보면 겨우 하루나 이틀과 다름없는 짧은 찰나에 불과했다. 너의 방 창문은 막 불이 꺼진 참이었다. 왜인지 눈시울이 붉어졌다. 그때 나는 정돈된 마음이었다. 그렇다고 믿었기에 몰래 너의 집을 찾아갈 수 있었다. 허나 아니었다. 눈시울을 붉히는 것도 모자라 숨결이 거칠었다. 나는 여전히 아둔하고 어리석다는 사실이 깨달아졌다.

나는 길었던 머리카락도 단정하게 이발했고 불어났던 체중도 줄였다. 단화를 신고 코트를 입었다. 코트 주머니에 손을 찔러 넣은 채 물끄러미 불 꺼진 너의 방 창문을 바라봤다. 다행이었다. 너는 출근하는 내일을 위해 여전히 일찍 잠자리에 들었고 가뿐한 몸과 개운한 기분으로 깨어나 새로운 하루를 총명하게 살아갈 것이었다. 너의 방 창문 밑에 마음을 새겼다.

행복만이 이 창문을 지날 수 있기를.

지금 너에게 미안하다는 말보다 고맙다는 말이 앞서 나온다. 또 묻고 싶다. 너는 누구보다 나를 이해하고 잘 아는 사람이기에 지금 너를 쓰고 있는 나를 이미 알고 있지 않았냐고 묻고 싶다. 너는 작가의 의도를 꿰뚫는 능력이 뛰어난 독자임으로 지금의 내 마음을 올바르게 읽고 있을 것이다.

나는 너에게 미안하다는 말을 전하고 싶었다. 허나 아무런 가책도 느끼지 않는다.

이름 없는 너, 너는 가슴에 남아있다. 상처로 남아있다. 허나 그 상처는 지나간 시간을 고이 간직한다. 너의 존재가 아니었다면 나의 어느 때는 처음부터 없었던 것처럼 사라졌을 것이다. 기억되지 못할 것이다. 너는 그 때를 곁에 두른 채 존재한다.

너는 소중한 사람, 나를 사랑한 또 다른 깐난이고 난쟁이며 내가 사랑한 또 다른 깐난이고 난쟁이다.

글을 쓰는 사람이라서

저는 좋은 소설을 쓰고 있다고 믿었습니다. 내게는 그런 재능과 능력이 있다고 정말로 믿었습니다. 허나 거듭 소설을 쓰며 칠 년이라는 시간을 흘려보낸 지금, 좋은 소설이 뭔지 도통 모르겠는 기분입니다. 좋은 소설이 뭘까, 늘 고민하지만 쉽지가 않습니다. 문학상을 받았다는 소설들을 읽어봐도 최고의 소설이라고 추켜세우는 평론가들의 아부가 무색하게 영 못미덥습니다. 그러던 중 엔도 슈사쿠의 〈깊은 강〉이라는 소설을 읽게 됐습니다. 일본의 뛰어난 작가라는 소개와 함께 가톨릭 문학이라는 설명이 주는 무게감이 적지 않아 미루고 미뤘던 독서였습니다. 깊은 강이라는 제목부터 왜인지 어려울 것 같은 기분이었습니다. 소설의 시작은 군고구마를 외치는 군고구마 장수의 목소리였습니다. 그리고 앉은 자리에서 끝장까지 읽었습니다. 좋은 소설이었습니다. 평론가의 아부가 필요 없는, 오히려 불필요한 좋은 소설이었습니다. 삶과 생, 그리고 신과 사랑을 말하면서 이토록 무겁지 않을 수 있다니! 이토록 비켜서기를 통해 완전히 내보일 수 있다니! 놀라운 기분이었습니다.

엔도 슈사쿠는 〈깊은 강〉을 시한부 병상에서 썼다고 합니다. 그래서 다시 한번 놀랐습니다. 죽음을 앞둔 늙은 작가가 평생을 짊어졌던 신과 사랑을 주제로 마지막 소설을 썼습니다. 〈깊은 강〉은 그런 소설이었습니다. 그럼에도 이리도 가볍게 마음을 옮겨 담다니, 얼마나 힘겨운 사투였을지 모르겠습니다. 좋은 소설은 작가의 삶과 일치될 때 나오는 것 같습니다. 저는 아직 풋내기에 불과해 이정도만을 어렴풋이 알 것만 같은 기분입니다.

오래 전 블라디미르 나보고프의 〈롤리타〉를 읽었습니다. 아마도 아주 오래 전에 출간된 책이었습니다. 그 책에서는 롤리타의 생모는 자동차에 치여 죽지 않았습니다. 아주 오래오래 살면서 자신의 남편 험버트에게 정말로 엄마와 딸을 동시에 범한 파렴치한! 절대로 용서받지 못할 중죄인! 이라고 저주를 퍼부었습니다. 제게는 인상 깊은 장면이었습니다. 그러던 어느 날 스탠리 큐브릭 감독의 〈로리타〉라는 영화를 봤습니다. 그 속에서 롤리타의 생모는 자동차에 치여 죽습니다. 책과 영화는 다를 수 있지만 진짜 이야기가 궁금해 원본을 구해 읽었습니다. 이번 소설에서는 롤리타가 별로 재미없었다고 말했지만 아주 즐겁게 읽었습니다. 단지 이 말이 하고 싶었습니다.

그리고,

읽어준 모두에게 미안합니다. 또 고맙습니다. 답례를 할 방법이 없어 더욱 그렇습니다. 소설을 쓰는 시간이 무척 즐겁고 행복했습니다. 잠에 들면 꿈속에서도 소설을 썼습니다. 그러나 너무 어린 탓에 며칠 동안 써낸 소설이 완벽하다고 믿었습니다. 그런 어리석음을 깨닫고 많은 후회와 괴로움을 느꼈습니다. 그래서 이번 소설에는 최선을 다했습니다. 최선을 다했지만 저는 글을 쓰는 사람이라서 이제는 글을 읽는 사람이 어떻게 느낄지 도무지 모르겠습니다. 혹시라도 실망했을 분들에게 죄송하다는 말을 미리 전하고 싶습니다. 모두에게 다시 한번 진정 감사드립니다.